講談社文庫

嵐山温泉殺人事件

吉村達也

講談社

目次

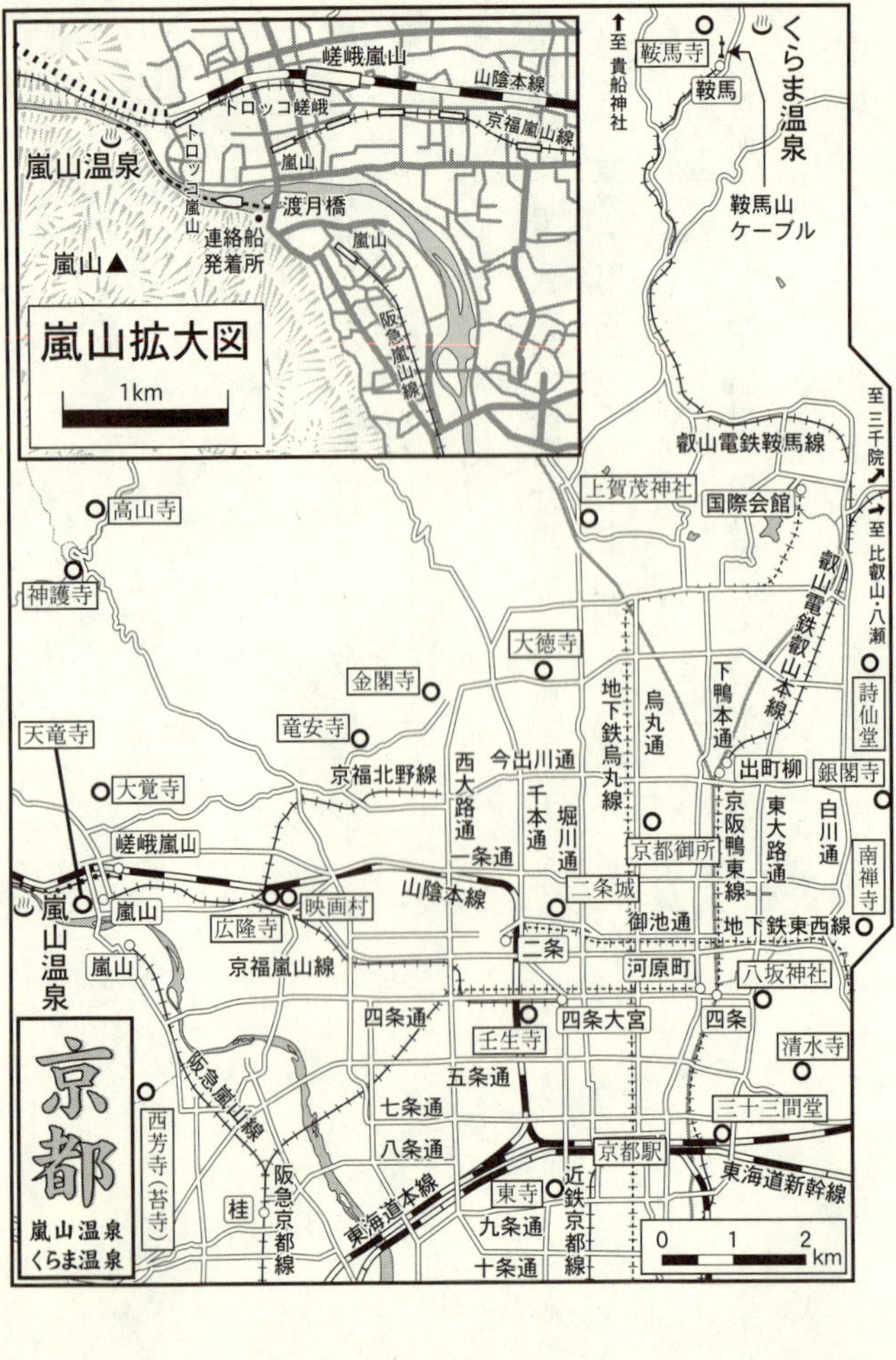
京都
嵐山温泉
くらま温泉
嵐山拡大図
1km
嵯峨嵐山
山陰本線
トロッコ嵯峨
京福嵐山線
嵐山温泉
トロッコ嵐山
嵐山
渡月橋
連絡船
発着所
嵐山▲
嵐山
阪急嵐山線
至 貴船神社
鞍馬寺
くらま温泉
鞍馬
鞍馬山
ケーブル
叡山電鉄鞍馬線
至 三千院
至 比叡山・八瀬
上賀茂神社
国際会館
叡山電鉄叡山本線
高山寺
神護寺
大徳寺
金閣寺
竜安寺
詩仙堂
地下鉄烏丸線
烏丸通
下鴨本通
天竜寺
今出川通
京福北野線
西大路通
出町柳
銀閣寺
大覚寺
千本通
堀川通
京阪鴨東線
東大路通
白川通
京都御所
嵯峨嵐山
一条通
南禅寺
二条城
嵐山温泉
嵐山
映画村
山陰本線
御池通
地下鉄東西線
広隆寺
二条
嵐山
京福嵐山線
河原町
八坂神社
四条通
四条大宮
四条
壬生寺
清水寺
阪急嵐山線
五条通
西芳寺（苔寺）
七条通
三十三間堂
八条通
京都駅
東海道新幹線
阪急京都線
東海道本線
東寺
近鉄京都線
桂
九条通
十条通
0 1 2 km

《主要登場人物》

嵐山剣之助　往年の時代劇スター。本名・鈴木正夫。
野村竜生　オフィス機器会社社員。
黒沢藍子　看護婦。野村と嵐山温泉に。
芦田美代　『帝王水被害者の会』のメンバー。
中曽根輝政　弁護士。『帝王水被害者の会』の代表世話人。芦田と嵐山温泉に。
戸倉寛之　無職の老人。ひ孫の夏樹と嵐山温泉に。
山倉秋恵　主婦。友人四人で嵐山温泉に。
野中貞子　同右。
長谷部鶴子　同右。
若松加寿美　同右。

志垣千代　志垣警部の姪。和久井と嵐山温泉でお見合い。
志垣警部　警視庁捜査一課。
和久井刑事　同右。

嵐山温泉殺人事件

プロローグ　決心

か、と。

《人は不思議に思うでしょう。なぜ八十一歳の老人を殺さねばならないのか、と。
日本人男性の平均寿命をはるかに超え、ほうっておいてもあと十年、いや、ひょっとすると五年も経たないうちにあの世へ逝ってしまう確率も高い、いわば『棺桶に片足を突っ込んだような』人間を、こちらが刑務所にぶちこまれる危険を冒してまで、なぜ殺そうとするのか、と。

おまけに殺害予定場所は温泉宿です。京都の西にある嵐山《あらしやま》温泉です。しかもその大浴場。どうしてそんな場所を選んで殺すのかと、その点でも疑問に思われるかもしれません。そこは渓谷の崖にへばりつくようにして川縁に建つ宿で、川沿いの狭い道は温泉宿の車以外は一般車の通行が許可されておらず、利用客は保津川《ほづがわ》を遡る専用船でしか行き来ができません。

ですから、ひとたび殺人事件が起きたとなると、宿にいた客は足止めをくらい、全員が警察の取り調べを受けることになります。殺害、即脱走は無理な立地なのです。

にもかかわらず、私はあの男をその温泉宿のお風呂で殺そうとしています。うまくいくかどうか、それはわかりません。あの男さえ殺せば警察につかまってもいいと完全に開き直れているかといえば、そんなこともないのです。

私には愛する家族がいます。家族は私のこの激しい怨念を知りません。私が殺人者として逮捕されたら、どれほど激しいショックを受けることでしょう。それを思うと、完全犯罪というのでしょうか、私がやったことがバレずにすめば、それに越したことはないのです。

ですから実行には慎重を期すつもりです。チャンスは一回きりとは考えていません。一度目の実行が危険と思えば、延期して二度目に備えます。二度目が無理なら、三度目のチャンスを狙います。でも、それぐらいが限度でしょう。計画を延ばし延ばしにしているうちに、あの男が病気で死んでしまっては元も子もありませんから。

できることなら、一度目の挑戦で私はあいつを殺したい。時代劇スターとして一世を風靡した嵐山剣之助《あらしやまけんのすけ》――本名・鈴木《すずき》正夫《まさお》を》

第一章　和久井刑事の「嵯峨野嵐山お見合い旅行」

1

京都駅からタクシーで嵐山方面へ向かう車中、警視庁捜査一課の和久井《わくい》一郎《いちろう》刑事は、ガチガチに緊張していた。

刑事のくせにありとあらゆる乗り物に弱く、とくにタクシーは助手席に乗らないと絶対に酔ってしまうという和久井だが、きょうばかりは後部座席に座っても緊張で車酔いをしているヒマがなかった。隣に女性が座っていたからである。ただの女性ではない。なんと和久井の人生初めてのお見合い相手だった。しかも、その素顔とは……。

それは、都心にも秋風が吹きはじめた十月初旬のことだった。いつものように警視庁捜査一課の大部屋で和久井が捜査資料を読んでいると、上司の志垣《しがき》警部から声がかかった。

「おい、和久井。どうせヒマだろうから、ちょっとこいや」

「はいはい。また例の話ですか」

和久井は、相手の狙いなど百も承知といった顔で志垣の席へ近づいていった。

「警部が『どうせヒマだろうから』というセリフを口にするときは、もう言われなくたってどんな用件かはわかってますよ」

「なんだ、言ってみろ」

ギョロリと大きな目をむく志垣の前までくると、和久井はそのデスクに両手をついて答えた。

「ヒマなのはご自分なんでしょ。そして、ヒマだからおまえも温泉に連れていってやるぞ、という話」

「なるほど」

「だけど、警部の場合の『連れていってやるぞ』は、いっしょについてこいという命令であって、宿代や交通費をおごってくれる意味ではない。おごってくれるのは回転寿司の、それもいちばん安い皿のみ。温泉などは論外。よって、誘われたからといって決して喜んではならない」

「よくわかっとるじゃないの」

志垣は腕組みをして、満足げにうなずいた。

「きみもだいぶ私の人とナリがわかってきたようだね、和久井君」

「これだけ長くつきあってれば、イヤでもわかりますよ」

和久井は、わざとらしくため息をついた。

「で、こんどはどこの温泉に行こうっていうんですか」

「ふっふっふ、残念だな、和久井君」

「なんですか、ひとむかし前の悪党みたいな笑い方をして」

「私がきみを呼びつければ温泉旅行への誘いに違いないと、ワンパターンの読みをするとは、和久井も未熟者よのう」

「その時代がかったセリフ回しはやめてもらえませんか。とにかく、仕事の用事で呼ばれたんじゃないことぐらいわかりますよ。仕事のときは呼び方が『おまえ』になりますからね、警部は」

「そのとおり」

「で、『きみ』のときは私用に決まっている。そして私用といえば温泉旅行」

「ところがどっこい、きょうはちがうのだ」

志垣は目元をニヤニヤ笑いでゆるませながら、机の引き出しから大判の封筒を取り出し、それを和久井に手渡した。

「ほれ、これを開けてみ」

「なんですか、中身は」

「ま、いってみれば資料だわな」

「資料？」

和久井はけげんそうに眉をひそめてたずねた。

「どんな資料が入っているんですか」

「開けてみろと言って手渡しているのに、きみはどうして、そういうまどろっこしい質問をするのだ。封を開ければ答えは出てくる」

志垣にうながされ、和久井は不審そうな表情を浮かべたまま、封筒の中に入っているものを引き出した。

一流ホテルにある写真館の名前が金箔文字で押された、白い表紙のアルバムが出てきた。

「警部、この中には……」

「よけいな質問をせんで、さっさと開けてみなさいっちゅーとんの」

またも志垣にアゴでうながされ、和久井はそれを開いた。

振り袖を着た立ち姿の女性が写っていた。いかにもホテルの写真スタジオで特別に撮影しました、といった感じの背景である。

「お見合い用の写真……ですか」

「そういうこっちゃ」

志垣はうなずいた。

そこに写っている女性の年齢がいくつぐらいなのか、和久井にとっては判断しきれなかった。若いといえば若い。若くないといえば若くない。微妙な顔立ちである。

めいっぱいめかし込んだ晴れ着姿で、それなりに化粧も特別仕立てなのだろうが、ほっぺたの赤さがずいぶんと目立った。いわゆる「リンゴのようなほっぺ」という赤さである。若さゆえの血色の良さとも思えたが、年のわりには少女趣味というタイプの女性にも見受けられる。

いずれにせよ、人は良さそうな感じではあった。ただし、その眉毛の濃さと太さは誰かによく似ていた。

しばし無言で写真に見入っていた和久井は、やがて目を上げ、何かを確認するように志垣の顔を観察した。そしてまた写真に視線を落とす。しばらくして、またまた志垣の顔にじっくり見入る。

「なんだよ、その感じの悪い目の動きは」

志垣が不愉快そうに眉間にしわを寄せた。

「人の顔をじろじろ見やがって」

「いえ、ちょっと」

「ちょっと、どうしたんだ」

「写真を見ておりましたら、ひとつの疑惑が浮上してきたもので」

和久井は、できるだけ想像がはずれていてほしいという口調でたずねた。

「まさかこのお嬢さん、志垣警部のご親戚では……」

「鋭いな、おまえ」

「え、やっぱりそうなんですか」

「そのとおりだよ」

志垣警部は太くて濃い眉をピクつかせた。

「どうしてわかった?」

「どうしてって……」

和久井は、見合い写真に写っている女性の眉と志垣の眉とを、さらに何度も見較べてから答えた。

「やっぱり、この女性の顔立ちに志垣家のDNAの存在を感じますもんで」

「どういうこっちゃ、その志垣家のDNAとは」

「いやいや、あまり深く追及しないでほしいんですけど」

和久井はあわてて手を振った。

「そうしますと、こちらのお嬢さんは警部の……」

「姪っこよ。おれは五人兄弟の末っ子なんだがな、この子はいちばん上の兄貴の娘なんだ」

「そうでしたか」

「で、どうだ」

「どうだ、とおっしゃいますと」

「この女性に対する和久井君の感想を述べたまえ、ってことだよ」

「感想ですか」

「うむ。二十字以内で簡潔にな」

「うーん」

うなり声を発したのちに、和久井は答えた。

「健康的で、素朴な人柄の方みたいですね」

「よくわかるなあ。たいした人間観察力だ」

「そうスか」

「まるで刑事みたいだな」

「またそういうフォローに困るつまらないご冗談を」

「いや、実際この子はほんと性格がいいんだよ。純情で気だてがやさしくて」

志垣は、和久井の手にある写真を指さして言った。

「親戚の間でもチヨちゃんは評判で、まっこと観音さまの生まれ変わりでねえべか、っつー声もあるぐれえ、心のきれーなおなごでな」

「なんでそこで急になまるんですか、警部」

「チヨちゃんとこサ田舎の、ふるさとなまりだべ」

「はあ〜」

納得した返事なのか、ため息なのかわからぬ声を洩らして、和久井はうなずいた。

「お名前はチヨさんとおっしゃるんですね」

「ンだ」

「どういう字をお書きになるんで」

「千代の富士って大横綱がいだべ。あれと同じ『ズ』だ」

「ズ？」

「字」

「はあ〜」

こんどははっきりため息とわかる声を和久井は洩らした。

「千代の富士の『千代』ですか」

「ンだ。千代の山っつー横綱も昔いだが、あんだの年じゃ知らんべ」

「すると……志垣千代さん」

「ンだ」

「それで、彼女もそういうしゃべりをするんですか」

「んにゃ」

志垣警部は首を左右に振ってから、標準語に戻して答えた。

「十八のときに東京に出てきて、私立大学に通っていたから、いまじゃごく軽いなまりが残っている程度かな」

「そうですか」

「でも、言葉は都会風になっても、純朴な性格は失われていない」

「お見受けしたところ、そのようで」

「で、どうだね」

「どうだね、とは」

「感想だよ」

「感想ならいま申し上げましたが」

「一般論としての感想はな。だが、より主観的な感想を聞かせてほしいのだ」

「より主観的とおっしゃいますと」

不吉な予感を覚えながら、和久井はきいた。

「どういう意味でしょうか」

「もしもきみがこのお見合い写真を自分のこととしてとらえた場合、どのような印象を抱くか、ということをききたいのだが」

「じ……自分のこととしてとらえるんですか」

「そうだ」

「うー」

「犬みたいにうなるなよ、そこで」

「はあ」

「可愛い子だろう？」

「健康的で、素朴なお人柄のようで」

「その感想はさっき聞いたって」

「あ、そうでした」

「もっとね、ひとりの女としての評価を述べたまえよ、きみ」

「うー、むずかしいご注文ですねえ」

「どこがむずかしいんだ。女性に対する美的印象の表現方法というものがあるだろうが」

「美的印象というのが、私には難解すぎて」

「さっきから、わかりやすくたずねとるじゃないか。可愛い子だろ」

「うー」

「だから、うなるなって」

「はあ」

「愛くるしい感じの子だよな」

「むむむ」

「なんだよ、その返事は」

「あのですね、警部」

ますます不吉な予兆を覚えた和久井は、見合い写真を元のように封筒に戻し、それを志垣のほうに差し戻した。

「私、いまやりかけの仕事がありますので、お嬢さんの話はまた日を改めて」

「待ちなさいって」

Uターンしようと背を向けた和久井を、志垣が鋭い声で呼び止めた。

「おまえもそろそろ身を固めなければいかん年ごろだ」

「いえいえ、まだまだ」

ふり返りながら、和久井はパタパタと手を振った。

「私のような人生の未熟者は、もっと修行を積みませんと家庭を持つ資格などございません。第一、このような不規則な生活では、結婚したら奥さんに迷惑がかかります」

「いや、不規則な生活をしておるからこそ、妻の存在は必要なのだよ。独り暮らしのコンビニライフじゃ栄養も偏る。愛妻の手料理があってこそ、ハードな職務に追われる警察官の健康も保たれようというものだ」

「しかし、刑事という職業はいつ殉職するかわかりませんし」

「なにを大げさなこと言っとるんだ」

「ともかく、結婚のことでしたらご心配なく。いずれ時がくれば考えます」

「その時がもうきちゃったんだよ。だから考えろ」

「……じゃ、やっぱり」

和久井は顔をこわばらせた。

「このお見合い写真は」

「そう、きみのために持ってきたのだよ、和久井君」

「失礼します」

「待て、逃げるなって」

志垣は立ち上がると、デスクを回り込み、あとずさりする和久井の腕を直接とらえた。

「ものはためし、人生勉強と思って一度見合いってものをやってみ。……な、悪いことは言わんから」

見合い写真の女性と瓜二つの志垣警部のゲジゲジ眉が、拒絶は許さんぞと言わんばかりに、ピクピク動いた。

2

「しかし、警部」

　ぐいぐい顔を近づけてくる志垣警部に対し、和久井は弓なりに身をそらせながら必死に抵抗した。

「この千代さんとぼくがお見合いをして、ですよ、もしも話がまとまっちゃったらどうなるんです」

「けっこうなことじゃないか。盛大なお祝いをせねば」

「そうじゃなくて、ぼくと千代さんが夫婦になるということは、ぼくと警部とが縁戚関係になるってことですよ」

「だわな。義理の甥か」

「それだけはやめて」

「いいじゃないか」

「きもちわるい」

「気持ち悪くないって。何もおれと結婚するわけじゃないんだから」

　志垣は、和久井の腕をつかむ手にギュッと力を加えた。

「なあ和久井、じつは千代の父親から——つまり、おれのいちばん上の兄貴から、なんとかならんかと頼まれているんだ。なんとか千代にいい相手が見つからんものか、と」

「なんだか、ずいぶん見合いの相手探しに困っている感じじゃないですか」

「性格はいいんだよ、千代は。素朴で純粋で」

「それはわかりました」

「健康で病気ひとつしたことないほど身体はじょうぶなんだ」

「それもわかりましたってば」

「だから頼むよ」

「それほどおすすめの女性なら、なにもぼくなんかに話を持ってこなくても、世の中にはもっと条件の整った男がいくらでもいるでしょう」

「おれもそう思う」

あっさり志垣が認めたので、和久井はコケた。

「だがな、気心の知れた人間じゃないと話をもちかけにくい事情があってさ」

「なんですか、事情って」

「じつは彼女、三十九なのよ」

「げっ!」

和久井はつぶれた悲鳴をあげた。

「じゃ、さっきの写真はいつ撮ったものなんですか」

「新品だよ。たった二ヵ月前にホテルの写真館で撮りおろしたものだ」

「あのお顔で三十九！」

和久井は、志垣警部のデスクに戻したばかりの封筒に目を向けて驚愕の声をあげた。

「もしや意外とお年を召しておられるのではと推察しておりましたが、まさか三十代の後半……というよりも、四十に手が届こうという年齢とは」

「それだけ彼女が若々しいという証明だわな」

「理屈をこねればそうなるかもしれませんけど」

「しかもあんた、当座の厄年は卒業だ」

「厄年？」

「そうだ。男の厄年は数えで二十五、四十二、六十一だが、女は十九、三十三、三十七、そして六十一なのだよ。千代の場合は、三回目の厄年も過ぎちゃってるから、あとは還暦過ぎまでこないわな」

「そういうことを喜んでいる場合ではないと思いますが」

「和久井クン、きみも年をとればわかるようになるが、女の価値というものは、若いときにどれほど魅力的かということではなく、年齢を重ねてもいかに若々しくいられるか、そこが勝負なんだ。実年齢がどうとかじゃない、見た目と内面の若々しさ、これが重要なんだよ」

「しかし、ぼくよりもずっと年上ということに変わりはないでしょう」

「いまの時代、年上か年下かにこだわるのは古いんじゃないのかね」

「きょうにかぎって進歩的な意見の持ち主にならないでくださいよ」

和久井はしだいに泣きの入った声になってきた。

「で、千代さんですけど、まさかこれが三十九年目にして初めてのお見合いということはないんでしょう」

「もちろん前にもしとるよ。見合いどころか、結婚もな」

「どえっ！」

「そうなんだ、千代は一度結婚した経験があるのだよ」

志垣は、眉をひそめて言った。

「でも安心せい。連れ子はおらん」

「だけど、バツイチですかあ」

「なんだ、その侮蔑的な言い回しは」

志垣がギロリと睨んで言った。

「世のバツイチ女性に失礼だろうが」

「自分でも言ってるじゃないですか」

「あ、ほんとだ」

「だけど警部、どうしてよりによってそういう人とぼくをお見合いさせるんですか」

「だから、性格が素朴でいい子なんだって」

「それは百回ぐらい聞きましたって。でも、ほんとのところは、お兄さんから千代さんの相手探しを頼み込まれて、さんざん困ったあげくに、ふと周りを見回したら独身のぼくがいたと、こういうことなんでしょう」

「ま、そういうことだと理解してもらっても間違いではない」

「理解したくないですよ」

「とにかく和久井君、ここはひとつ、ウチの兄貴を助けてやってくれや。な、頼む」

　志垣は、こんどは拝みにかかった。

「千代は、前の結婚に失敗してからというもの、そりゃ可哀相なぐらいしょげ返ってしまってなあ。あの子にとって、いま何かの気分転換が必要なんだよ」

「気分転換だったら海外旅行でもすればいいでしょ。気分転換に結婚なんてしないでくださいよお」

「だからさ、ダメだったらダメで仕方ないから。ね、お願いだから、この志垣メの顔も立てて、とりあえず一回だけでも千代の相手をしてやってちょうだいよ」

　あまりにも志垣が熱心に、そしていつになく下手に出て頼んでくるので、和久井はむげに断れなくなってきた。

「それで、千代さんはいつ別れたんですか、前のダンナさんと」

「去年のいま時分だな」

「どれぐらいつづいた結婚なんですか」

「それが決して長つづきしたほうではなかった」

「具体的には」

「それが決して長つづきしたほうではなかったのだよ」

「あのねー、警部がそうやって同じ答えをテープレコーダーみたいに繰り返すときは、かなりヤバい状況だと思うんですが」

「わかった？」

「五年や十年といったレベルではなかったんですね、千代さんの結婚生活は」

「うむ」

「二年か三年で終わったんですか」

「もうちっと短かったな。最初の結婚じたい、したのが遅かったから」

「じゃ、一年？」

「うーん、もうちょっと」

「一年を切っているんですか」

「まあな」

「半年とか」

「いや」

「三ヵ月とか」

「いや」

「ちょっと待ってくださいよ、警部」

和久井は信じられないという顔になった。

「まさか、芸能人なみに一ヵ月で電撃離婚なんていうんじゃないでしょうね」

「それがなあ……」

困惑の表情で志垣は答えた。

「もっと短かったんだよ」

「ウソでしょ」

「ウソではない」

「じゃ、長つづきも何もないじゃないですか」

「うん、すまんな」

しだいに志垣の声が小さくなってきた。

「もしや、成田離婚というパターンでは……」

「じつは、そうなんだ」

その答えを聞いて、和久井は目を丸くした。

「新婚旅行から帰ってきて、いきなり離婚しちゃったんですか」

「それが……出かける前の成田で」

「新婚旅行に行く前に！」

「そう」

「……」

ついに和久井は絶句し、志垣も言葉を継げず、気まずい沈黙がふたりの間に漂った。

「千代が悪いんじゃないんだよ」

弁解するように、志垣が口を開いた。

「なんでも、結婚披露宴の直後から花婿がえらく機嫌が悪くなって、その日の晩は都心のホテルに泊まったが、いわゆる初夜はナシ。そして成田へ向かうリムジンバスの中で、千代はさんざんひどいことを言われた挙げ句に、空港に着いたとたん、男がもう開き直っちゃって、こんな結婚ヤメや、ってことになったらしい」

「それはまたどうして」

「私も知らんよ」

志垣は重苦しい顔で首を振った。

「本人が詳しいことを語りたがらなくて、親も知らないそうだから」

「そういう体験の持ち主とお見合いをしなくちゃならないんですか。あ〜あ、ヘビーだなあ」

「ん？　いまの感想は、もしかして」

志垣は急に、希望で顔を輝かせた。

「引き受けてくれるのを前提にしたグチ、ということかな」

「ここまで事情を聞いたら、引き受けないわけにいかないじゃないですか」

和久井は、眉をハの字に下げて仕方なさそうにつぶやいた。

「これで断ったら、ぼくは鬼って感じでしょ」

「和久井……」

志垣警部は感激で目を潤ませて言った。

「おまえって、いいやつだなあ」

「そこでとってつけたようにヨイショしないでくださいよ」

「いや、いままで千代の人柄ばかりほめてきたが、和久井の人柄も、彼女にもまして素晴らしいということを、なぜおれは気がつかなかったんだろう。上司としていたく感動したぞ、おまえのやさしさに」

「それはどうも」

「男はな、バカでもいいから、やさしいのが一番なんだ」

「……………」

「さっそく千代に電話して、和久井の人物像を宣伝しておかねば」

「いいです、いいです、ぼくのPRは」

和久井はまたあわてて手を振った。

「とりあえず千代さんの気分転換になればいいとおっしゃるから、お会いして食事でもしながら話をするだけですよ。つまりこれはお見合いではなく、多少フォーマルなデートだと解釈したうえで、ぼくはご協力させていただきます。それでよろしいですね」

「ああ、わかった、わかった」

いままで深刻そうにしていた志垣の返事が急に軽くなったので、和久井は不安を募らせた。そして、重ねて念を押した。

「お見合いじゃなくて、たんなるデートですよ」

「わかった、わかった」

「ぼくのほうに結婚する意思は最初からありませんからね」

「ほいほい」

「ちょっと、警部」

「ん？」

「その『ほいほい』という返事に、限りなくテキトーな雰囲気を感じるんですけど」

「なにを言っとるかね、和久井君」

志垣は満面に笑みをたたえ、胸をバーンと叩いて言った。

「とにかく、おれと兄貴とで最高の見合いをセッティングしてやるから、期待して待ってなさい」

「ですから、見合いじゃなくてデートだって」

「見合いを英語に訳せばデートになるだろうが」

「ならないって」

「なるんだよ」

さきほどの低姿勢がウソのように、志垣はいつもの調子を取り戻して言った。

「おれと違って、いちばん上の兄貴は水産加工会社のオーナー社長でな、金には不自由がない。だから、温泉旅行に誘っておきながらワリカンだぞというような、おれみたいなセコい真似はしないのだ」

「なんですか、温泉って」

いきなり温泉の話題が出たので、和久井はギクッと顔をこわばらせた。

「まさか温泉お見合い旅行なんていう秘密計画があるんじゃないでしょうね」

「温泉お見合い旅行ねえ」

志垣は意味ありげな口調で繰り返した。

「その言い回しだと、いささか品がない感じになるが、京都お見合い旅行といえば、豪華絢爛花絵巻という感じにならんかね」

「京都お見合い旅行？」

「和久井君には無理をお願いするんだ。ウチの兄貴だって、引き受けてもらえることになった場合は、それなりのことをしようと考えておったのだよ」

志垣はニヤッと笑って言った。

「つまりな、京都観光をかねたお見合いで、しかもおまけに温泉もついてくるというプランなのだ」

「ちょ、ちょっと」

その言葉に、和久井はあわてた。

「お見合いって、東京のホテルとかでやるんじゃないんですか」

「そんなありきたりなことはしませんって」

志垣はとっておきの秘密を打ち明けるときの、得意げな顔になって言った。

「公私混同にならぬように気をつけて発言をするが、きみと千代の見合い日程がセッティングできたら代休を認めてやる」

「ほんとにお見合いのために京都へ行くんですか」

「そうだよ、粋なはからいだろう」

「それはその、泊まりがけ……ということですか」

「まあ最初から、ふたりでひとつの部屋に泊まるというわけにもいかんだろうから」

「あたりまえですよ。それじゃ、見合いじゃなくて新婚旅行じゃないですか」

「先方はそれでもかまわんと言うかもしれん」

「じょ、じょ、じょーだんじゃありません」

「……と、ウブな和久井が断固拒絶することも計算に入れてあったから、ま、そこのところはなりゆきしだいだな」

「でも、いま警部は温泉がおまけについてくると言われましたよね」

和久井は警戒心をあらわにして質問した。

「それはどういう意味なんです。京都に行ってみたら、千代さんと温泉宿でふたりきり、なんて段取りが組まれてないでしょうね」

「そこまでこちらも悪さはせんよ。ちょっとこっちへこいや」

志垣はふたたび自分のデスクに座ると、椅子をひとつかたわらに引き寄せ、和久井をそこへ座らせた。

「捜査一課で京都観光の話をおおっぴらにはできんが、ま、聞きなさい」

志垣は、机の上に京都の観光案内地図を広げながら、低い声で切り出した。

「京都といえば温泉には縁のない土地柄のように思われているが、じつは京都市内にもいくつか温泉地はある。それもよく知られた観光スポットにな。……ん？　なんだ、おれの顔をじーっと見て」

「温泉の話を、よくもまあそういう深刻な表情で話せるものだなと思って感心して見てるんですよ」

「捜査の打ち合わせをしてるみたいだろ」

眉間にタテじわを刻んだまま、志垣は言った。

「刑事たるもの、これぐらいの演技ができなくてどうする。……それでだ」

志垣は地図に視線を戻した。

「京都市内にある温泉でよく知られたひとつは、鞍馬《くらま》山《やま》の麓《ふもと》にある」

「くらま……山？」

「京都市の北方にある山で、貴船《きぶね》神社と並ぶ信仰の地でな。その昔、源義経が牛若丸と称していた少年時代に、この山にこもって天狗相手に剣の修行に励んでいたという伝説もあるほどの、昼なお鬱蒼《うっそう》とした場所だ」

「天狗、ですか」

「和久井の世代じゃ『鞍馬天狗』なんていう時代劇も知らんだろう。それをパロディにした『とんま天狗』は、なおのこと知らんだろうな。大村崑《おおむらこん》が主演だったのだが」

「知りませんよ、とんま天狗なんか」

「とん、とん、とんまの天狗さん……って、歌ってる場合じゃないからやめておくが、その鞍馬山麓に峰麓湯《ほうろくゆ》という名の一軒宿の温泉がある」

「相変わらずよく知ってますねえ」

「それからもうひとつ有名な温泉が、京都市の西を流れる保津川《ほづがわ》の峡谷沿いにある」

志垣警部の毛むくじゃらの太い指が、京都観光地図の北から西へと動いた。

「これが嵐山《あらしやま》温泉の『嵐峡館《らんきょうかん》』本館だ。渡月橋《とげつきょう》を嵐山駅のほうから渡って、すぐの川沿いに嵐峡館の別館があって、そこから旅館専用のエンジン付き送迎船で川を遡ることおよそ八分、峡谷の中に一軒の温泉宿が現れる」

志垣警部は、旅番組のナレーションのような口調になった。

「そしてさらにその上流にもうひとつ、嵐峡茶寮《らんきょうさりょう》という宿が新しくできた。これは、おまえも知っているだろうが、かつて一世を風靡《ふうび》した嵐山剣之助という時代劇スターがいるんだが、その親戚筋が経営をはじめた宿でな、基本的な造りは嵐峡館本館のマネといえばマネなんだがね。やっぱり渡月橋から宿専用の船で行くのだ。川沿いに車の通れる道があることはあるが、駐車場を確保するスペースがないのと、雨が降ったときなどの安全が確保できないために、宿の業務用車輛のほかは通行禁止になっている」

志垣は立て板に水の口調でつづけた。

「で、川を遡ってきた船が宿の前に着くと、仲居さんが迎えてくれて、その案内で石段をトントンと上がる。すると高台に嵐峡茶寮の入口があるのだ。渓谷を眺め下ろす川沿いの部屋は、春は桜、秋は紅葉に彩られ、窓を開けっ放しにしておくと、野猿が飛び込んでくることもあるという。いつも観光客でごった返す嵐山の中心部からちょっと離れただけで、静かな峡谷に囲まれたすばらしい自然が得られるのだよ。そしてそこが」

和久井をじっと見つめて、志垣が言った。

「きみと千代のお見合いの舞台なのだ」

3

京都駅から和久井刑事と志垣千代を乗せてきたタクシーは、罧原堤《ふしはらづつみ》と呼ばれる桂川《かつらがわ》沿いの道路を北上し、渡月橋の東詰に出た。

すぐ右手には私鉄の嵐山駅があり、道の両側には観光客目当ての土産物店がずらりと軒を連ねている。表通りに入口を開いた世界遺産登録の壮大な寺院、天竜寺《てんりゅうじ》だけでなく、竹林にはさまれた道を奥へ入ってゆけば、野宮《ののみや》神社や大河内《おおこうち》山荘、さらには常寂光寺《じょうじゃっこうじ》、落柿舎《らくししゃ》、二尊院《にそんいん》、滝口寺《たきぐちでら》、祇王寺《ぎおうじ》、化野念仏寺《あだしのねんぶつじ》、嵯峨《さが》釈迦《しゃか》堂《どう》こと清凉寺《せいりょうじ》、宝筐院《ほうきょういん》、大覚寺《だいかくじ》、直指庵《じきしあん》といった嵯峨野めぐりへ通じるルートが開けているため、日中、この地域を行き交う観光客の数は相当なものになる。

土産物店には、ひやかしを含めて大勢の客が出入りし、その脇を観光人力車が行き来す

渡月橋。左が上流の大堰川。右が下流の桂川

る。制服を着たタクシー運転手に連れられて小グループで行動する修学旅行生たちの姿も目立つし、アイスクリーム片手に談笑しながらの若い女性グループあり、美空ひばり館めあての年輩の女性グループありと、とにかく人通りの絶えることがない喧騒に満ちている。いわゆる嵐山と呼ばれる観光地域の中心部がここだった。

だが、昼間はにぎやかでも、この界隈は日が暮れると同時にあっというまに人の波が引いてゆき、タクシーなどは嵐山で五時を過ぎたらほとんど商売にならないというほどである。土産物店も五時から六時にかけて次々と雨戸を閉め、それに合わせて人通りがさらに減っていって、午後の七時には、開けている店を探すのに苦労するぐらいあたりは森閑として、にぎわっていた目抜き通りも真っ暗になる。

嵐山という観光地は、東京丸の内のビル街にも劣らぬほど、昼夜の人口差が極端に激しい場所なのである。しかし、和久井と千代がタクシーでやってきた時刻は真昼の十二時過ぎで、混雑のピークという状況だった。

十月中旬の水曜日、紅葉シーズンにはまだ少し早かったが、まさに秋の観光シーズンのまっただなかとあって、平日でも嵐山界隈の人出はたいへんなものだった。タクシーが東詰の交差点を渡月橋へ左折するにも、人波にはばまれて何度も信号待ちをするほどで、和久井はその混雑ぶりに、車の窓から目を見張っていた。

「平日でもこうやって遊んでいられる人がいるんですねえ。世の中、不公平だなあ」

和久井の口から、おもわずそんな感想が洩れた。

すると、いままで和久井の沈黙に合わせて無言だった千代も口を開いた。

「和久井さんのお仕事だと、あまりお休みがとれないんでしょう」

「それはそうですが、もともと刑事《デカ》のカレンダーには、休日というものはありませんから」

いきなり和久井は気取った返事をした。気取りすぎて、刑事をデカと発音するなど、テレビドラマばりの言い回しになっていることには気づいていない。

「人々の平和と安全のために日夜働くのが、我々警察官の務めですので」

と、模範的な答えをしたものの、「それじゃ、お食事とか不規則になって大変でしょう」

と、結婚を意識した話題をふられると、「はあ、まあ」とあいまいな返事をしたまま、そこから先の話を展開させられずに会話が途切れる。京都駅で待ち合わせて以来、さっきからこのパターンの繰り返しだった。

　和久井は、ひたすら志垣警部たちの「罠」に嵌《はま》るまいと身構えていた。なにしろ、京都駅にやってきた千代の服装を見たときから、話が違うじゃないかと思った。和久井は、手持ちのスーツの中からいちおう高級そうに見えるものを選んで着てきたが、それでもお見合い用とするには少々カジュアルな雰囲気なものにしておいた。あえてフォーマルな見合いではないという意思をそこに表明したつもりだった。

　ところが千代ときたら、たったいま美容院で着付けをしてもらってきました、というような完璧な着物姿である。結い上げた髪には華やかな髪飾り。化粧も、あの写真館で撮った見合い写真の再現とでもいうべき念入りなもので、それこそ頭のてっぺんから足の先にいたるまで、和久井との見合いに賭けた彼女の本気さかげんがあふれていて、和久井は恐ろしくなってきた。

（あれだけ、軽いデートですよ、って念を押したのに……）

　内心、和久井は志垣警部に対して不満たらたらの状態だった。

（けっきょく、話がまとまらなかったら格好がつかないような段取りが、最初から組まれているんだから）

お見合い写真どおり志垣警部そっくりの眉毛をした、しかし人のよさそうな志垣千代の顔をチラチラと横目で見ながら、いったいこの先どうなるんだと不安に思っているうちに、タクシーは渡月橋を渡った。

橋の下を流れる川は、この渡月橋を境にして上流が大堰川《おおいがわ》、下流が桂川というふうに慣習的な呼び名が変わる。さらに渡月橋から上流の大堰川も、橋から一キロほど上流にある嵐山温泉から先の亀岡までの深い峡谷を形成している一帯をとくに保津川と称し、その峡谷じたいを保津峡と呼んでいる。そして嵐山温泉から下流の谷あいが嵐峡《らんきょう》。

澄み切った秋の青空を映してきらめく川を眺める人、記念写真を撮る人などで、渡月橋も観光客の流れが途絶えることはなかったが、橋の上からでは、嵐峡そのものを直接見通すことはできない。渓谷は川がカーブを描くその先にあるからだ。

タクシーはその人ごみの中を通って橋を渡り切り、突き当たりを右に曲がって嵐峡館別館の前に到着した。メーターは三千円になるかならないかというところだったが、和久井が財布を出すよりも早く、千代が和装用のバッグからサッと自分の財布を取り出し、真新しい五千円札を抜き取っていた。

「あ、ここはぼくが」

「いえ、和久井さんのお手をわずらわせないようにと、父からきつく言われておりますから」

にっこり笑って、千代は和久井に先に降りるようにうながした。その一連の行動の滑らかさとスマートさは、まだ二十代の和久井から見て、ずいぶんと大人びたものに感じられた。

（やっぱり年上のひと、って感じだな）

和久井は、さらにこうも思った。

（なにしろ、一度は人妻という立場だった人だもんなあ）

些細なことかもしれないが、男というものは、女性にお金を払ってもらうと、急に自分の立場が下になったような気分になるものである。先にタクシー代を払われてからは、和久井は、お見合いというよりも、年上のお姉さんに案内されて京都観光をしているような気分になってきた。しかも、この先の行動すべてが千代の仕切るがままという状況である。

（どこかで自分のペースを取り戻さないと、これはとんでもない結果になってしまうかもしれないぞ）

和久井は、いささかあせりはじめていた。

4

大堰川は、桂川へと名前を変える渡月橋の直前で西側に小さな分流を作っている。その分流に面して建つ嵐峡館別館の前に、二隻の船が停泊していた。

和久井は屋形船風のものを想像していたのだが、緑色の船体に大きなガラス窓がはめ込んである意外に近代的な船で、船室前方に操縦席のあるエンジン駆動の連絡船だった。その船で八分ほど保津川を遡って、嵐山温泉へと向かうのだ。

片方は老舗嵐峡館の連絡船だが、もう一隻の船体には「嵐峡茶寮」と書いてあった。和久井たちが乗り込むのは、そちらのほうだった。

乗船するとき、和久井は一瞬迷ったが、やはりここは紳士的にやらねばと、先に乗り込んでから、千代のために手を添えた。こんなことをやるのも、和久井としては人生で初めての体験で、これだけのことでもいちいち彼は緊張した。

「ありがとうございます」

と、礼を言いながら、千代は和久井が差し出した左手にそっと自分の右手を載せた。これが、和久井と千代の初めての『接触』である。和久井は、手のひらに汗をかいていることが彼女にバレないか、ひやひやして、またよけいに汗をかいた。

「きょうはそんなに寒くないから、ここにいましょうね。風に当たったほうが気持ちいいですし」

千代はそう言って、ガラス窓に囲まれた船室には入らずに、船尾のデッキを指さした。そして、船側の手すりに手をかけて渡月橋のほうを眺める。

和久井もその隣に並んで立ったが、またしても彼は会話に詰まった。

京都のことなどを話題に出せばよいのだろうが、あいにく和久井は京都に関する知識がない。尊敬する推理作家の朝比奈耕作《あさひなこうさく》が巻き込まれた事件の舞台となった金閣寺、銀閣寺、天龍寺などは、いちおう知っているが、まさかこの場で物騒な殺人物語も持ち出せなかった。

話題を探っているうちに、また沈黙の時間がつづく。

頬を撫でてゆく川風の音すら聞こえるのではないかと思える沈黙である。和久井は、いまさらながらに自分が口べたであることに気がついた。

すると、にぎやかというよりも、けたたましいと表現すべき笑い声が後ろで聞こえたので、和久井はそちらをふり返った。中年女性の四人づれが、ドヤドヤと足音も高く船に乗り込んでくるところだった。

彼女たちも嵐峡茶寮へお昼ご飯を食べに行くらしいが、全員がきつめのパーマをクリクリとかけたヘアスタイルで、似たような洋服に似たような靴を履いていた。

(仲間のうちの代表者が、通販で靴をまとめ買いしたのかもしれないな)

つい習性で刑事としての観察眼を働かせていると、そのうちのひとりが和久井たちにチラッと目をやり、仲間の背中をつついてささやいた。

「ちょっと見てえ、あのふたり、お見合いだらぁ」

「やっだっよ〜」

なにが「やだよ」か知らないが、三島あたりからきたのか、その方面の訛《なま》りを交えながら、和久井たちを話の肴にしはじめた。

送迎船で嵐峡を行く。渡月橋からわずか八分でこんな峡谷に

その声が耳に届いて和久井は真っ赤になり、あわてて彼女たちに背を向けると、渡月橋のほうを眺めた。

やがてエンジンをかける音が響いて、船はゆっくりと岸を離れ、大堰川の本流に進み出て上流へと遡りはじめた。

落ち着かない気分のまま、和久井は遠ざかってゆく渡月橋を眺めていたが、そのうちに、彼の視線は千代の横顔のほうに移っていった。

進行する船が巻き起こす風で、結い上げた髪のまとまりから取り残されたほつれ毛がなびいている。

写真で見たときは、あまりにも志垣警部に似ていて腰が引けたものだが、実物の千代をこうやって間近に眺めると、眉毛の太さこそ志垣警部を思い起こさせたが、控えめな物腰

これは実在の嵐山温泉「嵐峡館本館」

は昨今の若い女の子にはない落ち着きを感じさせ、それでいて三十九歳にはとても見えない初々しさもたしかに残っていた。

　この初々しさは、おそらく世間ずれしていないところから生まれたもので、それが千代の長所でもあり、また新婚旅行出発日に結婚生活がいきなり破綻するという悲劇を呼び起こした原因にもなっていたのではないか、とも想像された。

　千代の結婚が、なぜ挙式翌日に破綻したのか、その真相を知りたいという好奇心はもちろん和久井にもあったが、いくらなんでもそこへ話題を持っていくことはできなかった。

　景色を眺めるという口実のもとに沈黙の重苦しさが多少緩和されたのをありがたいと思いながら、和久井は視線を下流から上流へと転じた。

船の行く手で大堰川の両岸が急に迫《せ》り上がって近づきながら、川が右へカーブしているのが見える。いよいよ景色は「嵐峡」と呼ぶにふさわしい渓谷の雰囲気になってきた。

左手の岸辺に近いところには、酒やつまみを載せた小舟が停泊している。これは大堰川周遊の屋形船に乗った客のために浮かんでいるもので、そこを行き過ぎると、谷あいはいっそう深まってくる。もう数週間経てば、両岸はすばらしい紅葉に彩られるはずだった。

川の水は翡翠《ひすい》色をしており、和久井たちが乗る連絡船とは逆方向に、つがいのカモがのんびりと下流に向かって泳いでいった。

船からでは鬱蒼とした木々にはばまれてよく見えないが、右手の断崖の上にはトロッコ列車の線路が走っていた。トロッコ嵯峨駅とトロッコ亀岡駅を結ぶ保津峡観光列車の路線である。そして反対側の岸に、渓谷の温泉宿、嵐山温泉「嵐峡館」の建物が見えてきた。そして、その宿を過ぎてしばらく行くと、本日のお見合いのメインステージである嵐峡茶寮の建物が現れた。

志垣警部が言っていたとおり、船着き場に到着すると、和久井たちは仲居の案内で石段を上った建物へと案内された。嵐峡館以上に高い場所にあったが、台風などの増水に備えてこれぐらいの位置に作っておかないと危ないのだろう、と和久井は想像した。もちろん、階段を上るときも、しっかりと千代をエスコートした。

いつのまにか、和久井は志垣千代の手のひらの柔らかさに慣れていた。

部屋の窓から保津川くだりの舟を眺め下ろす

5

ふたりが通されたのは川沿いの「茜《あかね》」という部屋だった。こぢんまりとした造りだったが、窓際にかんたんな応接セットがあり、そこから大堰川の流れが見下ろせる。すでに座卓には手桶風の二段重ねのお弁当に、湯豆腐の鍋が並べられてあった。

「すばらしい眺めですねえ」

和久井はすぐには座らず、窓際に行って嵐峡の景色に目をやった。千代もその隣に立ったが、相変わらず意識過剰の和久井は、千代にではなく部屋係の仲居に向かって話しかけた。

「紅葉のときなんか、ずいぶんきれいでしょうね」

「ええ、このあたりはいちめん赤や黄色に染まって、それはそれは美しゅうございますよ。春は春で、このお部屋の目の前に立ち並ぶ木がぜんぶ桜ですから、それはもう」

「へーえ」

「保津峡から嵐峡へつづく渓谷の中でも、とくにこのあたりは景色がすばらしい場所で、トロッコ列車も、ちょうどこの真ん前で停まるんですよ。……あら、そう申し上げていたら、ちょうど」

川の向こうで錆びついたブレーキをかける音が引きずるように響いたかと思うと、緑の樹木の間に、赤や黄色の色彩が浮かび上がった。右手のトンネルから出てきたトロッコ列車の車体の色だった。

「あそこに駅があるんですか」

和久井がきくと、仲居は首を横に振った。

「いいえ、駅はありませんけれど、景色を眺めるために停まるのです。ちょうど真向かいに嵐峡館さんとうちの宿があるわけですから、乗っているお客さんがお写真を撮るにはよろしいんじゃないんでしょうか」

「なるほど。じゃ、向こうからもこっちの様子が見えるんだ」

「建物は見えても、部屋の中までは見えません」

「そういえば、ここは露天風呂でしたっけ」

嵐山高雄パークウェイから望む嵐峡とトロッコ列車(川の左手)

「露天ではなくて内湯ですけれど、もちろん嵐峡の景色はお楽しみいただけるように、窓は大きくとってありますよ」

「じゃ、やっぱりトロッコから見えちゃう」

「いえいえ、それもだいじょうぶです。第一、外から眺めただけでは、そこがお風呂かどうかわかりませんし」

「ふうん。そんなもんですか。で、あのトロッコはどれぐらいの間隔で通るの」

「さあ、私も時刻表までは知りませんけど、三、四十分の間隔とちがいますか」

「あまり本数は多くないんだね。あ、船だ。あの船からだと、やっぱりこっちが見えちゃうね」

和久井は、眼下の大堰川を指さした。

トロッコ列車とタイミングを合わせるように、嵐峡周遊の屋形船が二艘やってきて、大きな岩場のところに船首を突っ込んで停まった。

それぞれの船頭が岩に乗り移って腰を下ろし、片方の船頭が二艘の乗客たちに周囲の景色を説明しはじめた。声は聞こえないが、屋形船に乗っている客の顔は、和久井のほうからよく見えた。

部屋の中は見えないと仲居は言うが、この調子だとそうでもなさそうなので、和久井はなんとなく落ち着かなかった。千代との見合いの様子を船から見物されているようで……。

「さ、どうぞ。湯豆腐のほうに火をお点《つ》けしますから」

仲居が、いつまでも窓辺に立っているふたりを席のほうへうながした。そして、湯豆腐の鍋に火を点けながら、和久井にたずねた。

「ビールかお酒、お召し上がりになりますか」

「あ、いえ。お召し上がりになりません」

緊張のあまり、和久井は相手の敬語をおうむ返しに使った。

千代がクスッと笑い、仲居も笑いをこらえていたが、和久井はふたりの女性がなぜおかしそうにしているか、わからない。

「あ、そうそう。お座りになっても川が見えるように、ここも開けましょうね」

仲居は、硬くなっている和久井の様子と千代の着物姿から、いわゆるお見合いの席であることを悟ったらしく、場の緊張をほぐすように、また窓際へ行き、膝の高さあたりに設けられた小窓のほうも引き開けた。そうすると、座って食事をしながらでも大堰川の流れが見渡せるようになった。

「さ、これで眺めがいちだんとよろしくなりましたでしょ」

仲居はにっこり笑って、こんどは千代のほうに向かって言った。

「では、このあと揚げ物もまいりますのでね。どうぞごゆっくり」

まるで「あとは若いふたりで」と言いたげな口調で仲居が挨拶して引き下がると、さほど広くない部屋に、和久井と千代がふたりきりで取り残された。

とたんに和久井の緊張が高まった。

「あのー」

入口のほうを背にした和久井は、右手の親指を立てて背後に向けながら言った。

「いまの仲居さん、京都出身じゃありませんね。ぜんぜん訛がない」

「ああ、そういえば、そうでしたね」

千代がうなずくと、和久井はさらにつづけた。

「ここは時代劇スターの嵐山剣之助の親戚がやっている宿だといいますが、ひょっとしたら経営者も従業員も、京都とは無縁のよそ者で占められているかもしれないですね。嵐山剣之助じたい、大河内《おおこうち》伝次郎《でんじろう》みたいに、この嵐山に根づいた暮らしをしていたわけじゃなくて、晩年はずっと東京に住んでいる人ですから」

和久井が引き合いに出した大河内伝次郎は、明治生まれで昭和に活躍した俳優で、現代劇も演じたが、なんといっても丹下左膳《たんげさぜん》が当たり役で、時代劇スターとして不動の地位を確保した。

出身地は福岡だが、京都嵐山に六千坪もの敷地を確保し、三十年がかりで広大な回遊式庭園を持つ山荘を完成させた。それが大堰川の対岸にある大河内山荘で、彼亡きあとも嵯峨野・嵐山観光の名所のひとつとなっている。

それに引き換え、ことし八十一歳になった嵐山剣之助は東京生まれの東京育ちで、撮影所のある京都で長く暮らしたことがあるものの、古都に心から馴染もうとしないところがあった。

また、彼が役者として名前を馳せていたのは五十代なかばあたりまでで、二十五年ほど前に銀幕からもテレビからも退き、事業のほうに手を染めて生計を立てていた。そんなこともあって、彼の芸名ゆかりの嵐山においても、時代劇スター嵐山剣之助のことを思い出す者は、最近では映画ファンであっても少なくなっていた。

「しかし、アレですよねえ」

沈黙に包まれるのがいやで、和久井はしゃべりつづけた。

「役者って、面白いものですよね。嵐山剣之助なんていうと、えらく貫禄があるけれど、本名は鈴木正夫ですからね」

「ずいぶんお詳しいんですのね」

「ええ、まあ」

あはは、と笑いながら、和久井は頭の後ろに手をやった。

「ここが嵐山剣之助ゆかりの宿だと前もって志垣警部から聞かされていたものですから、いちおうインターネットとかで調べておいたんです。間がもたないといけませんので」

と言ってから、和久井はよけいな一言を添えたことに気づいて、あわてて訂正した。

「あ、いや、べつに話がはずまないだろうとか、そういう予想をしていたわけじゃないんですけど」

と、さらにフォローにならないフォローをしたことに気がついて、ますます和久井はしどろもどろになった。

そんな和久井をおかしそうに見やってから、千代はテーブルの上に出された二段重ねの弁当を開けた。

「まあ、きれい」

志垣千代は、嵐峡《らんきょう》弁当と称するその中身に感動の声をあげた。

ふくさ卵に焼き魚、季節の八寸に煮物、子をまぶした鯛の造りなどがきれいに並べられてある。味だけでなく見た目の美しさも追求する京都の懐石弁当としては、彩り的にはむしろ地味な部類に入るほうだが、窓から飛び込んでくる自然のすばらしさが、弁当の中身を倍にも増して輝かせていた。

6

「まあ、きれい」

和久井たちのいる「茜」から少し離れた「響《ひびき》」という部屋でも、手桶弁当を開けて同じ歓声をあげる客がいた。この嵐峡茶寮までいっしょに船でやってきたクリクリパーマの中年女性四人づれである。

「やっぱり人につくってもらったお弁当を食べるのって、いいわねえ」

「うるさい亭主の声も聞かなくてすむし」

「むさくるしい息子の顔も見なくてすむしねえ。ほんと男の子って、二十歳すぎると同じ屋根の下にいるだけで邪魔くさいら」

「そうそう」

「それにしても、京都にこんな渓谷があるなんて知らなかっただよぉ」

「最高のゼイタクだら。川の流れを眺めながら懐石のお弁当をいただくなんてねえ」

「ここまでくると、ぜんぜん空気が違うし」

「そうそう。私なんて、さっきから何度も深呼吸してるもの。きょうは山倉《やまくら》さんに誘ってもらって、ほんとよかったわ。三島から京都へ出てこようなんて、誰かに強引に引っぱってもらわなきゃ、なかなか腰上げられないから。ありがとう、山倉さん」

「まあ、そんなふうに喜んでもらえたら、嵐山ツアーの提案者としてもうれしいわ。……ところで、ちょっと野中さん」

グループのリーダー格で、つとめて標準語を話そうとする傾向のある山倉秋恵《あきえ》が、盛り上がっている仲間の中で、ただひとり難しい顔で弁当の中身を見つめる野中貞子《のなかさだこ》に声をかけた。

「あなた、お願いだから、こういうときぐらい宿の人に愛想よくしてよ」

「なんでそんなこと言う？」

眉間に皺を寄せながら手桶弁当の中身を覗いていた貞子は、ぶすっとした口調で秋恵に言い返したが、秋恵から反論が返ってきた。

「いつだってあたしは愛想いいいら」

「よく言うわよ。あんた、美味しいお店で食べるときにかぎって、眉間にこ〜んなシワ寄せて、難しい顔して食べるじゃないの。それでまずいのかと思って心配してきくと、感動しながら食べてるんだから、ほっといて、とか言って。ほんと、連れにも店の人にも気をつかわせて、もう」

「はいはい、無愛想で悪うございました。こういう顔は生まれつきだから、しょうがないんですっ」

「ったく、野中さんはヒネくれてるねえ」

「山倉さんほどじゃないら」

「なに言ってんのよ。あんたに較べたらあたしなんか素直なものじゃない」

いちばん年輩の秋恵は、同意を求めるようにほかのふたりに訴えた。

「みんな聞いてよ。野中さんたらね、たまに手料理をごちそうしてくれるんだけど、こっちが一口食べるなり、『まずいら?』ってきいてくるのよ。そんなきき方って、ある? せっかくこっちが『美味しいわね』ってホメてあげようとしてるときにさ。それとか、温泉に行ってきたからとお土産をくれるのはいいんだけど、私が包みを開けて『すてきなお土産ね。ありがとう』って、お礼を言おうとすると、また先回りして『気に入らないら?』って、こうだから。まったく、どういう性格してるんだか、頭ン中見てみたいわよ」

「それは野中さん独特のテレなのよ。そこをわかってあげないと」

最年少の若松《わかまつ》加寿美《かすみ》が助け船を出すと、もうひとりの長谷部《はせべ》鶴子《つるこ》も口を添えた。

「そうそう。それにこの人が愛想がないのはね、あたしたちほど頭の構造が単純じゃないって証拠だし」

「なによ、それ」

秋恵が不服そうに口をとがらせた。

「まるで私のほうが野中さんよりバカみたいじゃない」

「そうじゃなくて、この人はね、観察力が鋭いの。ここにくる船の中で、あたしたちがキャーキャー騒いでいるときに、真っ先によそのカップルにじーっと目をやって、きっとお見合いだら、って推理するでしょ。その推理が当たっていたかどうかは知らないけど、とにかく野中さんは、人間や物事を観察するのが好きなの。そして、いったん観察をはじめると、その世界にはまり込んで難しい顔になっちゃうのよ。ねえ？　その代わり、あたしたちが気づかないところまでよく見てるもの」

「それじゃ、いまあんたがお弁当のフタを開けて、まだ食べもしないうちから難しい顔してるのは、お弁当の中身から何か読みとろうとして、頭を働かせている最中だってこと？」

「そうじゃないだに」

貞子は首をゆっくり左右に振ってから、自分の真後ろの壁を顔で示した。

「みんな聞こえない？」

「え、なにが？」

「ほら、ここにきてみなって。隣の声がよ〜く聞こえるから」

貞子の指摘に、ほかの三人は彼女のそばに集まって一斉に耳をそばだてた。

「やっだっよ〜」

それが口癖の鶴子が小さくつぶやいた。

そして、おたがいに驚きの顔を見合わせた。

「誰かが泣いてるじゃないの」

壁一枚隔てた隣の部屋から、女のすすり泣きを交えた声が洩れ聞こえてきた。

7

「ほんとうに……あなたを巻き込んでもいいの？」

頬を伝う涙をぬぐおうともせずに、黒沢藍子《くろさわあいこ》は連れの野村竜生《のむらたつお》に問いかけた。

「もし、私が殺人犯人になったら、いっしょにいたあなただって罪に問われるかもしれないのよ」

「だから？」

竜生はグラスに残っていたビールを一息に飲んで言った。

「いまさらそんなことを言われて、ぼくが逃げ出すとでも思うのか。それだったら、最初から船に乗ってここまでこないよ」

おたがいに二十代という若さのふたりは、和久井たちよりも一便前の船で嵐峡茶寮に到着していた。

本来ならば、すでに食事を終えていてもいい時間が経っていたが、ふたりの前に出されている手桶弁当には、まったく手がつけられていない。湯豆腐の鍋も、先ほどまではグツグツと音をあげて煮立っていたが、いまは固形燃料が燃え尽きて、余熱でぼんやりとした湯気を揺らめかせているだけだった。揚げたてで運ばれてきた天ぷらも、すっかり冷めている。

わずかに竜生の頼んだビールだけが、空になりかかっていた。

「きみの気持ちはじゅうぶん理解した」

もともと酒があまり飲めない竜生は、ビール一本でかなり顔を赤くしていた。だが、飲まずにはいられないほど、彼は気持ちを高揚させていた。

「いくらぼくが諫《いさ》めたところで、もうきみの行動を止められないことはわかっている。だから、ぼくだって覚悟を決めていっしょにきた」

「覚悟を決めて……って？」

「………」

「覚悟を決めて、って、どういうこと」

藍子は涙に濡れた眼を竜生に向けた。

「ねえ、あなたまでいっしょに道連れになることはないのよ」

「道連れという言葉は適切ではないかもしれない」

ビールの匂いのする息を大きく吐きながら、竜生は言った。

「きみの苦しみは、ぼくの苦しみでもある。立場は同じってことだよ」

竜生は立ち上がると、大堰川を望む窓辺に立って、停まっていたトロッコ列車がまたゆっくりと西のほうへ向けて動き出すのを見つめた。

「きみのお父さんは若かった。五十五歳って年齢は、二十六歳のぼくからみても死ぬには若すぎる。きみはぼくと同い年だけど、実の娘にしてみれば、ぼくが感じる以上にその死は早かったにちがいない。でも、ぼくだって……」

藍子の視線が自分の背中に注がれているのを強く意識しながら、野村竜生はしばらく言葉を途切れさせた。

開けはなった窓からは、さわやかなイオンをたっぷり含んだ渓谷の空気が流れ込んでくる。眼下には二艘の屋形船が川の中程に停泊して、船頭のひとりが周りの景色を乗船した客たちに説明している。のどかな光景だった。

木々の間に見え隠れしていたトロッコ列車が亀岡方面へ去ったあとは、大堰川を挟んだ向かいの崖には人工的なものは何も見当たらない。車の騒音も皆無で、野鳥のさえずりだけが響いていた。

ここがにぎやかな渡月橋から船で十分たらずの場所とは信じられなかった。もっともっと遠く離れた山あいにきたような気分に人をさせるロケーションを眺めながら、こんな状況でなければ、疲れた心を癒す場所に最適なのに、と野村竜生は思っていた。

きっと自分の瞳には、渓谷の緑と川面にきらめく太陽が映っているに違いない。だが、ひとたび踵《きびす》を返して部屋の中に眼を転じれば、暗い現実を見つめなければならないのだ。復讐のための殺人が目の前に迫っているという、重苦しい現実を。

「野村君、思い直して」

竜生の背中に、藍子の涙に揺れる声がかかった。

「いまからでもいいから帰って。これは私が決めたことだから、やっぱり私ひとりでやりたい。ほかの人を巻き込んじゃいけない」

「だからいま言っただろう。途中で引き返すくらいなら、最初からいっしょについてこなかった、って」

「私のほうこそ何度も言うけど、私があの男を殺したら、いっしょにいた野村君にも罪が」

「勘違いをしないでくれ」

かぶせるように、竜生が言った。

「勤め先に代休届を出して、平日の水曜日、わざわざ京都嵐山までやってきたのは、殺人の立会人になるためじゃない」

「え？」

「あの男は、ぼくが殺す」

「野村……くん……」

「きみは自分の人生を大切にしろ。あんな男のために、きみの手を汚すことはない」

野村竜生は、ゆっくりと部屋の中へ向き直った。

嵐峡の風景の代わりに、畳に座ったまま自分を見つめている美しい女性が目に入った。

「きみには、いくらでも幸せな未来が待っているはずだ。そのチャンスを、あんな老いぼれジジイのために壊してしまうことはない」

「それは野村君にだって言えるはずよ」

「いや」

ため息とともに、竜生は首を左右に振った。

「ぼくはいい。もういいんだ」

「もういいんだ、って?」

「きみとちがってぼくは……」

そこでまた言葉を詰まらせた竜生は、立ったままじっと天井を見上げた。

そして言った。

「とにかく、あの男はぼくが殺す」

＊　＊　＊

「やっだっよ〜」

同じ格好で壁にぴったりと耳をつけ、隣の会話に聞き耳を立てていた四人のうち、まず長谷部鶴子が例の口癖をつぶやきながら、壁から耳を離した。そして、隣にいる若松加寿美の顔を見た。

「殺す……って聞こえたわよね」

「うん、間違いなく」

「誰を殺すんだろ」

「それはわからないけど、でも、先の話じゃないわよね。いまの話よね。いまから殺人にとりかかろうとしている感じだったわよね、この宿で」

「やっだっよ〜」

「私が想像するに」

リーダーの山倉秋恵が、ひそひそ声ながらも確信に満ちた顔で言った。

「隣のカップルは恋人どうしね。そして、ふたりには共通して怨んでいる相手がいて、その人物をどちらが殺すかで話し合いをしている」

「そうじゃないだら」

野中貞子が、難しい顔をして言った。

「隣はカップルなんかじゃないら」

「なぜそんなふうに言い切れるのよ」

自分の推理を否定された秋恵が、気分を害した口調で言い返した。

「絶対に恋人どうしよ。おたがいに自分が罪を背負おうとしてかばいあっているのは、おたがいを愛し合っているからでしょう」

「違うだよ。最近の若い子は、恋人に向かって『きみ』なんて、そんなよそよそしい呼びかけはしないがにぃ」

「なに、若ぶっちゃって、わかったフリして」

「若ぶるって、山倉さんより私のほうが年が若いら」

「年はそうでも、野中さんのほうが見た目、老けてるじゃないの。人間、生まれた年じゃなくて、外見で判断しないとねえ。年の数よりシワの数」

「どうしてそんなこと言う？」

「真実を述べているんです、あたしは。こんどパリに行く友だちがいるから、野中さんのためにシワ取りクリーム買ってきてもらうわ」

「京都まできて、なんでそんなイヤミ言う？　山倉さんって、ほんと性悪《しょうわる》だら」

「京都まできて『だら』とか『がにぃ』はやめてくれる？　みやびな雰囲気がぶちこわしになるから」

「生まれ育ってきた言葉でしゃべって、何が悪いだよ」

「ねえねえ、そこで言い合いしてる場合じゃないわよ。声が大きいってば」

鶴子が険悪な雰囲気になったふたりの間に割り込んだ。

「まったく、おたくたちは相性が悪いんだから。それよりどうするのよ、山倉さん」

「どうするって？」

「だから、隣のふたり、いますぐにでも人を殺しにかかる感じじゃないの。きっと、この宿に泊まっているほかの客か、宿の経営者とかに怨みがあるんだわ」

「警察に電話しましょう」

加寿美が自分のバッグに手を伸ばして、携帯電話を取り出そうとした。

「ね、一一〇番しないと大変なことになるわ」

「いいえ、やめときなさい」

山倉秋恵が、若松加寿美の主張をきっぱりとはねつけた。

「隣の人にとって、あたしたちはあくまで他人。よけいな介入をすることないわ」

「でも、ほうっておいたら……」

「山倉さんは、人の不幸が見たいだよ」

秋恵を横目で見ながら、貞子が言った。

「テレビドラマみたいな殺人事件が起きるのを、ワクワクして待っているだよ。この人はね、そういう人なの」

「あのねえ、野中さん」

秋恵が憤然とした口調で言った。

「そういうあんたはどうなのよ。あんたこそ人の不幸を見たがってるでしょ」

「私？　たしかに見たいだよ」

平然と答えると、野中貞子はまたぴったりと壁に耳をつけた。

「やっだっよ〜、この人」

と言いながら、長谷部鶴子も壁に耳をつけた。

「なんて人たちなの。他人のことを説教できた義理じゃないでしょ、それじゃ」

と怒りながら、山倉秋恵も壁に耳をつけた。

「まったく、みんな似たものどうしなんだから」

あきれたため息をつくと、若松加寿美はバッグから取り出しかけていた携帯電話をしまって、ほかの三人と同じ格好で壁に耳をつけた。

と、そのとき——

「お待たせしました。揚げ物ができました〜」

天ぷらをもって仲居が入ってきたので、四人はあわてて壁から離れ、バツの悪そうな咳払いをしながら、それぞれの坐布団が敷かれたところへと移動した。

8

食事をはじめても、和久井は依然として肩の力が抜けていなかった。

お昼のお弁当を食べながら語り合う席だといっても、もともと宿泊用の部屋を時間で貸し切っているだけである。窓際には洗面所もあるし、貴重品入れの金庫も床の間側に置いてある。押入をスッと開けたら、おそらく寝具がそこにしまわれているだろう。そういう部屋にふたりきりでいると、外の眺めが人里離れた印象であるだけに、まさしく新婚旅行にやってきたような気分になるのであった。

(もしもぼくが女だったら)

吸い物の椀を口もとへもっていきながら、和久井は勝手に想像した。

(食事の途中でいきなり押し倒されるおそれに胸をときめかせるかも)

そこまで考えたら、千代にのしかかられている自分の姿が突然、頭に浮かんだ。

(いけません、千代さん、こんなところで、いけませんてば、だめ……)

オカマ言葉になりながら、必死に逃げまどう自分。その上に、なおも馬乗りになって唇を合わせてこようとする千代――いや、志垣警部の顔。

「ぶわっ」

和久井は、飲み込もうとする途中で吸い物を一気に吹き出した。

「ど、どうなさったんですか」

あわてて千代が立ち上がって、和久井のほうに回り込んできた。

「す、すみません、警部」

「警部?」

「あ、いや、そうじゃなくて……とにかくむせちゃって」

和久井はとってつけたように咳き込んだ。

「まあたいへん」

千代は急いで立ち上がると、和久井のほうに回り込んで傍らにひざまずいた。

「背広もズボンもびしょびしょだわ」

「あ、平気です。どうせ安物ですから」

「でも、すぐにふかないとシミになってしまうでしょう」

自分のハンカチで手早く吸い物の具などを拭い取った千代は、和久井に向かってさりげない口調で言った。

「お脱ぎになって」

「えっ、脱ぐ?」

和久井は裏返った声を出した。

「脱ぐって、上も下もですか」

「はい。すぐにつまみ洗いをすればだいじょうぶですから。そこに洗面所もありますし」

「いいです、いいです。濡れタオルをもらって拭けば」

「じゃ、せめて背広だけでも」

千代が何度も言うので、和久井は仕方なしに背広だけは脱ぐことにした。するると、背広を受け取った千代は「こういうのは私がやるより、仲居さんにお願いしたほうがいいわ。ちょっと行ってきますね」と、立ち上がって部屋を出ていき、一分たらずで部屋に戻ってくると「かんたんでいいですから、って言ってシミ抜きを頼んできましたわ」とにっこり笑って、また自分の席についた。

「どうも恐縮です」

ワイシャツ姿の和久井は、意味もなくネクタイを締め直したりして、ペコンと頭を下げた。

「よけいな迷惑をかけちゃってすみません」

「いいえ、少しも。……あの、ズボンのほうもやっぱりあとでお願いしておきましょうね」

「いや、ほんとズボンはいいですってば」

和久井はあわてて手を振った。

「じつは、きょうは柄もののパンツはいてますし。柄ものといっても、チェックとかだったらいいんですけど、ハワイのサーファーの絵とかプリントされたやつで、すっごい季節はずれですよね。ぜんぜん嵯峨野・嵐山って感じじゃないし」

「まあ……」

くすくす笑いながら、千代は和久井を見つめて言った。

「私の前で脱ぐのはアレでしょうけれど、お風呂に入っていらっしゃるときに、頼んでおきますわ」

「えっ、お風呂」

「ええ、さっきも仲居さんが言ってましたでしょう。嵐峡を眺められるお風呂があるって」

「それは聞きましたけど、でもきょうはこういう席ですから」

「私は着物ですからご遠慮させていただきますけれど、和久井さんはお食事のあと、どうぞゆっくりお入りになって」

「いや、ぼくだけ入るわけにはいきませんよ」

「じゃ、私もごいっしょしていい？」

「あは……あわわ、それはいけません、それは」

またまた和久井は手をパタパタ振った。

「千代さんも、じょ、冗談がお好きですね」

「叔父から聞いていますのよ、和久井さん、温泉がとってもお好きなんですってね」

「まったくもー、警部は」

和久井はため息をついた。

「ロクなこと言わないんですよ、あの人は。温泉はぼくが好きなんじゃなくて、警部が好きなんです。それで人を無理やり誘って」

「叔父は淋しがり屋ですから」

「え、そうなんですか」

「ひとりぼっちになれない人なんですよ。うちの父がよくそう申しております。和久井さんを温泉にお誘いするのも、ひとりでは行けないからなんですよ」

「へーえ。おまえもいっしょにこい、なんてえらそうに命令しているのに？」

鬼上司の意外な側面を聞かされて、和久井は目を丸くした。

「顔のわりに、って感じでしょ」

千代の言葉に、和久井はつられて笑った。

志垣警部という、ふたりにとっての共通項となる人物が話題に出てきたことで、急に和久井も硬さがとれてきた。

そして話が自然な形ではずむようになって、和久井は初めてひとつのことに気がついた。千代の声が可愛いのである。それまで志垣警部似の太い眉とか、三十九歳という年齢とか、結婚歴があることばかりに気を取られていたが、千代の話す声はやさしく軽やかで、人をなごませる明るさと愛らしさに満ちていた。

それが、なによりも性格のよさを象徴しているようで、和久井は、しだいに彼女に対するマイナスの先入観を頭から消し去るようになっていた。

いつのまにか、懐石弁当の食事はデザートの和風ゼリーという段階まできていた。話に夢中になっているうちに、和久井は時間が経つのをすっかり忘れ去っていた。そういう意味では、和久井の事前の予想とは裏腹に、お見合いとしては大成功の展開になってしまったのだ。

とくに何か人生問題を論じあったわけではない。結婚のあり方に対する意見を述べあったわけでもない。和久井の恋愛経験をたずねられたわけでもないし、まして千代のスピード離婚の事情が話題にのぼったのでもない。結婚というテーマとはまったく無縁の、また刑事という和久井の仕事とも無縁の、温泉旅行の話だけで小一時間がもってしまったのである。

「ああ、なんだか笑いすぎてお腹が痛くなってしまいましたわ」

膝の上に広げていたハンカチをきちんとたたみながら、千代が言った。

「私、こんなに笑ったの、ほんとにひさしぶりです」

「ぼくもそうですよ」

和久井はワイシャツの袖をまくりあげ、額を手でぬぐった。

「笑いすぎて汗をかいちゃったな」

「だから、お風呂にどうぞ……ね」

千代は、すっかりくだけた口調になって、また和久井に温泉をすすめた。

「このお宿にきて、和久井さんに温泉に入っていただかなかったら、どうしてすすめなかったって叔父に叱られてしまいますから」

「そうですかあ……それじゃ、お言葉に甘えて」

和久井もこんどは素直に千代のすすめに応じた。

「ザブッと一風呂浴びてきますよ」

「ここに浴衣が用意してありますから、お着替えになって。お風呂に行ってらっしゃる間に、ズボンのシミ抜きも頼んでおきますから」

「う～ん。何から何まですみません。では、それもお言葉に甘えることにします」

いつしか和久井は、千代の言うことをなんでもきくようになっていた。独り暮らしが長い和久井にとっては、こうやって女性に身の回りの世話をかいがいしく焼いてもらうことが、こそばゆくもあり、うれしくもあり、という感じだった。もしかすると結婚って、いいものかもしれないな、と思いはじめていた。

そして和久井は、浴衣に着替えるため、遠慮して後ろ向きになった千代のそばでズボンを脱ぎはじめた。さっきまでは彼女の前で着替えるなど、とても考えられなかったのに。

「まだふり返っちゃダメですよ。アロハの柄パンになってるところですから」

「はあ～い」

「あと十五秒ね」

「もういいかい？」

「まあだだよ……って、千代さんもけっこうノリのいい人なんですねえ」

そんな戯《ざ》れ言《ごと》を言い合いながら浴衣に着替えると、和久井は千代を部屋に残して嵐峡茶寮の大浴場へと足を運んだ。自分が主役となってしまう殺人事件に巻き込まれることになろうとは想像もせずに、楽しげに口笛など吹きながら……。

第二章　怨念のミネラルウォーター

1

嵐峡茶寮の本館裏手には、別館と呼ばれる三階建ての建物があった。こちらは奥まった高台に位置し、大堰川からは離れるが、眺めは本館よりもよかった。客室の内装も、別館のほうがグレードを高くしてある。当然宿泊料金もこちらのほうが高く、昼の食事を兼ねた日帰り入浴客に割り当てる部屋は本館のみで、別館は使わせない。

その別館最上階の特別室に、かつて時代劇の名優として鳴らした嵐山剣之助――本名・鈴木正夫が昨日から一週間の予定で滞在していた。

彼に与えられた部屋は十二畳、十畳、四畳半という三つの和室から成り、かんたんなキッチンも備えられていた。さらに檜風呂もあったが、剣之助は特別室のその檜風呂よりも、一般客と同じ大浴場へ行くのを楽しみにしていた。

というのも、大浴場には男女ともにジェットバスや打たせ湯、薬草湯、箱形蒸し風呂など七種の風呂があり、サウナも付いていたから、そこで長湯をするほうがずっとリラックスできるからだった。

時代劇俳優として全盛期であったころと違い、素顔の「鈴木正夫」を見ても、いまや誰も関心を払わない。地肌が透けて見えるほどまばらになった白髪頭の老人が、銀幕で溌剌《はつらつ》たる立ち回りを見せてくれたあの嵐山剣之助と気づく者は、もうほとんどいないから、大浴場で一般客にまじって入浴しても、じろじろ見られる煩わしさもなかった。

街を歩けば一斉に人々からふり返られたり、指さされたり、サインをねだられたりした時代を懐かしいと思うこともあったが、その当時はプライバシーというものがまったくなかった。たとえば、せっかく風呂自慢の宿に泊まっても、静まり返った夜中にこっそり大浴場へ行くなどの気をつかわねばならず、それも面倒で、けっきょく部屋の小さな風呂でガマンしなければならないことも多かった。庶民感覚からすれば豪勢きわまりない露天風呂付きの部屋などを予約してみても、そこでは決して広々とした大浴場の開放感は味わえない。

だから、何の気兼ねもなく銭湯や温泉に行けるようになった現在の状況に、嵐山剣之助は満足していた。そうした自由は、有名税の支払いを終えたごほうびのようなものであった。

八十一歳という高齢になっても、病気らしい病気もせず健康にやってこられたのは、温泉好きのおかげだと剣之助は信じていたが、日本各地の温泉を思うぞんぶん楽しめるようになったのも、「過去の人」となった淋しさと引き換えに得たプライバシーのおかげだった。

だが、そのくつろぎの場である温泉宿に、きょうは不愉快な来客を迎えていた。剣之助が滞在する特別室に通された客はふたり連れ。四十代後半の男性と、六十代の女性である。

本館で和久井たちが食事をはじめたちょうどそのころ、三人は重苦しい雰囲気の中で対峙《たいじ》していた。

男のほうは漆塗りの座卓の上に、一枚の名刺を出していた。

弁護士　中曽根輝政《なかそねてるまさ》

その肩書きは、法的なトラブル処理においては、相当な威力を発揮するものであるはずだった。だが、和服姿の嵐山剣之助は、弁護士の名刺に一瞥《いちべつ》をくれただけで、知らん顔で葉巻の封を切り、たもとから取りだしたライターでそれに火を点けた。

そして、ゆったりとした態度で三服ほど味わってから、おもむろに切り出した。

「中曽根さん、おたくは『帝王水被害者の会』を代表して、私との交渉にやってこられたようだが、私こそ『帝王水被害者の会』の被害者の会というやつを結成したい気分だ。わかるかね」

そこで剣之助は、弁護士の横にいる年輩の女性に目を向けた。

やつれ——という言葉を全身で表わしているような女だった。三年前、夫をガンで亡くした芦田美代《あしだみよ》である。初対面ではない。これまで何度となく、嵐山剣之助のもとに足を運んできた。夫の死に対する責任を問うために、である。だが、彼女が弁護士を伴ってきたのはこれが初めてだった。

（あきらめの悪い女だ）

自分より二十歳近くも年下でありながら、自分以上に老け込んだ印象の相手に見下した視線を投げてから、剣之助はふたたび弁護士のほうに顔を向け直した。

「おたくらは私が二十五年前にはじめた公益事業を、あたかもインチキ詐欺商法のごとく糾弾しているが、それはね、我々に対する名誉毀損行為のみならず、我々の活動によって救われる人々の、延命チャンスを残酷にも奪い取る行為なんだよ、きみ。わかっているのかね、それが」

剣之助の口調は決して荒々しくはなかったが、かつて銀幕や舞台で鍛えたセリフ回しは健在で、言葉のひとつひとつに重量感があった。

「我々が設立した団体『宇宙波動学研究所』は、私利私欲ではなく、人類の幸福を祈って作られた組織だ。あえて財団法人のような公益法人のスタイルをとっていないのも、我々にはこけおどしの肩書きなど必要ないからだ。きみね、財団法人なんてものは、政治家に金やっていくらでも手に入れられる認証でね。我々は、そんなふうに政治家とのつながりを自慢や威嚇の手段に使うほどセコい組織ではない。それ以前に、役者として築き上げた嵐山剣之助の信頼というものがある。お上とつながって威圧的な態度をとったりせず、信頼を大切にするそうした姿勢を、非常に良識的だと評価願いたいものだがねえ」

剣之助は唇の端に葉巻をくわえ、シュッと音を立てて、また一服吸い込んだ。

かいま見える歯並びが完璧なのは、総入れ歯だからである。

「これまで何度も繰り返し説明してきたように、我らが『宇宙波動学研究所』は、『万物の根源は波動にあり』という科学的定理に基づいて研究を行ない、地球上のいたるところにある水こそが、その活力ある波動を保存する素晴らしい格納容器であると気がついた。たとえばそこの窓から眺め下ろせる大堰川がいい例だ」

剣之助は葉巻の先端で、開け放った窓の外を指した。

「この美しき嵐峡を流れる川の水は、それそのものが壮大なる波動の流れだ。あの水はどこからきたか。清々しい波動に満ちた緑の山々がその源だ。生気にあふれる波動を内包したせせらぎは、やがてその流れを太くして、ここまで流れてきている」

剣之助はふたたび葉巻をくわえ、そのためにやや不明瞭になった発音のままつづけた。

「だが、せっかくプラスのエネルギーを引き起こす波動も、悲しいかな外部から浴びせられる邪悪なマイナスの波動によって、もろくも崩れ去る性質がある。保津川から大堰川と称するあたりの水は、じつにピュアで気品に満ちた波動を包み込んでいるが、きみらが船に乗り込んだ渡月橋あたりから、その波動は、観光地を訪れる人間どもの邪気によって傷めつけられてしまうのだ。

ゆえに渡月橋よりも下流、すなわち川の呼び名が桂川と変わった先は、水の分子に格納された波動のエネルギーはかなり弱まってくる。そして、淀川《よどがわ》に合流したあたりでは、水に含まれていた生気ある波動は、すっかり死に絶えているのだよ。まったくバイブレーションのない死んだ水となっているわけだ。だから、精神の浄化作用も肉体の浄化作用もまったくない。そして、ヘドロの海を作る役割しか持たずに大阪湾へ注がれる。川の水ひとつとってみても、それだけの変化がある。そして……」

「それ以上解説していただかなくても結構です」

艶《つや》やかな黒髪をオールバックに撫でつけた弁護士は、元役者を相手に芝居じみたしぐさで片手を前に突き出し、話をさえぎった。

「あなたは、そういうご都合主義の波動理論によって、日本各地で採取したごくふつうのミネラルウォーターを、あたかも特別な能力を含んだ物質であるかのように喧伝《けんでん》して高値で販売し、大きな財産を築き上げた。それが『帝王水』です」

弁護士の中曽根は、舞台俳優にしてもいいような、よく通る声でつづけた。

「富士の麓で採取した水を『霊峰帝王水』、阿蘇の麓で採取した水を『火炎帝王水』、軽井沢高原で採取した水を『幻霧帝王水』、北海道大雪山で採取した水を『氷精帝王水』などとさまざまに名付け、ボトルの色も変えて、それぞれが特化した神秘的な薬効を持つ霊水だと宣伝した。そして、最近になって目をつけたのが、ここ京都嵐山の観光地から船でわずか十分たらずの渓谷にある嵐峡です」

中曽根弁護士は、窓の外に見える渓谷を指さした。

「かつて時代劇俳優として名声を馳せた嵐山剣之助さんは、実業家鈴木正夫として、名よりも実をとる後半生を生きてこられたけれど、ここでふたたび過去の栄光をよみがえらせ、嵐山剣之助の昔の映像などを宣伝物に使った京都ブランドの霊水を作り上げようと計画しておられる。あなたの親戚筋が所有するこの旅館は、第五の霊水ブランドとなる嵐峡の水のＰＲ拠点になることでしょう」

「それはまったくそのとおり」

「しかし、お隣さんの老舗嵐峡館よりもさらに奥まった、本来ならば新たな建築を許されない風致地区にこの宿を建設できたのも、政治家を動かしたからでしょう。政治家の力など借りないと大きなことをおっしゃったが、けっきょくあなたは息のかかった政治家を動かして、詐欺事業を拡大させている。逆に言えば、詐欺事業で大儲けしているからこそ、政治家を動かすこともできる。病気で悩める弱い立場にある庶民をだましたお金でね」

「あんたもしつこい人だね」

剣之助は、葉巻の煙を弁護士の顔に向かって吐き出した。

「詐欺、詐欺、詐欺、とじつにしつこい。そのしつこさは、弁護士などという商売よりも、ヤクザが因縁をつける様子にそっくりだ。首都圏が活動の本拠地ならば、歌舞伎町あたりで暴力団の雇われ法務担当にでもなったらどうかね。そのオールバックの髪型は、水商売にも自然にとけ込めそうだしな」

「話をそらさないでいただけますか」

「そらしているつもりはない」

剣之助は、深い皺に囲まれた眼球をぎろりと動かして相手を睨みつけた。

「帝王水の事業が詐欺かどうかは主観による。主観の相違による議論はムダだと、何度も言ったはずだ」

「帝王水を飲めばガンが治る、ガン細胞が消えると、雑誌やテレビやホームページで宣伝するのは詐欺ではないのですか」

「現に帝王水でガンが治癒した人が大勢いるという事実が、我々の波動理論の正しさを表わす何よりの証拠ではないか」

「ところが、帝王水に頼って死んでいる人が、その何十倍、何百倍もいるのです」

「帝王水を頼りながらも、その甲斐なく死んでいく人間がいることは認める。しかしそれは、帝王水のせいではなく、もともとガンが手遅れだったんだよ。もっと早くに帝王水に出会わなかったのが不幸なのだ。ところが、きみらの言い分ときたら……」

剣之助は、火のついた葉巻の先を、弁護士の鼻先に突きつけた。

「まるで帝王水が毒物であるかのような批判ぶりだ。製品の成分表に関しては、第三者機関の分析を済ませて一般公開してあるとおりだ。それをきみも見ただろう。服用者を死に至らしめる成分があったかね。え？

水銀、シアン、トルエン、ジクロロメタン、トリハロメタン、六価クロム、ＰＣＢ……おかげで私もいろいろ名前を覚えさせてもらったが、そういう有害物質はすべてかぎりなくゼロに近い値だ。逆に、有益なミネラルはたっぷり含んでいる。それのどこに問題がある」

「ですから、その公開された成分表こそ、帝王水がただのミネラルウォーターにすぎないことを証明しているわけですよ。毒でもないが薬でもない。そこには、あなたがた宇宙波動学研究所が主張する、人間にプラスのエネルギーを与える波動の存在など、何も証明されていない」

「あいにく、水の分子における霊的波動の存在は、我々の研究所が保有する特殊な分析装置でないと証明できんのだよ」

「そういうものは証明とは呼びません」

「いつだって霊的なものは、きみたち科学を万能の神のごとく崇《あが》める者に完全否定される。ところがね、世の中、科学を信じる者ほど無知無能な人間はいないのだ。なぜだかわかるかね」

弁護士の否定に対し、嵐山剣之助は露骨な軽蔑の笑いを浮かべた。

「科学だけを信じる人間は、他人が研究した結果のみを真実と信じ込み、おのれの想像力をひとつも働かせようとしない。新しい事実、新しい定理を求めようと努力しない。つまり科学的な人間とは、自分で考え、自分で努力することを忘れた怠け者なのだよ」

「嵐山さん、もうそういう屁理屈をこねまわす遊びはやめましょう」

弁護士の中曽根は、いっそう強い口調になった。

「被害者の会が、あなたの行為のどういう部分に憤っているのか、ここにいらっしゃる芦田さんが、いったい何に対して激しい怒りを覚えておられるのか、それをどうもおわかりでないようですね」

「わからんね」

剣之助は葉巻を吸いながら、じゅるっと唾液の音を立てた。

「まったくわからん」

「では、改めて申し上げましょう。私たちは、帝王水がただのミネラルウォーターにすぎないから金を返せというクレームをつけているのではないのです。あなたが名誉理事として名を連ねている宇宙波動学研究所が主要事業とする帝王水の最大の問題点は、本来ならば適切な医療によって治癒または延命が可能なガン患者から治療のチャンスを奪い、その死を早めているところにある。そこを問題視しているのです」

「もしも私の主人が、帝王水の広告を見ていなければ」

いままで黙っていた芦田美代が、ふりしぼるような声で切り出した。

「主人は、予定どおり放射線治療をつづけていたはずなんです。それなのに、あなたが宣伝する帝王水でガンが消えると信じ込み、そちらのほうに賭けてしまった。そして、病院の先生に無断で逃げ出すようにして退院までしてしまったのです。その結果が……その結果が、無惨な死にざまなんです」

2

「だからね、奥さん」

ハンカチを取り出して口もとに当てた美代に向かって、嵐山剣之助は、うんざりというため息を洩らした。

「何度あなたに同じ説明をしたらわかってもらえるんだろうかなあ。私はおたくのご主人に、放射線治療をやめて帝王水だけ飲みなさいと言ったことなど一度もないんですよ。そうでしょ？　そもそも一面識もないいんだから。ね？」

「………」

「私だってね、放射線治療を受けておられる方は、その治療を続行しながら帝王水を服用してもらうのがいちばんいいと考えているんだ。ところがおたくのダンナは、自分の判断で医者の治療をやめたんだから。その結果生じた責任をこっちに押しつけられても、それはかなわんなあ。いや、ホントかなわん」

「でも、あなたは帝王水のパンフレットで言ってるじゃありませんか。これを飲めばガンが消える。私自身も帝王水によって、ガンの危機から脱することができた。だから長生きしているのですと」

「もちろん、その記述に間違いはない。私とて、八十一歳のこの年まで決して無病息災できたわけじゃない。四十六歳のときに胃ガン、四十八歳のときには肝臓ガンとの診断を受けた。だがそのときにね、宇宙波動学研究所の創設者である五十嵐浩二郎《いがらしこうじろう》先生と出会い、先生が研究なさっていた帝王水と出会ったわけだ。私だって半信半疑だったねえ、そのときは」

剣之助は昔をふり返る顔になって、特別室の天井を見上げた。

「けれども、生命の波動を内包した水、という概念に強烈な衝撃を受け、藁《わら》にもすがる思いでその水を服用したら、みるみるうちに体調がよくなって、あんた、そのあと精密検査をしたら、ガンがきれいさっぱり消えているじゃないか。そのときに私は悟ったんだよ。この素晴らしき神秘なる霊水によって人々を救うことこそ、神が私を世に使わされた目的だったのではないか。役者の仕事は天職ではなかった。役者として得た名声を帝王水の普及に役立てることこそ、我が天職なり、と。だから私は、五十嵐先生亡きあとの宇宙波動学研究所を、ご子息の平太郎《へいたろう》さんとともに支えようと誓った」

「待ってください」

美代は、甲高い声でさえぎった。

「主人も私も、あなたのそのガン体験を信じたからこそ、帝王水にすがりました。でも、こちらの弁護士さんが見つけたんです」

「見つけた？　何を」

剣之助の問い返しに、美代は手の内をさらしてもいいかと視線で中曽根に問いかけた。そして、中曽根が無言でうなずくのを見て、ふたたび口を開いた。

「いまから三十年前、ですからあなたが五十一歳のとき、まだ帝王水事業の表看板になられる前のことですけれど、新聞社のインタビューで、『最近銀幕でお顔を見かけることが少なくなって淋しいというファンの声もあるようですが』という質問に対して、こんなふうに答えておられるんですよ。『五十をすぎたら仕事を絞って、自分が心から納得できる作品にだけ出演するようにしているのです。でも、身体は至って健康、おかげさまで病気らしい病気は一度もしたことがないので感謝しています』と。胃ガンや肝臓ガンの話なんて、どこにも出ていないんですよ」

「ああ、そのことですか」

剣之助は葉巻を挟んだ手の親指で、こめかみのあたりを掻いた。

「あの当時はいまと違って、芸能人がガンの告白などやった日には、もうそれだけで棺桶に片足突っ込んだような受け止められ方をして、大変な騒ぎになった時代です。いくら帝王水のおかげで完治したといっても、一度はガンに罹《かか》っていたというと色眼鏡で見られて仕事にも差し支えますのでね。それで隠していた。ですから、大病をしたことがないというのはウソです。必要悪のウソですな。正直に病歴を告白したのは、役者の世界から完全に足を洗ってからです」

「そうではなくて、帝王水の事業で人をだます決心を固めた段階で新しく作ったお話なんでしょう。ガンを克服したというのは」

「奥さん、パンフレットをよくお読みですか。当時、極秘で私の治療に当たった主治医の先生の言葉が載っているでしょう。医者はウソはつきませんよ」

「その言葉は、当の先生が亡くなってから載せられたんですよね、私はたしかに嵐山剣之助さんのガンを診察しました、という言葉は」

「……………」

「私も中曽根先生も、最近になって大事なことに気がついたんです。嵐山さんはご高齢です。六十二歳の私でも、ずいぶん長い人生を生きてきたと思っているのに、それよりさらに二十年近くも生きていらっしゃる」

「だから?」

「だから、あなたの人柄を詳しく知っている周囲の人間は、どんどん死んでいってこの世にいない。あなたの過去を知る人間が、年々減っているということです。そのおかげで、あなたは自分の都合のいいように過去の経歴を変えることができるんです。いろいろな話をでっち上げても、それを咎める証人がほとんどいないから、告発される心配もない。罹ってもいないガンを克服した物語も自由に作れる」

「バカなことを言いなさんな」

　剣之助は急に不機嫌な顔になった。

「そりゃ、人間八十一年も生きていれば、昔の知り合いはほとんど先に天に召されてしまいますわな。だが、私の過去を知る人間は年上だけとは限らない。あなたより若い知人だって大勢いますよ。その連中のことを意識したら、経歴を勝手にでっち上げるなんて無理な話でしょうが」

「いいんです、もう。ほんとに、もう結構です」

「何が『もう結構』なんですか、奥さん」

「口べたの私が、あなたに理屈で勝つのはムリです。でも、私の主人は、あなたのそういう口のうまさにだまされたんです。お芝居にだまされたんですよ」

　ハンカチで口を押さえ、くぐもった声で美代は訴えた。

「くやしいのは、主人があなたのファンだったことです。嵐山剣之助の映画はすべて観たというのがあの人の自慢でした。あなたに関する雑誌や新聞の記事を切り抜いて、何冊ものスクラップブックを作るほどのファンだったんです。だから嵐山剣之助の言うことをすべて信じた。病院の先生が言うことよりも、妻の私が言うことよりも、嵐山さん、あなたがインタビューに答えたり、広告で言ったりした話をいちばん信じて、それに従ったんです。どんどん痩せていって、骸骨のような顔になってゆく主人を見て、お願いだから病院に戻ってくださいとすがって頼んでも、主人は『いや、おれは嵐山先生の帝王水を信じる』と言い張って聞きませんでした。食欲が失せて、やっとの思いですすれるおかゆも、必ず帝王水を使って炊くように私に命令しましたし、顔を洗うときにも帝王水。とにかくそれ以外には何も信じなくなってしまいました」

「ありがたいお話です」

剣之助は神妙な顔でうなずいた。

「ファンというものはありがたいものです。そうやって心の底から私を信用してくれている。涙が出るほど私はうれしい」

「その信頼を裏切ったんですよ、あなたは！」

「それはあくまで奥さんの憤りであってね、ご本人は決してそうではなかった」

嵐山剣之助は、聞き分けの悪い子供をなだめるような口調で言った。

「自分の信じる道を進む人のもとに、不幸は訪れません。たとえ結末が好ましいものでなかったにせよ、ご主人は人生最後の瞬間を迎えたとき、決して後悔はなさっておられなかったはずです」

「とんでもない。よくそんなことが言えますね。主人は猛烈に後悔していましたよ。最後の最後になって、あの人はつぶやいたんです。『わがままを言ってすまなかった、美代。おれは最初からわかっていたんだ』と」

「え？」

これまでたびたび抗議にきていた芦田美代だったが、それは初めて聞かされるエピソードだった。嵐山剣之助は、葉巻を口もとへ持っていく手を途中で止めた。

「最初からわかっていた、とは」

「帝王水がインチキだということを、主人ははじめから知っていたんです」

「まさか」

剣之助は吐き捨てた。

「本物だと信じていなければ、どうして専門医の治療を途中でほうり出しますか」

「恐かったからです」

「なんですと？」

「主人は恐かったんです。専門のお医者さんにかかりつづけることで、人生の残り時間をはっきりと知らされることが耐えられなかったんです。それから、放射線治療や外科手術そのものも恐かったんです。いったんは専門病院に入院したものの、その両方の恐怖から逃げ出したくて、主人は帝王水に頼りました。決して水の効果を心から信じていたのではなく、それを信じることで現実から逃げようとしていたんです。そのことを……妻であるのに私は……ぜんぜん……気がつかなくて」

芦田美代は、ハンカチに口もとを埋めたまま肩を震わせた。

「主人がどれほど死の恐怖に脅えていたか、そのとてつもない孤独を少しも理解しようとせず、私は帝王水にすがる主人を非難ばかりしていました。でも、主人はわかっていながら自分をだましていたんです。そのことを最後になって告白してくれたんですよ。やっと正直な気持ちを私に話してくれたんです。そして、自分の弱気をひどく後悔しているとも言いました」

「………」

「でも、そのときには、いまさら入院してもどうにもならないほどの状態でした」

美代は、涙に濡れた瞳をゆっくりと上げて、嵐山剣之助を見た。

「こうやって私があなたに抗議しても、亡くなった主人は戻ってきません。同じ死ぬにしても、もっとちゃんとした治療を受けさせてあげたかったと悔やんでも、もうかないません。けれども、せめてほかの人が主人と同じ目に遭わないように、私はお願いしたいんです。帝王水などという子供だましの商売は、もうやめていただきたいと」

「子供だましねえ。よう言うてくれますな、おたくも」

剣之助は、引きつった顔で苦笑した。

「あんたのダンナは、おとなのくせに子供だましに引っかかったというわけですか」

「嵐山さん」

中曽根弁護士が、とって代わって突っ込んだ。

「はっきり申し上げますが、帝王水にだまされたことに気づいたショックで、絶望のあまり自殺した者が何人も出ているんです。その事実を、あなたはどう受け止めておられるんですか。あなたが広告塔になって普及に努めている水は、希望の水どころか、人々にとって絶望と後悔を与える悪魔の水となっているんですよ」

「ガンに絶望して自殺する人間は、あくまで病気そのものが原因なんだよ。聖なる霊水が自殺の原因になどなりうるはずがない。確たる証拠もないのに、推測だけで言いがかりをつけるのはやめてもらおうか」

はねつけるように剣之助が言ったが、中曽根は引き下がらなかった。

「いったい何がほしいんですか、嵐山さん」

「何がほしい……とは？」

「嵐山さんにはお子さんがいらっしゃらないでしょう」

「ああ、そうだが」

「奥さんもいらっしゃいませんね」

「私は二度離婚して、三度目の女房はとっくに死んだ」

「それならば、誰かのために財産を残す必要もないじゃありませんか。人をだまして、人を自殺に追い込んでまで、これ以上お金をいっぱい稼ぐ必要なんて、どこにもないじゃありませんか。なのに、なぜモラルに反した商売をつづけるのですか。何の目的があるんですか」

「……」

「こう言っては失礼かもしれませんが、あなたは八十二歳、あと十年も生きればいいほうだ。お金に執着した人生など、もう無意味だと思うんですが」

「ま、人の人生哲学に介入してもらうのはヤメにしてもらおうか」

嵐山剣之助は、葉巻をくわえたまま立ち上がった。

客人を座ったまま残すことで、退席を促すしぐさだった。

「私はこれから風呂に入る。これが習慣なものでね。隣の嵐峡館さんもいいお湯を提供しておられるが、ウチの温泉は源泉を別のところから引いて、格別に波動の高い湯を使用しておる。長湯をすればするほど、その波動が身体の細胞にも伝わって、すばらしい生のエネルギーに満たされるというわけだ。どうですか、ごいっしょしますかな、中曽根さん」

挑戦的な含み笑いを弁護士に投げつけてから、嵐山剣之助は時計を見て言った。

「それとも、こんな宿には長居をしたくないと思われるなら、どうぞ本館の先の船着き場のほうへ。また、クレームの件に関して、これ以上お話をなさりたい場合は、先般より窓口となっている当方の弁護士にご連絡を」

そして剣之助は、ふたりの客に立ち上がるようアゴをしゃくった。

3

嵐峡茶寮の大浴場は露天ではなかったが、窓越しに大堰川の流れを一望できるよう、川沿いに張り出した内湯の構造となっていた。

食事をとった小部屋から浴場へ行くには、いったんフロントの前を通過して渡り廊下を抜け、そして別棟の内湯に入る間取りとなっていた。内湯は左側が男性用で、右側が女性用。大きさはほぼ同じで、どちらにも七種類の浴槽が設けられている。

浴衣に着替え、タオル一枚持って部屋を出た和久井は、知らずしらずのうちに鼻歌が出ている自分に気がついた。やけに楽しいのだ。毎日毎日、犯罪捜査に明け暮れ、そして仕事が終わると警視庁の独身寮へ帰るという繰り返しに、いままで何の疑問も抱いていなかったが、こうやってプライベートで京都嵐山の渓谷へやってくると、なんだか違う人生の中にポンとほうり出されたような感じだった。

自然のゆたかな温泉宿で気分転換ということだけなら、これまでも志垣警部のお供で日本全国いろいろな場所を訪れたことがある。たしかに、それはそれで楽しい気分転換ではあった。けれども、連れが志垣警部であるのと、姪の千代とでは、楽しさの種類が違うのだ。似たような顔をしているのに、男と女でこうも印象が違うのか。それとも千代の人柄によるものなのか、まだ分析はできていない。とにかく「カノジョいない歴十数年」の和久井にとって、こういう環境で女性と同じ時間と空間を共有するのは、ほとんど初めてといってよい体験だったから、緊張もしたが、心が癒される感じも強かった。

いやいや応じたお見合いで、まさか自然と鼻歌が出る状況になろうとは、和久井は予想もしていなかった。

フロント——というよりも「帳場」といったほうが似合いの一角を和久井が通りかかると、三、四歳と思われる幼い男の子を連れた白髪の老人が、会計をすませているところだった。ふたりとも風呂あがりで髪が濡れていた。

「いやあ、食事もおいしかったし、ほんとにいいお湯で、すっかり身体の疲れがとれましたよ」

銀縁のメガネをかけた老人は、にこやかな笑顔の係の女性に語りかけた。

「熱めのお風呂だと、私のような年寄りになると、薬というよりも毒になりますが、こちらは全体的にお湯がぬるめだったから、おかげで時間をかけてゆっくり温まることができましたよ」

「そうですか。あまりお湯の温度を熱くしますとね、せっかく水に含まれている身体によい波動が失われてしまうので、意識的に低めに調整してありますのよ」

「波動？」

老人客が問い返すと、着物姿の係は「ええ」と大きくうなずいた。

「お風呂場の額に説明書きが飾ってありましたのを、ごらんになりませんでしたか」

「いやあ、メガネをはずすと細かい字はさっぱりでね。気がつきませんでした」

「うちのお風呂は帝王水と同じ理屈で、波動の高い源泉を利用していますの。そこがね、お隣の嵐峡館さんとは違って」

「帝王水……」

「ええ、客間のほうにもパンフレットを置いてあったんですけれど」

「それも気がつかなかったなあ」

「じゃ、差し上げますね。はい、どうぞ」

フロント係は、パンフレットを一部差し出した。

「よろしかったら、帝王水のボトルはそちらの売店でも売っておりますからね」

「これはミネラルウォーターなんですか」

「いいえ、ただのミネラルウォーターじゃなくてね、飲むとガンが消えるんですよ」

「ガンが消える？　ほんとうですか」

「はい。この中にも書いてありますけれどね、実際に嵐山剣之助さんも帝王水でガンを治したんですよ」

「嵐山剣之助というと、あの……」

「お客様の年代ならごぞんじですよね、時代劇の嵐山剣之助」

「もちろんですとも」

「じつはね」

係の女性は、フロントの前を通り過ぎた和久井にチラッと目をやってから、声をひそめてつづけた。

「嵐山先生、こちらにいらしてるんですよ」

「この宿に、いま？」

「そうなんです。ここの主人が、嵐山剣之助先生の親戚筋にあたりましてね」

係の声にはちょっと得意げなトーンが混じっていた。

「そんなこともあって、嵐山先生は湯治をかねて、ちょくちょくいらっしゃるんですのよ。今回も昨日からおいでで」

「そうですか。でも、風呂場ではお見かけしなかったなあ」

「ちょっと行き違いでしたわねえ。ついさきほどお風呂場に行かれましたから」

「それは残念。お風呂でいっしょになったら、サインでもいただけたかもしれないのに。いや、声をかけさせていただくだけでもよかったんですがね」

「そうでしたね。でも、いかがですか、お土産に帝王水シリーズは」

「シリーズというと、いろいろ種類があるんですか」

「そこにも書いてありますように、『富士の霊峰帝王水』『阿蘇の火炎帝王水』『軽井沢の幻霧帝王水』『大雪山の氷精帝王水』とございましてね」

「それぞれ効能は違うんですか」

「はい、微妙に。それから年末には、この嵐山からとれる帝王水も発売になりますのよ。なんという名前になるのか、私ども下の人間はまだ聞いていないんですけど、それもやっぱり身体によい波動を含んだお水で」

「波動ねえ……そうですか」

「いかがですか、お土産に。ここから宅配もできますのでね」

係の女性はしつこかった。そして、老人が連れている半ズボンの子供に目を転じて大きな声を出した。

「あーら、まあ可愛いおぼっちゃま」

まるで「子ボメ」をすれば商品を買ってくれるかと狙っているような見え透いたおせじを、着物姿のフロント係は口にした。

「五月人形のようにキリッとしたお顔立ちで、愛らしいこと。お孫さんでいらっしゃいますか？」

「いやいや、ひ孫ですよ」

と笑って、老人は幼い子の頭を撫でた。

「ひ孫さん！」

「はい。人間、ひ孫の顔を見るようでは、お迎えもすぐそこという感じですが」

「そんな、とんでもない。とてもお若くていらっしゃるから、驚きましたわ」

「これでもう八十です」

「あら、そうですか。するとうちの先生とほとんど同じ年格好でいらっしゃるんですね」

「そうなりますか」


まっすぐ風呂場へ行くつもりだった浴衣姿の和久井は、老人客とフロント係の女性のそんな会話を耳にしたが、若い彼にしてみれば、嵐山剣之助がいまこの宿にいようがいまいが、たいした関心事ではなかった。

それよりも和久井は、フロント係がしきりに宣伝していた「帝王水」というものが気になった。たしかに、その宣伝パンフレットは部屋に置いてあった。ちょうど志垣警部に何かお土産を買って帰ったほうがいいかな、と思い出したこともあって、和久井は帝王水がどんなものか、フロント脇のワゴンに並べてあるところへ行って、実際に手に取ってみた。

和久井はひとめで、これは「まがい物」だと感じた。

「波動」という概念は、科学的論拠を無視した独自の宇宙理論、自然理論、医学理論を主張したがる者が好んで持ちだしてくる代物《しろもの》だった。家電製品などの売り文句にひんぱんに使われるようになった「1／fゆらぎ」という考え方を濫用して商品に神秘的なエネルギーを感じさせるテクニックもある。

通常の科学では説明しきれないコンセプトと精神世界とを結びつけるテクニックは、一般消費者の心に、それこそ新たな「波動」や「ゆらぎ」を引き起こし、宗教にも似た信仰心を発生させる効果がある。だから商品を売るために利用されることも多い。

それが実害を伴わない「気は心」のレベルならばよいが、たとえば医学的な常識をも否定するところまで喧伝された場合には、その罠にはまって逆に健康を損なう被害も出てくることになる。

和久井は、フロント係の女性が「ガンが消える」と口走ったことが気になった。帝王水という商品を、ガンが治る水として真顔で宣伝しているなら、これは問題だぞ、と思った。詐欺商法であるだけでなく、不治の病をわずらって精神的に落ち込んでいる者に対し、誤った救済を期待させる恐れがあるからである。

「それじゃ、いろいろお世話になりました」

その声に和久井がふり返ると、靴ひもを結び終えた老人が片手に小さなボストンバッグをさげ、もう一方の手でひ孫の手を引きながら表へと向かうところだった。結局その老人は、係の熱心な勧誘にもかかわらず、帝王水には興味を示さなかったらしい。

「あ、戸倉《とくら》さま」

その後ろ姿に向かって、フロント係が名前を呼びかけた。

「うっかりしていましたわ。いまうちの送迎船は渡月橋のほうへ向かったばかりですの。ここに戻ってくるまでには、あと二十分ほどかかるかもしれません。よろしかったら、お待ちの間、そちらのロビーでお茶でもいかがですか。きょうは『富士の霊峰帝王水』で淹《い》れたお茶をサービスさせていただいておりますので」

「ありがとう。でも、外のいい空気を吸っていれば二十分などすぐ経つでしょう」

（そうか、そういえば、この宿は専用の船じゃないと行き来できないんだな）

和久井は、ふとその事実を思い出した。

（客にとっては、船だけが唯一の交通機関……か）

なぜか急にそれが気になった。

（その船が出払っているとなると、ここは嵐の孤島や雪の山荘と同じ状況だ）

と、そこまで考えたところで、和久井は苦笑を浮かべた。

（なにが嵐の孤島や雪の山荘だよ。朝比奈さんのミステリーじゃあるまいし、こんな平和な場所で事件が起こるはずがない）

警視庁捜査一課に勤める彼からすれば、京都嵐山の観光地は、遊園地のように安全なところだった。さらにそこから船でたどり着く峡谷沿いの温泉宿は、特別のどかな時間が流れており、もしここで凶悪な殺人事件が起きたら、などと想像するほうが不自然というものだった。

（あまり千代さんを待たせても悪いから、早めにザブッと入ってこよう）

和久井は手にしていた『阿蘇の火炎帝王水』のボトルをワゴンに戻すと、浴衣の襟元をかき合わせてから、渡り廊下を通って別棟の内湯へと向かった。

4

和久井が渡り廊下に差しかかると、その手前にある階段の上から、中年女性の一団がにぎやかな話し声を響かせながら降りてきた。浴衣姿に着替えているところから見て、彼女たちの向かうところも別棟の大浴場であることは明らかだった。

四人は、ふつうの速度で歩いたら話す量が減ってしまうとでも思っているのか、とにかく不自然なほどゆっくりとした歩みで、スリッパをペタペタ鳴らしながら進んでいた。しかも廊下の幅いっぱいに広がっているため、後ろについた和久井は追い抜くことができず、いやでも彼女たちの会話を聞かされる羽目になった。

「まったく野中さんたら、どうして肝心なときに大きなくしゃみなんかするのよ」

和久井の耳が最初にとらえた会話がそれだった。

「ほんとよ。絶対に聞こえたわよ、隣に」

「急に話し声がピタッとやんだものね」

「野中さんのくしゃみが聞こえたもんだから、壁が薄くて話が筒抜けになることが、隣のカップルにもわかったのよ」

「このあとふたりはどうするのか、せっかく黙〜って食事をしながら聞き耳立てていたのにさ、あんたのくしゃみひとつで、探偵ごっこもすっかりぶち壊しだわ」

「まったく、よけいなことするんだからねえ」

「しょうがないら、山椒が鼻に入ったんだから。せっかく二年坂で買ったから、すぐに味見してみたかっただよぉ」

「でも、ふつうこういう場所では開けないって、旅先で買ったお土産は。それにお店で買った山椒を、宿で出されたお弁当にふりかける人は、ふつういないって」

「お弁当じゃないだよ、ふりかけたのはお吸い物さ。私、お吸い物に山椒かけて飲むのが好きなんだから。そのときにパッて粉が散っただよ。それが鼻に入っただよ」

「それはわかったけど、くしゃみはもう少し静かにやりなさいよ。『ハーックショーン……

っとこドッコイ』とか言って。お下品ねえ」

「言ってないら、そんなこと」

「いいえ、言いました」

自分たちの真後ろに和久井がいることなど依然として気づかず、四人の女性は、いまにも立ち止まって話し込むのではないかと思いたくなるほど会話に夢中だった。

「おまけに、その前に仲居さんに変なところを見られちゃったしねえ」

「ほーんと、やっだっよ〜。あのとき、みんなそろって壁に耳つけてたもんねえ。あんなところ見られたら、絶対におかしな客だって思われたよ」

「あれも野中さんが最初にやりはじめたことだからね」

「山倉さん、なんでみんな私のせいにする？　自分だって壁に耳つけてたくせに、なんで私のせいにする？　きっと、私のことキライだら」

「なに言ってんのよ。あんた、ちょっと被害妄想じゃない？　ほんと扱いにくい人だよね、野中さんは」

「ううん、私にはわかるさ。前から思ってたけど、山倉さん、絶対に私のこと気に入ってないだよ」

「ちょっとー、もうそのへんでおやめなさいよ。温泉まできてケンカなんかしないで。楽しい京都旅行が台無しになっちゃうじゃないの。……あ」

ひとりがしゃべるのを途中でやめると、小声でささやいた。

「ねえ、もしかしてあの男の人って気がしない？　隣の部屋の客」

その声につられ、事情がわからない和久井も、女性たちの肩越しに前方を見た。

別棟の内湯がある方向から、若い男がこちらに近づいてきた。いちおう手にタオルは持っているが浴衣姿ではなく、服装もセーターにコーデュロイのパンツだった。

嵐峡茶寮の「入浴付き昼の御膳」では、いちおう浴衣のサービスがある。食事と入浴タイム合わせて二時間と区切って部屋が貸し切りになるので、食後、浴衣に着替えてお風呂へ行き、部屋に戻ってからも浴衣姿のまま、しばらくくつろぐだけの時間的余裕はあるのだ。だが、千代のように食事だけ楽しんで風呂には入らない者もいるし、いちいち浴衣に着替えず、私服で内湯へ向かう客もいる。だから、カジュアルウエアで風呂場から出てきたとしても、それじたいはおかしくはない。

だが、男の髪の毛はぜんぜん濡れていなかったし、顔にも湯上がり特有の上気がみられなかった。それどころか、むしろ青ざめてさえいる感じだった。

渡り廊下いっぱいに広がっていた中年女性の一団は、その男にすれ違うスペースを与えるために、ようやく右端のほうに寄った。そして、男が自分たちの傍らを通り過ぎるとき、彼に向かって興味津々の視線を投げかけた。

和久井は、女性客たちがなぜこの男に興味を示すのかわからなかったが、すれ違ったさい、タオルを持つ男の手がはっきりわかるほど震えていることに気がついた。

(へんだな)

捜査官としての直感が、心の中で警報を鳴らした。

が、たとえて言えば、その警報はマンションでの火災報知器テストのように、ジリン、と一回短く鳴っただけで消えてしまった。

なにしろいま頭の中で大半を占めているのは、千代のことである。千代とのお見合いミニ旅行がこんな楽しくなっていいのだろうか、という喜び半分、戸惑い半分の気持ちで和久井はフワフワした気分になっていたのだ。いつもの和久井なら、Uターンして男の行動を追いかけることをしたかもしれないが、いま、彼の脳裏に大きく浮かび上がってきたのは、志垣千代の顔だった。

(うーん、十歳以上年上の人に甘えるのも悪くないかもなあ)

前をゆく女性グループの歩みが遅いおかげで、和久井も渡り廊下を進む間、いろいろな想像をふくらませる時間があった。

(毎朝、きちんとたたんだハンカチが用意されて、ワイシャツもノリがピッときいていて、靴もピカピカに磨いてあって……)

いきなり千代との新婚生活風景が目の前に広がってきた。

(玄関で靴はいたら、後ろで千代さんが靴べら受け取ったりなんかして。あなた、行ってら

っしゃい、早く帰ってきてね、なーんちゃって)

ずいぶん古典的なパターンである。

(それでくるっとふり返って、それじゃ行ってくるよ、って言いながら、新婚だからやっぱりここでキスをするんだよな。……ん〜)

無意識のうちに和久井は、歩きながらうっとりとした表情で唇を丸めた。

と、そのとき、前を行く四人のうち「野中さん」と呼ばれたクリクリパーマのおばさんが、何の前ぶれもなくバッと和久井のほうをふり返った。

そして、恍惚の表情で唇を突き出している和久井と目が合うと、気持ちの悪いものでも眺めるようにまじまじと見つめたあと、前に向き直って連れの長谷部鶴子にささやいた。

「うしろに変な男がいるから気をつけたほうがいいだよ。なんだか、私らの浴衣姿に興奮してるみたいだにぃ」

「やっだっよ〜、ほんと?」

「うん。私のお尻、いやらしい顔でずっと見てるだよ」

「野中さん、フラダンスのカルチャー通ってるから、自然とお尻ふる歩き方になってるんじゃないの」

「そうだかいね」

「だめだよお、若い男刺激しちゃ」

和久井がその会話を聞いて我に返り、真っ赤になったことはいうまでもない。

5

バツの悪い思いをしながら別棟の内湯にたどり着くと、和久井は中年女性の一団と左右に分かれて男湯の入口に入った。

誰もいないんだなと思いながら浴衣を脱ぎ、裸になって中に入ると、隅のほうでひとりの老人が頭を洗っていた。かがんでいるので顔は見えないが、裸身は年齢を隠せない。細身ではあるけれど、皮膚のいたるところにたるみがあって、シミも浮き出している。背中に大きな青黒い痣《あざ》もあった。

（人間、誰でも年をとると、あんなふうになるのかな）

と、和久井は思ったが、まだ三十にもなっていない彼にしてみれば、老いは遠い遠い未来の話だった。

嵐峡茶寮の男湯は想像していたよりも広く、到着時に仲居が説明していたように、露天風呂はないが、窓ガラスが大きくとってあって大堰川越しの風景が眺められ、換気のために開けられた窓の隙間からさわやかな外気が入ってくることもあって、内湯ながら屋外の自然に溶け込んだ演出がなされていた。

正面にメインの湯船があって、これはかなり大きい。その横でジェットバスが気泡をボコボコと立てており、そこの部分から湯気が濃く立ちのぼっていた。さらにその横には、日替わりで中身が取り替えられる薬草湯が二種類。滝のように湯を頭上から落とす打たせ湯がひとつ。さらに箱形の蒸し風呂と、サウナ用の冷水風呂があった。サウナ本体は、いま老人が頭を洗っているのと反対側の端にある。

これだけ種類があれば、最低でも一時間は楽しめそうだったが、部屋で千代が待っていることを考えれば、あまり長湯はできない。どうしようかと迷った末に、和久井はサウナで一汗流すことにした。

たぶん七、八分も入っていれば、全身から汗が噴き出すだろう。そして冷たい水風呂にざぶんと入って、つぎにシャワーで頭を洗ってさっぱりする。このコースのほうが、浴槽に浸かってのんびりするよりも短時間で身体が活性化すると思った。

そこで和久井は、サウナの木製ドアを開けた。

座る場所が二段になっているサウナの中には誰もいなかった。オレンジ色の薄暗い照明に彩られた室内は、サウナ特有の木の匂いに満ちている。

温度計は九十度を指していた。まだ身体を濡らしていないから、その高温でも、十分間ぐらいは耐えられるだろうと和久井は推測した。

ワイヤーの入った細長いガラス窓がドアに付いているほかは、壁に窓はない。だからサウナに入ってしまうと、浴室の状況はほとんど視野に入ってこなかった。しかも、木製ドアの遮音性が高いため、老人が頭を洗うシャワーの音も、ジェットバスの噴出する気泡の音も、打たせ湯が落ちる音も、すべて遮断されて静かになった。

正面ドアの真上には、秒針付きの「十二分計」が取り付けられてあった。「12」を頂点にして1、2、3……10、11、12と数字が並んでいるのは通常の時計の文字盤といっしょだったが、秒針のほかには分針用の一本しかなく、秒針が六十秒かけて一回転するごとに分針が一目盛り動く。つまり数字はそのまま分を表示して、分針が一回りすれば十二分の経過を示すというサウナ用の特殊表示時計だった。

それを見ながら、和久井は最長でも十分ぐらいで出ようと考え、上段の端のほうに上って腰を下ろした。下段の席よりも上段のほうが温度は高くなる。和久井はタオルを腹の下にポンと載せ、首をうなだれるように前へ垂らして目を閉じた。

すると、千代の顔がまた浮かんできた。そして耳元で千代の声が響いてくる。

(千代さんって、可愛い声してるよなあ)

目をつぶったまま、和久井は思った。

(四十まぢかなんてぜんぜん思えない、愛くるしい声をしているから、そこにまいっちゃうところもあるんだよな。やっぱ、性格のよさが声に出ているんだよな)

ふつうは「性格の良さが顔に出ている」という言い回しを使うものだが、和久井は自分でも知らないうちに、その表現は避けていた。千代と志垣警部との顔面相似形——どこまでも引っかかる問題がそれだった。

引っかかるといえば、千代に関してもうひとつ気になることがあった。千代の離婚の仕方である。

離婚の背景にもいろいろあるが、彼女の場合は成田離婚。それも新婚旅行から帰ってきての成田ではなく、出発時点での破談というから尋常ではなかった。

志垣警部自身も詳しい事情を聞かされていないようだが、披露宴が終わった直後から急に花婿の機嫌が悪くなったという。それはいったいどういう事情なのか。相手の男に原因があるならまだしも、千代のほうに原因があったとしたら……。

そこが和久井としては知りたくてたまらない部分だった。だが、もしもその疑問を千代本人にぶつけるとしたら、それは和久井自身に結婚の腹づもりが固まったときでなければならない。興味本位でたずねてよい問題でないことは、和久井もじゅうぶんにわかっていた。

(だけど、披露宴直後に急に花婿の機嫌が悪くなったって、どういう理由があるんだろう。招待客のスピーチか何かで、千代さんの意外な過去がわかってしまったんだろうか。そりゃ、人間四十年近く生きてくれば、いろんな過去があるだろうしなあ……)

全身の皮膚がサウナの熱でピリピリしてくるのを感じながら、和久井は考えつづけた。

（それとも披露宴の最中に、千代さんを生理的に嫌いになってしまうような出来事があったのだろうか。いや、それよりも……）

ふと、ひとつの回答が思い浮かんだ。

（志垣警部が親戚代表で余興をはじめたのはいいけれど、それがめちゃくちゃ下品でヒンシュクを買ったのでは？）

それならありうる話だと思った。捜査官仲間が集まった内輪の宴席などで、志垣警部は酒が回ると全裸で安来節《やすき》のどじょうすくいを踊る癖がある。女性捜査官たちからはセクハラというよりも、気持ち悪くて健康に有害だというクレームが多発しているのだが、志垣はやめようとしない。そういうところは超オヤジなのである。

（やっぱり、警部がTPOも考えずに裸踊りをやったのが原因で千代さんは嫌われたんだ。こんな下品な親戚がいるなら、結婚は白紙撤回だ、と）

そう結論づけたとたん――

（ンなワケないだろ！）

と、怒鳴る志垣の顔が、和久井の脳裏で大写しになった。つぎに、その鬼ガワラみたいな顔が、CGの特殊効果のように千代の顔へと変化していった。

（まずいよなあ）

けっきょく、またそこへ話が戻ってしまう。

「人間はね、外見じゃないよ、心だよ」と、和久井は小さいころから祖母が念仏のように唱えるのを聞かされていた。「ぼろは着てても、こころの錦、と水前寺清子も歌っていただろう」と、和久井がほとんど知らない時代の歌手まで引き合いに出してきた祖母の言い分は、間違ってはいないと思う。和久井とて、結婚する女性が美人でなければ不満だ、などと高望みはしていない。性格がよいことが第一だというおばあちゃんの教えは、深く心に刻まれているのだ。

だが——京都嵐山でのお見合いがはじまって、いつのまにか千代と意気投合していても、ふとした瞬間によみがえる現実が、どうしても和久井の腰を引かせてしまうのだ。志垣警部にそっくり、ということが……。

そこにこだわるたびに、和久井は千代に対してすまない気持ちになる。たしかに和久井も男だから、美人に会えばアドレナリンの分泌状態に変化は起きる。しかし、顔だけですべてを判断してしまうほど純度の高い面食いでもない。千代と三十分も話せば、彼女の性格のよさは文句なしに実感できる。その性格のよさが、彼女の顔立ちの印象にもプラスとなっているのは間違いない。

だから、ひとつの問題さえなければ、和久井は迷うことなく千代と二度目のデートをしようという気になっていただろう。しかし、そのたったひとつの問題が大きいのである。千代と志垣警部の顔面相似形問題が……。

　べつに和久井も志垣が嫌いで、そこにこだわっているのではない。逆である。志垣警部はほんとうにいい上司だと思うし、その人柄も大好きだった。しかし、その「人のいいおっさん」である志垣の顔を、千代といっしょにいるたびに思い出すことになってはかなわないのである。結婚して千代とダブルベッドに寝て、抱き合った瞬間に、その顔が志垣警部に見えたら悪夢である。

（ああ……なんてことだよ。いっそ、千代さんが性格的に魅力のない人だったら、警部の顔を立ててのデートと割り切れるのに）

　そうなのだ。顔が志垣に似ているということ以外に、千代に対する積極的な否定要因はなかった。離婚の過去に関する謎も、事情がわかればきっと不安も解消するに違いない。だからこそ、和久井は困っていた。

　志垣警部は、一度でいいから会ってやってくれというが、曲がりなりにも見合いをした以上は、答えを出さなければならない。和久井は千代と会う前から、相手の印象がどうであれ、嵐山でのお見合いが終わって東京に戻ったら、即座にノーの回答を志垣警部に出すつもりだった。

　ところが、本人と会ったら情が移った。志垣千代は、あまりにもいい人なのだ。ノーと言えない和久井になってしまったのである。かといって、イエスとも絶対に言えない。千代自身には何の責任もない理由で、だ。

どうしていいかわからなくなって、和久井はサウナの中で頭をかきむしった。無意識に時計を見ると、およそ四分が経過しようというところだった。どんなに高温の設定でも、いつもならサウナに四分入ったぐらいでは、まだ汗が噴き出すまでには至らないが、見合いの結論をどう持っていけばよいのか悶々とするうちに頭に血が上って、やけに身体がカッカとしてきた。

そこで和久井は、場所を移してやや温度の低い下段中央へと移動した。ガラス窓のちょうど真向かいである。ジェットバスの浴槽に、老人がこちら向きになって胸のあたりまで湯に浸かっているのが、サウナ扉のガラス窓越しに見えた。ほかに入浴する客の姿は見当たらなかった。

老人は、サウナの中で和久井がやっていたのと同じように、首をうなだれるように前に垂らしていた。それだけでなく、身体全体がなんとなく前のめりに見えた。だから、表情までは窺《うかが》えない。

のちに和久井は、そのときの姿勢から、すでにその段階で、老人になにか体調の異変があったのではないかと思い返すことになるが、現時点では、ぼんやりとその姿を記憶にとどめたにすぎなかった。

老人の姿を窓越しに見ていたのは、時間にすれば十秒もあるかないかだった。そして和久井は、また首をうなだれる格好で目を閉じた。

しかし、どうしても目を閉じると千代と志垣の顔が交互に浮かぶので、仕方なく和久井は目を開けた。

目を閉じていたのはわずか三十秒たらずのはずだが、もう老人の姿はジェットバスのところにはなかった。また、浴室の目の届く範囲にも見えない。

きっとあがったんだろうと想像し、和久井はそれ以上、老人のことは気に留めなかった。ただ、これで浴室に誰もいなくなったのなら、サウナから出たら、いちばん広い浴槽で泳ごうと思った。

じつは志垣といっしょに温泉に行くと、警部は決まって広い浴槽で泳ぎ出すのだ。それを見て「警部ぅ〜、みっともないから子供っぽいことはやめてくださいよぉ〜」と咎めるのが和久井の役回りだったが、ほんとうは自分もやりたかったのである。ただ、志垣のいるところでやると「おまえはやらなくてよし」などと勝手なことを言って後頭部をパカンとはたかれるのがオチだったので、控えていただけだった。

そんなことを考えつつ、サウナの窓越しにぼんやりと浴室を眺めているうちに、五分、六分、七分と時が過ぎていった。

サウナに入って最初の段階では、千代の顔が浮かんだり、志垣の顔が浮かんだり、見合いの返事をどうしようかと悩んだりしていたが、全身の汗腺から汗が玉のように盛り上がってくるころには、和久井は無心で高熱に耐えることだけ考えていた。

少し前屈みになった彼の髪の毛から、汗がポタリ、ポタリと垂れはじめ、それが足の甲に落ちていくのが感じられる。そして、汗の落下を足で感じる間隔がどんどん短くなっていった。汗は頬を伝って口のところにも流れ込んでくる。呼吸をすると熱気のために鼻の粘膜が痛くなった。

顔をしかめながらドアの上のサウナ時計を見ると、入ってから八分が経過したことを示していた。そのころには、和久井の身体はシャワーを浴びたようにびっしょりと汗で濡れていた。

(よし、あと二分だけ)

キリのいいところで、トータル十分が経過したら出ようと和久井は決めた。そして、最後のひとガマンとばかりに、ギュッと目をつぶった。

6

ふたたび和久井が目を開けたのは、それから二分三十秒後だった。

「あっつっつっつ。もうダメだ〜!」

サウナの時計が十分三十秒を経過しているのを横目で見てから、和久井は木のドアを開けて外へ飛び出した。

とたんに、静寂の空間からジェットバスの噴出音や打たせ湯が落ちる音が耳に飛び込んできた。大浴場特有のエコーを伴った音だ。そして、薄暗いサウナの室内から昼の光にあふれたまばゆさに、和久井はちょっと目を細めた。

火照《ほて》った身体をとにかく冷まそうと、和久井はサウナを出てすぐ脇にある水風呂に飛び込んだ。

「ふは〜、強烈だったなあ」

首のところまで冷たい水風呂に沈めて、和久井は独り言を洩らした。

そして、なぜかこんな言葉がつづいて口から出た。

「結婚……か」

志垣に無理やりお見合いを押しつけられるまでは、和久井は真剣に結婚など考えたこともなかった。世に『回転寿司殺人事件』と呼ばれている事件では、小学校時代の美少女転校生・蓮台寺翠《れんだいじみどり》と久しぶりに再会し、心ときめいた一瞬もあったけれど、それはどちらかといえば恋心の再点火であって、結婚を意識したのとはちょっと違う。

しかし、志垣千代といっしょにいると、なぜか結婚生活の具体的な場面が次から次へと連想されて仕方ないのだ。夫と妻という関係になったときのふたりの情景が、否応なしに脳裏のスクリーンに浮上してくる。

とはいっても、蓮台寺翠のときと逆のケースなのは、そこに恋愛感情がない、という点だった。

志垣千代はたしかにいい人だと思う。心もなごむし、彼女といると自分自身がやさしくなれる気がした。けれども——志垣警部と似ていることは、とりあえず脇に置くとしても——千代に対して「恋」という種類の感情は湧かないのだ。

(恋愛と結婚は別よ、なんて、交通課の婦人警官連中がよく言ってるけど……)

水風呂によって身体の熱が冷めていくのを感じながら、和久井は考えた。

(そういう割り切り方でいっしょになって、それで結婚生活の楽しさがもつんだろうか)

さっきから、千代とのキスシーンやベッドシーンを想像するたびに、志垣警部の顔が二重写しに重なって困惑させられたが、もしかすると、千代の顔が志垣警部に似ているからそうしたイメージに邪魔されるのではなく、千代に好感は抱いているものの、恋はしていないからこそ、警部の顔に空想が妨害されるのではないか、という気がしてきた。

(そうなんだよ)

和久井は自分の気持ちを再確認した。

(千代さんのことを好きになりかけているけど、それは恋とは別の感情なんだよな)

和久井はまだ若い。生来の気弱な性格が災いしてか、女性と燃えるような恋を経験したことは、いまだにない。でも、その経験なしに落ち着いた家庭生活に入るのは、なにか違うんじゃないかという気がしてきた。

(このまま千代さんと結婚しても、すぐに浮気しちゃいそうだな)

そこの部分は、和久井は妙に自信があった。

(それって、けっきょく千代さんを不幸にさせることだよな。ってことは、やっぱりこの縁談は、これ以上進行させないほうがいいかもしれない)

いったんマイナスのベクトルで事態を考え出すと、こんどはとことん不安要因ばかりが募ってきた。こうなってくると、千代がまもなく四十歳になるという事実も引っかかってきた。

(こっちがまだ三十代のうちに、千代さんは五十の大台を超す。ぼくが四十代後半の働き盛りで、志垣警部みたいにバリバリやってるころ、千代さんは還暦を迎える)

「う〜ん」

和久井はうなってしまった。

愛があれば年の差なんて、という名言が、千代と結婚した場合にも通用するのかどうか、いたく不安になってきたのである。

「うーん……うぶぶぶぶぶ」

うなっている途中で、和久井は鼻から泡を吹いた。知らず知らずのうちに、浴槽の壁にもたせかけていた背中がずれて、鼻先まで水に浸かっていた。

自分のアホさかげんにひとりで照れながら、和久井は水風呂から出た。そして、メインの浴槽で「ひと泳ぎ」してからシャワーを浴びようと浴室内を何気なく見渡したとき、和久井は、それを発見した。

水風呂の隣にふたつ並んだ薬草湯の、さらにその向こうにあるジェットバスの中で、白髪頭の老人がうつぶせになって沈んでいた。

背中に大きな青黒い痣。和久井が浴室内に入ったとき、片隅で頭を洗っていた老人の背中に目立ったその特徴が、不吉な模様に見えた。

7

異変を発見した最初の段階では、和久井の頭にはまだ「殺人」という概念は浮かばなかった。代わりに浮かんだのは「発作」という二文字である。

心臓発作か、脳溢血か。ともかく高齢者が風呂で倒れることは珍しくない。和久井は気泡を噴き出して揺れる湯の中から、大急ぎで老人の身体を引き起こした。

激しい苦悶の表情がそこに刻みつけられていた。

まだその段階でも、和久井は心臓などの発作だと思い込んでいた。

（そばにいながら、なぜすぐに気づかなかったんだ）

和久井は悔やんだ。

彼は、水風呂に少なくとも三分ぐらいは浸かっていた。その間も、老人はジェットバスの湯の底に沈んでいたのだ。責任感の強い和久井は、自分のせいで老人を手遅れにしてしまったと感じた。

ぐったりとした老人の身体を大急ぎで風呂場の床にひきずり上げると、和久井はすぐに呼吸と鼓動をチェックした。瞳孔も見た。が、すべてが死を意味していた。

それでも和久井はあきらめず、心臓マッサージを行なった。ついさっきまで、和久井は老人が前屈みの格好でジェットバスに入っている姿を見ていたのだ。何分前の出来事だったか、その場で逆算して考えるゆとりはまだなかったが、さほど前ではない。脳への酸素供給が数分間停止していても、蘇生を完全に放棄するのは早いと思った。

しかし、応急措置ではどうにもならないと悟ると、和久井は浴室のドアを開け、脱衣場に飛び出した。

内線電話を探した。どんな温泉宿でも入浴中の不測の事態に備え、浴場には電話を備え付けてあるのが常識である。

それは洗面台の脇にあった。

だが――

電話コードが途中で切られていた。明らかに鋭利な刃物で切断された痕跡があった。

（………）

和久井はこのとき初めて、老人の身に起きた異変が、ただの病的発作ではないかもしれない、と感じた。

と同時に、さきほど本館から浴場へくるときにすれ違った若い男の姿を思い出した。風呂場から戻ってくるところなのに風呂に入った様子もなく、顔面蒼白で小刻みに指先を震わせていた男――

そのイメージをきっかけに、和久井の脳裏に十五分ほど前の情景が、時間を逆に追って次々とよみがえった。

和久井の行く手をはばむようにゆっくり歩いていた中年女性の一団が、隣の部屋の様子を盗み聞きしていたような会話を交わしていたこと。そしてその隣の部屋にいた男が、浴場から出てきた若い男ではないかと推測していたこと。

さらにその少し前、和久井がフロントの前を通りかかったとき、老人客とフロント係の交わしている会話の中に、かつての時代劇スター嵐山剣之助がいまこの宿に滞在しており、ちょうど風呂に行っているというような話をしていたことも思い出した。

（嵐山剣之助？　彼がそうなのか？）

若い和久井は、もちろん現役時代の嵐山剣之助を知らないし、現在ビデオやＤＶＤに製品化されている彼の出演作を見たこともない。全盛期の嵐山剣之助の顔は雑誌などで何度か見た記憶があるが、その彼が老人になったときの風体など知るよしもない。

だが、ジェットバスの底に沈んでいた白髪の老人の顔立ちは、苦悶に歪んではいたが、その整い方から見て、元役者の面影はたしかにあった。

時間にすれば一秒にも満たない間に、和久井の頭脳回路の中を記憶データの奔流が駆けめぐった。

犯罪の匂いを直感した和久井は、自分がすっぱだかでいることも忘れて、何も身につけず、裸足で男湯の外に飛び出した。すると、浴場と本館とをつなぐ渡り廊下のところで旅館の男性従業員と立ち話をしている志垣千代の姿が目に入った。彼女の手には、和久井のスーツがきちんと折り畳んで載せられていた。

「千代さん！」

和久井が叫ぶのと同時に、従業員と千代が彼をふり返った。

ふたりとも全裸の和久井を見て、目を丸くした。千代のほうは、それに加えて顔を真っ赤にした。それでもまだ和久井は自分の姿に気づかない。

「緊急事態なんだ。すみません、宿の人、大至急警察に連絡をしたいんです！」

「警察……ですか？」

問い返す従業員に向かって、和久井は畳みかけるように答えた。

「ええ。ぼくが直接出ますから。電話はどこです」

「お客さん、いったい何が」

「男湯でお年寄りが風呂の底に倒れていた……というか溺れていて、意識がない」

「お年寄りですって！」

従業員が思い当たる顔になって、大きな声を出した。

「まさか、嵐山先生では」

「ぼくにはわかりませんが、白髪で背中に大きな青痣があって……そんなことより電話はどこです……あっ、いてててて！」

渡り廊下を使わず、浴場の入口から本館の入口へ最短距離をとって土の上を走り出した和久井は、とがった石を踏んづけて初めて、自分がスリッパも履いていない裸足であることに気がついた。そして、足元に目を向けた瞬間、すっぱだかであることにも。

ようやく和久井は千代が真っ赤になった理由がわかり、こんどは自分が真っ赤になった。

「たはは……千代さん」

和久井は下半身に両手を当て、上半身をくねらせながら小声で頼んだ。

「すみませんけど、お手元のズボン、こっちに投げてもらえます？」

緊急事態発生のさなかの、間の抜けた一幕のように思えたが、じつはこの場面に真犯人にたどり着くヒントが隠されていようとは、そのときの和久井には想像もつかなかった。

第三章　和久井刑事、絶体絶命

1

その日の夜――

嵯峨野大覚寺にほど近い閑静な一角にある和風旅館の離れに、深刻な面持ちの三人が集まっていた。和久井と志垣千代、そして東京から急を聞いて駆けつけてきた志垣警部である。

この宿は、志垣の長兄にあたる千代の父親が京都滞在時にひいきにしているもので、志垣や和久井の給料ではとても手が出ない高級旅館である。その中でもとくに宿泊料金の高い離れを、千代は迷うことなく指定して予約をとった。大事な話をするには離れが最適という、しごく当然の理由からではあるが、予算に糸目を付けない判断力は、さすが父親の財力をバックにした「お金持ちのお嬢さん」ならではだ、と和久井は感心した。

しかも、事情が事情なので、料理は空腹を軽く満たすためのおにぎりと数種の漬け物だけというシンプルなものにしてもらう配慮も、これまた千代がしてくれたものだった。さらに、話し合いの席で必要になるだろうと、メモ用の便箋や筆記用具なども、千代が宿に頼んで揃えてもらってあった。ほとんど秘書のような手回しのよさである。

すでに千代はお見合い用の着物から、秋らしい色彩のブラウスとスカートに着替えていた。洋装の千代は、がらりと印象が変わって、活動的なビジネスウーマンにみえた。まったく意外なイメージチェンジだった。

だが、和久井としては、千代の気配りに対して感動したり、彼女のイメチェンに驚いたりしたのもほんの一瞬で、頭の中は事件のことでいっぱいだった。彼を取り巻く状況が、思わぬ深刻な事態になっていたからである。

「さっきおれも所轄の太秦《うずまさ》署で担当捜査官に会って、詳しい話をきいてきたよ」

掛け軸を背にした上座に座った志垣が、ネクタイをゆるめながら重苦しい表情で切り出した。

「まずかんたんに事件のおさらいをしておこう」

メモを書き連ねた手帳を広げながら語るその様子は、捜査一課の大部屋で部下を前にしているときとまったく同じだった。和久井からすれば、いまいる場所が嵯峨野の高級旅館の離れであることが、なんとも奇妙に感じられた。

「嵐峡茶寮の男湯で、和久井によってジェットバスの底に沈んでいたところを引き上げられた元時代劇俳優の嵐山剣之助こと鈴木正夫、八十一歳の死因は溺死だ。ただし、心臓発作や脳溢血などの病的要因によって湯の中に倒れ込んだための溺死ではない。彼の口内を調べると、総入れ歯の下半分が外的圧力によってはずれかかっているうえに、その歯の部分などに白い繊維が多量に付着していた。

正式な鑑定はまだだが、その繊維は同旅館で泊まり客や日帰り入浴客などに出されているタオルに使われているのと同種のものとみられている。つまりだ、嵐山剣之助は何者かによって口の中にタオルを押し込められたうえで、ジェットバスの中で溺れさせられたのではないかと考えられているわけだ。病死ではなく、他殺ということだ」

淡々とメモを読み上げる志垣の向かい側には、和久井と千代が並んで座っていた。千代のほうが部屋の出入口に近いところにいるのは、何かの用を言いつけられたときにすぐ立てるように、と考えてのことだった。

「さて、嵐山剣之助の死亡時刻だが、直前に彼の生きている姿が和久井自身によって目撃されているように、和久井の入浴中であることは間違いない」

「警部、ぼくの入浴中という言い方じゃなくて、具体的な時刻を言ってくださいよ」

情けない顔で和久井が異議を申し立てたが、

「いや、具体的な時刻よりも和久井の入浴中であることが重要なんだ」

と、志垣はメモに目を落としたまま、深刻な顔で答えた。

「それで、だ。おまえの行動をもとに、いったい嵐山剣之助がいつ殺されたのかを追ってみよう。まず、おまえが風呂場へ行ったとき、ほかに誰か入浴客はいたか？」

「最初は誰もいないと思いました。脱衣場もガランとしてましたしね。でも中に入ってみると、サウナとは反対側の端で老人が頭を洗っているのが見えたんで、ああ、ひとりだけいたんだ、と」

「それが嵐山剣之助だったんだな」

「はい」

「間違いないか。頭を洗ってたんじゃ、顔は見えなかっただろう」

「いえ、背中に大きな痣がありましたから。青黒い痣が」

「ああ、そういえば時代劇の花形だったころ、嵐山剣之助は自分のその痣が自慢だったそうだな」

「痣が自慢？」

和久井がいぶかしげに問い返した。

「コンプレックスじゃなくて、自慢なんですか？」

「なんでも、その痣が鬼のように見えるそうでね」

「鬼に？　そうかなあ……」

「他人の目にはどう映ろうと、剣之助自身にはそのように見えるそうなんだよ。そして彼は、その痣が自分の守り神だと信じていたそうだ。つまり鬼神だな」

「いかにも時代劇ですねえ」

「女を口説くときは、『おれの背中に棲んでいる鬼を見せてやろう』というのが決まり文句だったという伝説もある」

「それにしても警部、なんでまたそんなに嵐山剣之助のことに詳しいんですか」

「千代が調べてくれたんだよ」

「え、千代さんが？」

和久井は、隣にいる千代に目を向けた。

「だけど嵐峡茶寮では、ぼくが嵐山剣之助のプロフィールを話したら、詳しいんですね、って感心していたのに」

「ええ、その段階では私、ぜんぜん知らなかったんです。でも、こんな事態になったので、すぐに調べなくちゃと思って……これで」

千代は、和久井の前にPDA――携帯情報端末を取り出した。パソコンではないが、通信に特化した性能はパソコンにヒケをとらず、PHSカードなどを差し込んでインターネットに接続して情報を得ることができる。

「これで嵐山剣之助に関するデータを集められるだけ集めておいたんです」

「あんなバタバタしている時間に？」

「はい」

千代はにっこり笑ってうなずいた。

「いつもこれは肌身離さず持っているんです」

「着物のときもですか」

「はい」

「驚いたなあ。こう言っちゃ失礼かもしれませんが、千代さんとITって、なんかイメージ的に結びつかないと思ってたんですけど」

「それは、お見合いの席ですもの」

「お見合い……でしたよね、たしかに」

「これでも、私、父の会社にいたときは秘書をしていましたのよ」

と言って、千代は笑顔を絶やさずに和久井を見つめた。

「千代はな、おまえのために一生懸命なんだよ、和久井。なんとかして、事件の真相を解明しようと、自分にできることはなんでもやると言ってくれているんだ」

志垣がメモから顔を上げて言うと、千代は恥ずかしそうに、もともとリンゴのように血色のよい頰をもっと赤く染めた。それを見て、和久井もいっしょになって照れた。

が、つぎの一言が和久井の胸にグサッと刺さった。

「そりゃあ千代も必死になるわな。なにしろおまえが犯人なんだから」

「ちがうでしょ、警部」

和久井は泣きそうな声を出した。

「ぼくは犯人じゃないってば」

「おう、失敬、失敬。最有力容疑者だった」

「それもちがいますって。第一発見者だってば」

「いや、誰がどう考えても、おまえしか犯人はいないのだ」

志垣はギロリと目をむいて和久井を見つめた。

「いいか、話を現場に戻すが、よく考えてみろ。嵐山剣之助が頭を洗っているのを横目で見てから、おまえは反対側の端にあるサウナに入ったな」

「はい」

まるで尋問を受ける被疑者のように、和久井は素直にうなずいた。

「サウナの室内には時計があったので、それとにらめっこしていたおまえは、時間の経過を分単位で記憶に残しているわけだ」

「そうです」

「初めのうち、おまえはサウナ上段の端のほうに腰掛けていた。そこからは風呂場の様子はまったく見えない。やがて、その場所では熱すぎるので、下段中央のガラス窓が付いたドアの真向かいへ移動した。それがサウナに入ってから何分後だ」

「四分後です。時計、見てましたから」

「で、その場所からだと、風呂場の中は見通せるんだよな」

「ぜんぶ見渡せるわけじゃないですよ」

和久井が断りを入れた。

「窓は細長いものですから、ぼくの位置から見た死角に、第三者がひそんでいた可能性も大いにあります」

「ないよ」

「あるって」

「まあ、その可能性はないものとして話を進めよう」

「ちょっとー」

和久井はまた泣きそうな声を出した。

「なんで、そういじめるんですか、警部」

「悪く思うなよ。おれだって個人的には和久井を信じたい」

「じゃ、信じてくださいよ」

「しかし、実際に現場の捜査を行なっている京都府警太秦署の連中は、おまえのことを最も怪しんでいるんだ」

志垣は和久井の鼻先にごつい人差指を突きつけた。

「ほんとうなら、おまえはいまごろ逮捕されて、所轄署で取り調べを受けていてもおかしくないんだぞ。こんな豪勢な旅館の離れにのんびりいる場合じゃないんだ。それを連中がしないのは、だな、おまえが警視庁捜査一課の刑事だからだよ」

「だから信頼されてるわけでしょ」

「そうじゃないって。刑事が人殺しをしたという事実を認めるとえらい騒ぎになるから、当座は泳がせているだけだ」

「そんなあ……動機がないでしょ、動機が」

「動機はさておいてだ、ともかく、どれほど和久井が怪しまれているのかを再確認するためにも、おまえの行動をきちんと把握しようじゃないか」

志垣は平然と言い放つと、また和久井への質問を再開した。

2

「サウナに入って四分後、おまえはサウナの窓越しに嵐山剣之助の姿を見た」

「ええ」

「そのとき彼はどんな状況だった」

「ジェットバスに入っていました。ぼくのほうを向いて。そのときぼくはヘンだと思ったんです。嵐山氏はずいぶん前屈みになって、首をうなだれていました。白髪頭のてっぺんが見えるぐらいに。……そう、ちょうどサウナに入っているぼくと似たような格好をしていたんです。でもね、警部」

座卓越しに、和久井は志垣のほうに身を乗り出した。

「そういう前屈みの格好をジェットバスでしていることじたいが不自然じゃないですか。サウナだったら、熱さに耐えるために前屈みになる人は多いですよ。それから普通の風呂ね。普通の浴槽の中でも、無心になって湯に浸かるあまり、前屈みになっちゃうことがあるかもしれない。だけど気泡をボコボコやるジェットバスだと、むしろあおむけに寝そべる格好になって入りたくなるものじゃないですか」

「だから？」

と、上目づかいに問い返す志垣に向かって、和久井は言った。

「じつは、ぼくが目撃した段階で、もう嵐山剣之助氏は死んでいたんですよ」

「それが名探偵の推理かね」

「だって、そう思いませんか、警部。ねえ、千代さん」

和久井は、志垣と千代を交互に見ながら訴えた。

「あのとき、ぼくは生きている嵐山氏を見たんじゃないんだ。すでに息絶えて、ギリギリのバランスで前屈みになっている嵐山氏を見ていたんです。もしも顔がはっきり見えていたら彼が死んでいることに気づいたでしょうが、表情までは見えませんでしたからね」

「それで？」

志垣はアゴをしゃくってつづきを促した。

「ところが、ジェットバスの気泡による微妙な揺れでバランスが崩れて、お湯の中にうつぶせにバッシャーンと倒れ込んでしまった。そして嵐山氏の姿は、ぼくの視野から消えることになるんです」

「ほーう？」

「なんですか、その『ほーう？』という、妙に尻上がりのトーンは」

「決まってるじゃないか、疑っとんのよ」

「なんで」

「忘れたのかね、和久井君。被害者の死因は溺死だよ。絞殺や撲殺ではない、溺れ死んでいるんだ、しかもタオルを口の中に突っ込まれながらね。その人間が、また上半身起きあがって、前屈みにバランスをとっていたというわけかい？　へーえ、そりゃ怪奇物語だな。ホラーだね。え、おい」

「警部ったら……」

和久井はほんとうに涙ぐんできた。

「どうしてそんなにぼくのことを……。ぼくが殺人犯として逮捕されて、もういっしょに回転寿司にも温泉にも行けなくなっちゃっていいんですか」

「おまえ、本気で泣いてんの？」

「だって、あまりに信用されないもんだから、情けなくて……」

「そうじゃなくて、おれはな、京都府警の連中のホンネを教えてやっとんのよ。正直なところ、おまえのそういう推理はぜーんぶ自己保身のためのデッチあげに聞こえちゃうの。そういうことを予《あらかじ》め教えておいてやりたくてね、冷たくしとるわけよ。……ああ、ほらほら、横を見なさい、和久井君」

「え？」

と言って、和久井が隣を見ると、千代が微笑みを浮かべながら、純白のハンカチを差し出していた。

「やさしいねえ、千代ちゃんは。え、和久井、そう思うだろう」

「はあ」

素直に同意すると、和久井は恥ずかしがりながらもハンカチを受け取り、潤んだ目元をちょっと押さえてから、会釈とともに千代に戻した。

「さてと、涙もろい和久井君、つづきを語ってもらおうか。サウナの窓越しに前屈みになった嵐山氏を見て、それでどうした」

「まさかこんなことになるとは思ってもみませんでしたから、ほんのちょっと彼を見たあと、また目をつぶりました」

　ぐすんと鼻をすすってから、和久井はさらにつづけた。

「そして、えーとどうしたっけな……ああ、そうだ。目をつぶると、なんか千代さんと警部の顔が浮かんできちゃって」

「ほう、おれと千代の顔がね」

「それで、まずいな、これ、と思って、ものの三十秒もしないうちに、パッと目を開けたと思います」

「なんでまずいんだよ」

「ともかく」

　警部の問いに答えず、和久井は言った。

「目を開けたら、もう嵐山さんの姿は見えなかったんです。そのあと、サウナ時計が八分経過を示すころまで、目を開けてぼんやり窓越しに風呂場を眺めながら、ガンガン汗が噴き出してくるのに耐えていました」

「そのときに、ジェットバスの底に嵐山氏が倒れているのは見えなかったのか」

「警部も実際に現場をごらんになるとわかりますけど、サウナの下段に座って見るぶんには、浴槽のふちがジャマして、ジェットバスの水面すらほとんど見えないんですよ。そこに入っている人の姿は見えるけれど、水面までは……」

説明しながら、和久井は隣の千代が、自分で用意した便箋に和久井の語る内容を書き留めていることに気がついた。

その様子をちらちら横目で見ながら、和久井はつづけた。

「で、そのあとサウナ時計が十分半あたりにくるまで、ぼくはもう一回目をつぶってがんばったんです。そしてついに熱さに耐えられなくなって、サウナを飛び出して水風呂にドボンと」

「そのときにも気づかなかったのかよ、ジェットバスの異変に」

「視線がもう水風呂のほうだけに行っちゃってますから」

和久井は、視野狭窄《きょうさく》状態にあったことを示すために、目の左右に両手を壁のように立ててみせた。

「しかし、アレだねえ、和久井君」

大皿に盛られたおにぎりに手を伸ばして、ひとつ取りながら志垣が言った。

「きみも妙に記憶力のよい男だな」

「え？」

「ふつう、サウナに入ってそんなふうにこまごまと時間の経過を見るものかねえ」

「見ますよ」

「見たとしても、その日の晩までちゃんと覚えているものかねえ」

「覚えてますってば、こういうふうに」

「ふつうは忘れるよ」

「忘れませんよ」

和久井は両手に握り拳を作って、座卓の上をドンと叩いた。

「もしもあのまま何も起こらなければ、そりゃぼくだって、何分経過したときに目を開けて、何分経ったら目を閉じて、なんてことをいちいち覚えていません。だけどきょうの場合は、変死体の第一発見者になったんです。その時点で、頭はプロの刑事モードに切り替わりますよ。そして、事件の真相を追及するためのデータは、できうるかぎり覚えておこうとするものです」

「ふ〜ん……あ、そう」

和久井が懸命に力説するのを右の耳から左の耳へと聞き流すように、志垣はいいかげんな相づちを打ちながら、手にしたおにぎりをパクついた。

「おお、中身はジャコと粒山椒のミックスだ。おしゃれな味だねえ」

「ちょっと、警部」

和久井はもう一回座卓を、こんどは平手でバンと叩いた。

「人が真剣になっているときに、なんなんですか、その態度は」

「つまりだな」

口をもぐもぐさせながら、志垣は言った。

「あまりにもあんたの状況説明が白々しいから、まともに聞いているのがアホくさくなって、ついおにぎりに手が出ちゃうということさ。お新香にもな」

志垣はごはん粒のついた右手を漬け物の盛り合わせに伸ばし、円形をした千枚漬けを一枚はがすように取ると、二つ折りにしながら口の中に押し込んだ。

「あのね、和久井さん」

それまで黙っていた千代が、遠慮がちに横から口をはさんだ。

「叔父さまは決して和久井さんをおちょくったり、いじめたりしているんじゃないと思うんです。そうじゃなくて、いまのような説明を、和久井さんはきょう太秦署の刑事にされたわけでしょう」

「はい」

「それだと完全に和久井さんが疑われる以外に道はない、ということを叔父さまはおっしゃりたいんだと思うんです」

「…………」

「ちょっと見ていただけますか。いま和久井さんがおっしゃったことを、私、図に描いてみたんです。和久井さんの時間に関する記憶が正確だという前提で」

千代は横に引いた線分の上に、分単位で目盛りを打って、その脇に出来事を書き込んだ図を和久井に向けて示した。

3

「和久井さんがサウナに入った時点をゼロとします」

自分の描いた図面を指さしながら、千代が説明をはじめた。

「その段階では、嵐山剣之助さんは洗い場の隅で頭を洗っていました。そうですよね」

「ええ」

「そこから四分間は、和久井さんは洗い場の状況を見ていらっしゃらなかった。四分あれば、嵐山さんが頭を洗い終えて、ジェットバスに移動してくるのにじゅうぶんですよね。そして四分から四分十秒までの間——もちろん、そこまで秒単位で正確ではないと思いますけれど、いちおうそうしておきますね——和久井さんは、ジェットバスの中で前屈みになっている老人の姿を見た。それから三十秒間だけ目をつぶった。つまり、四分四十秒のところまで」

千代のメモ書きは、じつに美しい筆跡でまとめあげられていた。声も感じよいが、筆跡もまた素晴らしくきれいだった。この字でラブレターをもらったら、いっぺんで気持ちがそそられてしまうだろうな、と和久井はぼんやり思っていた。

「そのあと和久井さんは……」

千代の声がつづける。

「八分が過ぎるまで、サウナドアの真ん前あたりで、目を開けて座っていました。ですから、四分四十秒から八分までの間ならば、和久井さんの視野に入ったわけですよね。男湯ぜんたいには目が届かなくても、必ず和久井さんの視野に入ったわけですよね。男湯ぜんたいには目が届かなくても、ジェットバスのところは無人のままに見えた。……もちろん、この段階でもう嵐山さんはジェットバスの底に沈んでいた、という見方もできなくはありませんけれど」

千代のしゃべりは理詰めでしっかりしていた。それを聞きながら、和久井はきょうの出来事を脳裏のスクリーンに映し出していた。

イメージとともに、内湯の湿った空気までが身体の周りを包んでくる感じだった。

「そして和久井さんはまた目をつぶって、サウナの時計が十分半になったところで飛び出して、水風呂に入りました」

こんどは、全身がキュンと冷たくなった。

あまりにも印象に強く残る出来事を体験すると、そのときの皮膚感覚までが記憶に刻みつけられるんだな、と和久井は思った。

「その時点では、嵐山さんはもうジェットバスの底に沈んでいたわけです。そして和久井さんは、サウナを出てからおよそ三分ほど水風呂に浸かったあと、初めて大変な事態が自分のそばで起きていることに気がつかれたんですね」

　そうなのだ。気泡を吐き出す浴槽の底にうつぶせになって沈んでいる老人の姿を見たとき、和久井は単純な驚き以上のショックを覚えた。すぐそばにいながら、自分がその状況に気づいていなかったという驚きだった。

　そしてそれは、一種の罪悪感をともなう感情だった。

「もういちどふり返ってみますと、サウナに入って四分十秒後までは、和久井さんは生きている嵐山氏をごらんになっていました」

　千代の言葉に、和久井は無意識にうなずく。

「そのあと三十秒だけ目をつぶっていたら、嵐山氏の姿が視界から消えたと言われますが、いくら相手が年寄りでも、たった三十秒で溺れさせるのはむずかしいですよね」

　また和久井がうなずく。たしかに、たった三十秒間で嵐山剣之助を溺れさせ、和久井の視界から消すことはむずかしいというよりも不可能だ。

「ですからその段階では、嵐山さんの姿が見えなくなったのはお湯の中に倒れ込んだためではなく、自分の意思でジェットバスから出たと考えるほうが自然です」

　千代は、線分を記した図面の四分十秒から四分四十秒までの部分に、『嵐山氏、ジェットバスからいったん出る』と書き込んだ。

「ジェットバスから出た嵐山さんは、そのあと三分半、何をしていたのかわかりません。和久井さんから見える場所にはいなかったし、サウナのドアにさえぎられて、物音や声も和久井さんの耳には届いていなかった。でも、たぶんその時点で、男湯にやってきた犯人と出会ったのでしょう。そして、どういう流れでジェットバスに戻ったのかわかりませんけれど、ふたたびそこに戻ったときに悲劇が起きた。つまり、嵐山さんを湯の底に沈めて溺死させる犯行は、和久井さんがサウナに入ってから八分後から十分半後までの間に行なわれたと考えるのが正解だと思います」

千代の指摘によって、こんどは和久井の脳裏に、音もなくゆっくりと回転していくサウナ時計の秒針が浮かび上がった。

（ぼくがサウナに入っていたとき、嵐山剣之助氏は殺されたのか？　ちょうどぼくが目をつぶっていたときに、誰かに殺されたのか？　そのときぼくはガラスのはまったドアの真ん前に座っていた。だとすると、目を開けていれば、嵐山氏が襲われているのを見て、助けに行けたのか？）

和久井は、ますます罪悪感が募ってきた。

「それで、だ」

千代の柔らかな声にとって代わって、しばらく黙って食べることに専念していた志垣のダミ声が響いた。

「では、犯人はどこから逃げたのか、という点が問題になってくるわけだな」

「それは、ふつうに男湯の出入口から逃げていったとしか考えられませんよ」

和久井が答えた。

「そこ以外に逃げ道はありません。嵐峡茶寮の風呂は、大堰川に面したほうに大きな窓を取ってありますけど、あとで聞いたら、防犯上の理由もあって、換気のための隙間以上には開かないようにしてあるそうです。窓から人の出入りはできないんです」

「でも、和久井さん」

横から千代が語りかけた。

「私、犯人らしい人と会っていないんです」

「は?」

「和久井さん、あわてて内湯から外に飛び出してこられたとき、私と宿の人が、渡り廊下のところで立ち話しているのをごらんになったでしょう」

「ええ。あのときはとんでもない格好で出てきちゃって……」

と、和久井は照れ笑いを浮かべかけたが、千代の顔が真剣なのですぐにその笑いを引っ込めた。

「私、和久井さんがお風呂に行かれてから、宿の方にシミ抜きをお願いしに行って、その足でフロントのあたりでお土産ものを見ていたんです」

「ああ、お土産ものね。そういえば、ヘンテコなミネラルウォーターがあったでしょう。ナントカ帝王水みたいな」

「そうでしたね。それは買いませんでしたけど……。そのあと、せっかく嵐山温泉にきたのだから、中に入らないまでも、どんなお風呂か覗いてみようと思って、女湯のほうへ向かったんですよ。そうしたら、たったいまシミ抜きをお願いした宿の人が追いかけてきて、預けたスーツを私に返しながら、うちでヘタにやっても素材を傷めるといけないので、軽く汚れだけ拭き取っておきましたから、あとはクリーニングに出してほしいと言われたんですね」

「そうなんですか。だからあのとき、千代さんはぼくのスーツを持っていたんですね」

「はい。そして、その方としばらく嵐峡の景色のことで雑談をしていたんです。秋の紅葉がどれほどきれいかという話などを」

「おい、千代」

志垣警部が姪を問い質した。

「おまえは和久井が飛び出してくるまでの間、宿の人間とどれぐらい話していたんだ」

「時間を計ったわけではありませんけれど、五、六分か、もっとだと思います」

「ほう、五、六分ね」

うなずきながら、志垣は千代の描いた時間の経過図に目を落とし、それから和久井に疑わしげな視線を転じた。

「おまえ、嵐山剣之助が溺れているのを見つけてから、連絡を求めて外に飛び出すまで、どれぐらいかかった」

「そうですね……ぼくの力で蘇生は無理だと感じたので、とにかく一刻を争うと判断して、すぐ飛び出しました。だからすっぱだかで出ちゃったんですけど……嵐山氏を洗い場に引き上げてから外に出るまで二分もかかっていないでしょう」

「その前、三分ほど水風呂に浸かっていたわけだ」

「あくまで感覚的に三分ってことで、正確じゃありませんよ」

「いや、正確だろうな」

即座に志垣が言い返した。

「その直前まで、おまえはサウナ時計とにらめっこして、時間の経過を頭に刻み込んでいた。だから、時の流れをかなり正確に読みとれる物差しが頭の中にできていたはずだ。ということは、おまえがサウナを出て、男湯の外に飛び出すまで約五分。一方千代は、もうちょっと前から、犯人の唯一の脱出ルートに立っていたわけだ。第三者とともにな」

「そ……それで？」

志垣警部の言いたいことがわかってきた和久井は、また泣きそうな顔になった。

「おまえがサウナから出る少し前に犯行があったとすれば、現場から立ち去る犯人の姿が、千代や旅館の人間に見られていないとおかしいということになるんだ。そうは思わんかね。でも、千代たちは誰も見ていないんだ。だあれもな」

「……」

「あのなあ、和久井」

だいぶぬるくなっている湯呑みのお茶をズズッと音を立てて飲んでから、志垣は改まった顔で和久井を見つめた。

「おまえも刑事のはしくれだ。人の死体を見た程度では驚かんわな。少なくとも一般の人間ほどには」

「そりゃそうです」

「でも、今回の発見劇では、妙にあわててないか」

「べつにあわててませんよ」

和久井は顔の前でパタパタと手を振った。

「たんに急いでいただけです。嵐山さんは呼吸も鼓動も止まっていたし、瞳孔反応もない。心臓マッサージをちょっとやっても、ほとんど無意味な状態でした。でも……でも、ですよ、仮に植物人間になるとしても、生命だけは吹き返すことができるチャンスがまだあると思ったんです。だから、急いで連絡をとろうとしたわけです」

「その判断は妥当だと思うよ。実際、湯の中に頭を沈めて数分間溺れさせただけでは、即座にあの世行きとなるとは限らない。さっきも言ったように、いちおう溺死という判断は下されているが、これから詳しい司法解剖をしていけば、老人の心臓が異変に耐えられなかったのが直接原因となるかもしれない。ともかくプロの捜査官なら、ついさっきまで生きていた人間が風呂の底に沈んでいたとしても、あきらめずに蘇生に希望をつないで、救急車を呼ぼうとするのは当然だ」

「だから、そうしようとしたじゃないですか」

「それにしても、おまえはあわてすぎていた」

「あわててないってば」

和久井は必死に言い返した。

「ただですね、意外な展開になった、という驚きはありましたよ。というのも、最初は単純な病気の発作だと思っていたけど、連絡のために脱衣場の電話を探したら、電話線が鋭利な刃物で切られているじゃないですか。それを見て、これはひょっとすると事件かもしれない、と緊張しました。おまけに、そのときになって老人が嵐山剣之助かもしれないと気づいたもんで、なおさら有名人の殺害という可能性に考えが及んだんです」

「それで、すっぱだかのまま外に飛び出したというわけかい」

「はい」

「千代にちんちん見られてるのも気づかないほどあわててな」

「ど、どうしてそういう品のないこと言うんですか」

和久井は真っ赤になって抗議した。

「ね、どうして？　警部、なんで？」

「ね、どうして、じゃないよ。おまけに裸足で地面の上を走ったから、けっきょく二針も縫うケガをしよって」

志垣に言われて、和久井はあらためて自分の右足を見た。片方だけ靴下を履いていないその足には、包帯がしっかりと巻かれていた。

裸足でとがった石を踏んづけたときの傷は意外に深く、出血もひどくて、けっきょく和久井は、現場に駆けつけた救急隊員に、自分の足裏の怪我を応急処置してもらうていたらくだった。

「いいか、千代だってな、こうやって一生懸命時間経過の図まで描いて、なんとかおまえの潔白を証明しようと努力してくれているんだが……しかしですね、すべての状況が和久井さん、あなたを犯人だと示しているんです」

「いきなりそこで敬語にならないでくださいよ」

「いちおう、いまのうちからヨソヨソしくなる練習をしておこうと思ってな。殺人者と友だちにはなりたくない」

「警部ぅぅぅ」

「泣くな！」

志垣がピシッと言った。

「そもそも、おまえの説明がすべて正しいとすれば、殺人犯は綱渡りのようなタイミングでおまえに目撃されずにすんでいるんだぞ。そんなのアリか」

「はあ……」

「なんでおまえが目をつぶっている二分半の間に、都合よく殺人が行なわれるんだよ」

「それはたしかにそう思いますけど、でも、現実がそうだから仕方ないでしょ」

「しかも、まるで犯人の逃走を助けるかのように、おまえはサウナを出てから三分もの間、嵐山氏が溺れていることに気づかなかった」

「逃走を助けてなんかいませんってば」

「ああ、助けていないかもしれないな。自分自身が犯人なんだから」

「警部ぅぅう」

「だから泣くなって。女々《めめ》しい態度とると、ひっぱたくよ」

「『女々しい』はセクハラ用語」

「話をそらすな。いいか、論理的に考えてみ、現場から逃げ出せるルートがひとつしかなくて、そこには千代と宿の従業員の目が行き届いていた。じゃ、犯人はどこへ行ったのよ。答えはひとつしかありませんな。和久井さん、あなたが……」

「だから敬語は使わないで、って」

必死に和久井が言い返した。

「犯人は千代さんたちの目を盗んで逃げた、ということがありうるでしょ」

「いいや、もっと基本的なことを言おうか。もしもおれが犯人なら、嵐山剣之助を男湯で殺そうとしたとき、周りにほかの誰かがいないか、じゅうぶんに注意を払うと思うがね。つまり、第三者である和久井もいる場所で、人を殺そうと思うはずがないってことだ」

「ぼくはサウナの中にいたから、気がつかなかったんでしょう」

「サウナの中にいたって、おまえの姿はドアのガラス窓越しに見える」

「見えませんよ。時計が八分から十分半を指すまでの間、ぼくは目をつぶって熱さに耐えていたんです」

「おまえはね。でも、犯人は目を開いているのよ」

「あ」

「あ、じゃないだろ。おまえ、バッカじゃないの」

「………」

「いや、バカならいいけど、そういう単純なところまで気が回らないというのは、おれからみりゃ不自然そのものよ」

「たしかに」

和久井は認めた。

「男湯に入ってきて、そこで嵐山剣之助氏を殺そうと思ったら、ほかに誰かいないか、しっかりと確かめるのが当然ですよね。そして、サウナのほうにも目を向ける」

「サウナの中は暗いが、ドアの窓の前に座ってりゃ、その姿は見えるぞ」

「……ですよね」

「さらに問題はまだあるんだよ。嵐山剣之助はジェットバスの中で溺れ死んでいた。口の中にタオルを押し込まれながら、無理やり湯の中に沈められたことが想定されるわけだ。そういう行為をだな、犯人は服を着たままできると思うか」

「あ」

「また『あ』かよ」

志垣はうんざりした吐息を洩らした。

「ほんとおまえ、刑事としての頭脳が働いてないよ」

「みたいです」

「それはどうして？　ン、なぜ？　やっぱ自分が犯人だから？」

志垣は、和久井の顔を下からのぞき込みながら言った。が、和久井は何も言い返すことができなかった。

「だんだんわかってきたろ。もしも犯人が服を着たまま犯行に及んでいたら、全身濡れねずみの格好で外に出てこなければならない。そんな目立ったことはできないから、当然裸にならないといけないわな。そして、逃げるときにはまた服を着なくちゃならない。しかしなあ、和久井よ、そんな手間をかけて、なんでまた風呂場で殺さなけりゃいけないんだ。しかも、ほかの客が出入りする可能性のある大浴場でだ」

「……」

「な、ここまで突きつめて考えていけば、京都府警の連中が思っていることが読めてくるだろ。これは決して計画的な犯行ではなかった。日帰り入浴客がいつ出入りするかわからず、しかもだ、ターゲットとする嵐山剣之助じたいが、いつ風呂に入ってくるかもわからないのに、緻密な計画など立てられようはずもない。したがって、これは衝動的犯行にちがいない。そして、その発作的な殺人を行なったのは、和久井さん、その場に裸でいたあなた以外にはありえないのです……っちゅうことだわな」

「でも、動機がないですよ、ぼくには動機が。……ね、千代さん」

和久井は、応援を求めて千代のほうにも顔を向けた。

「個人的な知り合いでもない八十一歳の年寄りを殺す理由が、このぼくのどこにあるんですか」

「ないよ」

千代が口を開く前に、志垣が答えた。

「たしかに、人間関係からみた動機はない。だからこそ、衝動的な犯行だとみなさざるをえないんだよ。それがわからんのかね。たとえば、頭を洗っていた嵐山氏が、気づかずにシャワーの水をおまえにかけたとかな。そういう些細なことが殺人に発展するケースは世の中にいくらでもある」

「お願いしますよ、警部。このぼくがシャワーの水をかけられた程度で、カッとなって殺人をする男に見えますか」

「人は見かけじゃわからんからねえ」

腕組みをしながらトボけた顔で答えると、志垣は座卓の上に載せられた皿に向かってアゴをしゃくった。

「どうだ、腹も減ってるだろうから、おにぎりでも食えや。なかなか美味いぞ、ここのおにぎりは。ムショに入ったら、おいしい米のメシは食えんからなあ」

「冗談じゃないすよ」

憮然とした表情で、和久井はつぶやいた。

「こうなったら、意地でも真犯人を捜してやる。……あ、そうだ。警部、じつはあのとき日帰り入浴にきていた客で怪しい男がいたんですよ」

急に思い出して、和久井は渡り廊下ですれ違った男の不審な様子を話題に出した。そして、中年女性の一行が隣の部屋の様子に聞き耳を立てていたらしいことも。

「とにかくですね、京都府警の連中だって、ぼくばかりに疑惑の目を向けずに、あの宿にいた人間全員に対して、公平にチェックをすべきなんです。もちろん、宿の従業員もです」

「それはもう太秦署がやっているよ」

そう言って、志垣は手帳の別のページを開いた。

4

「まず、あそこの宿の関係者だが、経営者の一家四人と従業員六人がいた。調理場も含めて六人とはずいぶん少ない気もするが、昼まではそれぐらいのシフトで乗り切るそうだ。三時過ぎからは宿泊客を迎える態勢としてもっと増えるそうだがね。そして、送迎船で昼の嵐山温泉ツアーへやってきたグループは、おまえらを含めて六組あったという」

「叔父さま、その人たちの詳しい情報はわかっているんですか」

「うん、太秦署からデータはもらってある。本来なら警視庁の私が立ち入る領域ではないんだが、なんせ可愛い部下が最有力容疑者なもんでな」

ぎろりと和久井を睨んでから、志垣は開いた手帳をふたりのほうに向けた。

そこには、渡月橋から出発して大堰川を遡り嵐峡茶寮へとたどり着く送迎船でやってきた昼の客のリストが書き連ねてあった。氏名だけでなく年齢や職業や居住地も、わかっているかぎりにおいて記されてあった。

すると、千代がツッと座布団ごと座る位置を脇へずらし、ふたりから遠ざかった。

「なんだ千代、おまえは見ないのか」

「だって叔父さま、それは捜査資料でしょう」

「まあな」

「でしたら、私が見てはいけないと思います。和久井さんは警察の人だからいいですけど、私は民間人ですもの」

「あいかわらずまじめだねえ、千代ちゃんは」

志垣は、改めて感心したという顔で首を振った。

「こんないい子が、いつまでもひとり身でいちゃいかんよなあ、和久井」

「それより、ちょっとそれを見せてください」

話題が別のところにそれる前に、和久井は志垣の手帳をのぞき込んだ。

見た目と同じ豪快な筆跡で、志垣が書き写した客のリストが並んでいた。それは送迎船ごとに三つのグループに分かれていた。


《1便》渡月橋発十一時十五分、嵐峡茶寮着十一時二十五分
・中曽根輝政（47歳・弁護士・横浜市）、芦田美代（62歳・無職・東京都）
・西淀川建業5名（建設事務所社員グループ・大阪市）
・戸倉寛之《ひろゆき》（80歳・無職・東京都）、戸倉夏樹《なつき》（3歳・寛之のひ孫）

《2便》渡月橋発十一時四十五分、嵐峡茶寮着十一時五十五分

・野村竜生（26歳・オフィス機器営業・小樽市）、黒沢藍子（26歳・看護婦・鹿児島市）

《3便》渡月橋発十二時十五分、嵐峡茶寮着十二時二十五分

・山倉秋恵（61歳・主婦・三島市）、野中貞子（57歳・主婦・三島市）、長谷部鶴子（55歳・主婦・三島市）、若松加寿美（54歳・主婦・沼津市）

♥和久井と千代♥

「警部……」

最後の和久井と千代のところだけ、ハートで挟んだ「特別表記」になっているのを見て、和久井は呆れた顔で志垣を見た。

「なんですか、このハートは」

「ああ、ちょっとした心のゆとり、ってやつかな」

「まったく、ぼくのことをイジメてるんですか、それともからかってるんですか」

「両方かもしれんよ」

サラッと答えてから、志垣は自分の手元に手帳を取り返し、そして解説を加えた。

「現場に行っていたふたりに説明するまでもないが、峡谷の崖にへばりつくように建っている嵐峡茶寮へは、客は送迎船を使ってのみ行き来できる。ほかに非常に狭い道が一本通っているが、これは宿の人間だけが使う専用道路となっている。

で、送迎船のタイムスケジュールを見てわかるように、客は三十分間隔で宿に送り届けられるようになっている。渡月橋から嵐峡茶寮まで約十分。そこで五分待って折り返し渡月橋に戻る。そして五分待ってまた嵐峡茶寮へ、という繰り返しだった。

ただし、その日の予約状況によって運航スケジュールは変わってくるらしい。きょうの場合は、昼食と日帰り入浴を予約していたのはこの六組十七人だけだったため、和久井たちを運んだあとは、送迎船は嵐峡茶寮前の船着き場に停泊して、こんどは客が帰りはじめるのを待っていた。帰りのほうは客の都合しだいというわけだ」

所轄の太秦署で聞いた正確な時刻をまじえながら、志垣はつづけた。

「きょうの場合、1便でやってきた大阪の建設会社の男性五人グループが午後一時半に出る船で渡月橋へと戻った。そのあと戸倉寛之という八十歳の老人と、そのひ孫が帰ろうとしたが、すでに船が出てしまったあとだったので、二時近くまで待たねばならなかった」

和久井は思い出した。風呂へ行こうとしてフロントの前を通りかかったとき、チェックアウトした老人に対して、船が戻ってくるまであと二十分ほどかかると言っていた。たぶん、船が出た五分後ぐらいだったのだろう。

「和久井が急を告げるために、すっぱだかで風呂の外に飛び出してきたのが、午後の二時直前だった」

志垣は、当事者となった和久井がまだ把握し切れていなかった全体的な動きを、所轄署からの情報として披露した。

「そのころ嵐峡茶寮の船着き場では、弁護士の中曽根輝政と連れの年輩の女性がすでに船に乗り込んでいた。そして、戸倉老人とひ孫のふたりがあとから船に乗ろうとしたとき、宿の人間が送迎船の船長に携帯電話で急を告げ、発進をストップさせたんだ。したがって、太秦署が駆けつけたときには、大阪からきていた五人の団体客以外は、全員嵐峡茶寮に留まっていたことになる。とくに、三島からやってきたオバはんたちは、何も知らずにずっと長湯をしていた。フラダンスを習っているというオバさんが、腰にタオル巻いて洗い場で踊って、みんなが手拍子打ちながら盛り上がっていたというから、めでたいもんだよ。女湯には誰も事件発生を知らせに行かなかったんだな」

「そうなんです。私も、すっかりお風呂見物のことを忘れてしまって」

と、千代が言い添えた。

「とにかくだ」

ワイシャツの胸ポケットに手帳をしまい込みながら、志垣が言った。

「先に大阪へ帰ってしまった建設会社の連中のところへも捜査官が派遣され、きょうはひととおり関係者の事情聴取を終えたようだが、明日からは疑わしい人間への徹底マークがはじまるから、和久井も覚悟しておけよ」

「マジでぼくがいちばん疑われているんですか」

「悲しいことだが、それが所轄の連中のホンネだよ。警視庁捜査一課の刑事が、かつての時代劇スターを風呂場で殺す——とんでもない事件が起きたという緊張感でいっぱいなんだ」

そう語る志垣は真顔だった。

和久井が置かれた状況について、志垣はさっきから冗談とも真剣ともつかぬ態度をとってきてはいたが、それは志垣自身が和久井を疑うか否かという部分に関してであって、もちろん本心では和久井を疑ってはいない。

その意味では志垣の態度は冗談に満ちたものと言えるかもしれないが、一方で、和久井以外に犯人たりうる者が存在しないという点については、志垣は真剣に憂慮していた。自分で太秦署の担当官のところへ足を運び、詳しい捜査状況をたずねに行ったのも、事態を深刻にとらえている証拠だった。

おれは信じているが、所轄署の連中はそうじゃないぞ、という言外のニュアンスを、もちろん和久井が感じ取らないはずはない。

そのとき、千代がポツンとつぶやいた。

「ごめんなさい」

その言葉に驚いて、和久井は横をふり向いた。

千代が泣いていた。

「ど、どうしたんですか、千代さん」

まさか、嵐山剣之助を殺したのは私です、と言い出すんじゃないだろうな、などと考えながら、和久井はじっと相手の顔を見つめた。

「なんで泣いているんだよ、千代」

志垣も心配そうに眉をひそめた。

「だって、私がお見合いをお願いなどしなければ、和久井さんがこんな目にあわずにすんだのに」

「いや、そんなことはないですよ、千代さん」

和久井は、身体ごと千代のほうに向きを変えて言った。

「それとこれとは話が別です。きょうはとても楽しかったし、たぶん、あんな出来事がなければ、午後の嵯峨野めぐりもできたのに残念です。でも、千代さんには何の責任もありませんよ」

「いいえ、あります」

千代は、首を左右に振ってから、さきほど和久井が涙を拭ったハンカチでそっと目元を拭いた。

「こんな年をして、またもういちど結婚しようなんて思うから、人に迷惑をかけることになっちゃうんですよね。一度失敗したら、もう自分は結婚には向かないんだ、ってあきらめてしまわなきゃいけないのに」

「おいおい、千代、それは違うぞ」

志垣が、和久井に対するのとはぜんぜん違う、穏やかな声で語りかけた。

「もしも責任をとらなきゃならないとしたら、このおれと、それからあんたの父さんである兄貴のふたりだよ。千代の見合いのセッティングをしたのは、おれたち兄弟なんだから。そうだろ？」

「………」

「千代ちゃん、娘を持つ世の父親ってものは、そりゃ古いふる〜い発想かもしれないが、結婚こそが女にとっていちばんの幸せだ、って考えるものなんだ」

そりゃダンナ、かなり古すぎる考えかもしれないですぜ、と和久井は心の中でつぶやいたが、口には出さずに黙っていた。

「だから兄貴が、千代の父親として、娘にもういっぺんやり直しのチャンスを与えてやりたいと願うのは当然なんだよ」

「でも、私」

涙声で千代は言った。

「もう三十九ですから」

「それがどうした。年は関係ないだろう。なあ、和久井」

「は……はあ」

なあ、和久井、という言葉に込められた同意の強要に戸惑いながらも、和久井は急いでうなずいた。

「そうですよ、千代さん。三十九でも四十九でも、女は女です」

「そういうのは慰めにも何にもならないんだよ、和久井。おまえはちょっと黙ってろ」

叱ってから、志垣は姪に向き直り、いっそうやさしい表情になって言った。

「あんたの父親がね、必死になって見合い話を進めているのは、ほかにも理由がある。それは、やっぱり傷ついた千代の心を早く癒してやりたいと思っているからなんだ。というのもさ、あんたの最初の結婚は、結婚なんて言えないぐらい短かったじゃないか。華やかに式を挙げて、披露宴を執り行ったその翌日にもう別れるなんて、いったい誰が想像するかね。沖縄からやってきた渡嘉敷《とかしき》のばあさんなんぞは、披露宴の引き出物持って翌日遅くに家に帰り着いたら、千代が別れたという知らせが入って、その場で泡吹いてひっくり返ったっていうじゃないか」

黙ってうなずく千代を見つめながら、志垣はつづけた。

「でもな、親戚や知人は、いくらそのときに卒倒するほど驚こうとも、やがてそんな出来事も記憶の引き出しの奥のほうにしまって忘れてしまうものだ。しかし、当事者は違うわな。おまえはやさしい子だから、両親を悲しませないためには自分が明るくふるまうよりないと、一生懸命努力してきた。ほんとうに痛々しいぐらいに、自分のことより親の気持ちを考えてやってきた。そういうおまえの姿を見ていたら、女の幸せは結婚ばかりとはかぎらないぞ、という方向のクールな慰め方よりも、やっぱり千代にもういっぺん幸せな結婚をし直してもらいたいと願うのが自然だろうが。なあ」

「……………」

「千代ちゃん、あんた一度の失敗でめげちゃいかん。前回の結婚は、きっと相手が悪かったんだろう。あんたなら絶対いい男が見つかるから」

志垣はチラッと横目で和久井を見た。

そして、その視線をすぐに姪へ戻してつづけた。

「新しいパートナーと幸せを見つけ直してごらんよ。まずは速攻で赤ちゃんをつくってだな、お母さんになるんだ。千代は絶対いいお母さんになるよ。それはもう叔父さんが太鼓判を押してやる。そして、可愛い子供を中心に笑い声の絶えない家庭を築くんだ。その日を迎えたら、ああ、あのときあきらめず、捨て鉢にならずにやり直してよかったと思うぞ、きっと」

志垣の描く家庭像は、あまりにもステレオタイプではあったが、しかしその平凡さが千代の心を打った。そして彼女の肩が震えだした。

まいったなあ、と心の中でため息をつきながら、和久井はその状況を横で見ていた。これで見合い話を断ったら、完全に自分は鬼である。どうも志垣はそのへんをわかったうえで、和久井に無言の圧力をかけてきている気がしてならなかった。

「な、千代、わかったろ。見合いなんかしなけりゃよかったとか、私は結婚なんてもうあきらめるべきだなんて、そういう淋しいことを言ってくれるなよ」

「でも……」

「でも、はもういいって」

「いえ、やっぱり私がいけないんです。自分の立場もかえりみないで、まだお若い和久井さんとお見合いだなんて、そういう厚かましい気持ちで京都にきたせいで、こんな事件に和久井さんを巻き込んでしまったんです」

「事件が起きたのは、あんたのせいじゃないって」

「けれども、和久井さんが犯人扱いされることになったのは、間違いなく私のせいです。お見合いさえしなければ、和久井さんはずっと東京にいて、嵐山剣之助とは何の関係もなかったはずですから」

「あの……そんなに気をつかわないでくださいよ、千代さん」

なにもかも自分で責任を負おうとする千代が哀れになって、和久井がそっと話しかけた。

「お見合いを受けたのはぼくの判断です。千代さんとのお話がきたとき、ぼくは断ることもできました。でも、お会いしようと決めたのは、ぼく自身の判断なんです。それで、きょう嵐山温泉にくることになったわけです。いわばこれは自分で引いたクジなんですよ。ですから、きょうの件で千代さんが自分を責める必要はぜんぜんありません」

「えらいっ！」

　突然、志垣が大声を出した。

「やっぱり和久井は違うわ」

「なにが違うんですか」

「人間のデキが違うっちゅーのよ」

　急に志垣は部下を持ち上げはじめた。

「おれはね、千代ちゃん、前々からこの男は買いだと見込んでおったのよ。もしも千代が嫁に行くなら、こういう男がいいんだがなあ、と。だから、兄貴から話を持ちかけられたときには、一も二もなく和久井のところへあんたの釣書《つりがき》を持っていったんだよ」

　志垣は、やけに明るい口調になった。

「ただ、ほれ、こいつはこいつの好みもあろうから、決しておれは無理強いはしなかったんだ。上司がすすめた見合いだからといって、断れないなんて思うな、おまえの人生なんだから、おまえが気乗りしないなら遠慮なく断ってかまわんと事前に言っておいたんだ。ところが、写真をひとめ見るなり、『志垣警部、ぜひこちらのおじょうさんに会わせてください』と、こうだろう。きっと千代の写真には、こいつの直感に訴える何かがあったんだな」

よくもシャアシャアとそんなことを、と目で抗議する和久井を無視して、志垣は千代を力づけるように笑顔で言った。

「どうだ。和久井本人が、気にするなと言ってくれているんだから、千代が気にすることは少しもない。それに和久井はプロの刑事だから取調室も慣れとるし、事情聴取に緊張することもあるまい。……なあ、和久井。場数踏んでるもんな、おまえ」

そういう問題じゃないでしょう、と言い返したいのをこらえて、和久井は「たはは」と、泣いているんだか笑っているんだか区別のつかない声で応じた。

「それに和久井も冗談のわかる男だから、おれが本気で疑っとるわけじゃないのは承知だろう。ただし、さっきから何度も指摘しているように、和久井以外に犯人になりうる人間が見当たらないのも事実なんだ。言ってみれば『京都嵐山に吹く秋風　和久井刑事、絶体絶命』っちゅうところだわな」

「そんなつまんないタイトルつけないでくださいよぉ」

「このさいアレだよ」

また千枚漬けを一枚はぎとって口の中に押し込むと、志垣はモゴモゴした口調で言った。

「身内に甘い警察の体質に期待することだな。これ以上よほど和久井に不利な証拠があがってこないかぎり、おまえは疑惑の眼差しで見つめられながらも、当座は第一発見者として扱われることになるだろうよ。当座のあいだは、な」

5

嵯峨野の夜は静かである。

日中は観光客で混みあう大覚寺周辺も、いまは森閑として、夜半から強まってきた風が宿の中庭に植えられた木々を揺らす音が聞こえるだけだった。

時刻はすでに午前二時を回っている。

和久井はふとんの中に入っていたが、まったく寝つかれなかった。

自分以外に犯人が存在しにくい状況の殺人事件に巻き込まれた興奮のせいもある。裸足で地面に飛び出していったため負傷し、二針縫った右足裏の痛みがぶり返したせいもある。

だが、なんといっても寝つかれない最大の原因は、この高級旅館の離れに、千代とふたりきりでふとんを敷いて寝ているという、思いもかけぬ状況に置かれたことだった。

さきほどまでいっしょだった志垣警部は、おにぎりとお新香をつまむだけつまむと、「それじゃ、おれはこれで」と、宿を後にしてしまったのである。翌朝、現在進行中の捜査会議があるので、これから夜行バスで東京へ戻るという。それならぼくも帰ります、と和久井が言うと、おまえは二日間の休暇を申請してあるから、そのまま残ってよし、と志垣は言った。

しかし、そのまま残ってよし、と言われても、しっとりとした雰囲気の離れに千代とふたりきりになるのである。和久井はあわてた。宿の人間が気を利かせて、二組のふとんを隙間もなくぴったりくっつけて敷いてくれたのを見たときには、緊張で心臓が止まるかと思うほどだった。

いくらなんでも、これはまずいですよね、と裏返った声で千代に了解を求め、和久井は自分のふとんを引きずって隣の部屋に寝ることにした。ただし、隣の部屋といっても、同じ離れの中でふすま一枚隔てただけである。咳払いをしても聞こえるし、衣ずれの音も伝わってくる。ときおり千代がクフンという感じの、可愛らしい咳払いをしたときなど、和久井はカーッと頭に血が上って、眠るどころではなくなっていた。

(千代さんも起きているんだろうか)

和久井は、ふたりを隔てるふすまのほうに顔を向けた。枕元の豆明かりひとつに照らされたふすまは、薄黄色になまめかしく染まっている。寝る前に挨拶にきた千代は、この宿の浴衣に着替えていたが、それがまたなんとも色っぽかった。

初めて千代の見合い写真を見せられたときは、志垣警部そっくりの太い眉だけでなく、よく言えば素朴、ありていに言えば洗練されていない「もっさりした感じ」が気にかかっていたが、波乱の一日をともにしてみると、千代に対するそうしたマイナスイメージが、和久井の頭からほとんど消え去り、落ち着いた女の魅力ばかりに目がいくようになった。

さらに「私のせいで和久井さんがこんなことに」と泣き出したあたりから、和久井は千代が自分よりずっと年上である事実も忘れて、精神的に守ってあげたいという気持ちに突き動かされた。

たしかに今回の事件では、窮地に追いやられた和久井が同情される立場かもしれないが、もっと長い人生のスパンで見たときは、志垣千代のほうこそ、精神的ボディガードがついてあげなければいけないだろうと思った。

では、その永遠のボディガード役を自分が引き受けることにしていいのか？

突然和久井は、ホイットニー・ヒューストンとケビン・コスナーが主演したアメリカ映画の『ボディガード』を思い出した。暗殺者につけねらわれる美人黒人歌手と、そのボディガードに雇われた男が、最初はうまくいっていなかったのに、やがて愛を感じあってしまう展開である。

（ぼくと千代さんもそうなっちゃうのかな）

だが、ホイットニー・ヒューストンと志垣千代を並べて思い浮かべ、さらにケビン・コスナーと自分の顔を並べた瞬間、盛り上がりかけた気持ちが萎えた。

と同時に、大きなくしゃみが出た。

「和久井さん、まだ起きてらっしゃるんですか」

ふすま越しに、千代の遠慮がちな声がかかった。

「あ、はい。なんだか眠れなくて」

「私も」

「………」

私も、とか言われても困るよなあ、と和久井は薄暗い天井を見上げながら、つぎの言葉に詰まって黙った。

「足の傷、いかがですか」

千代の声が問いかけてくる。

「ええ、まあ、なんとか」

和久井はあいまいに答えた。

痛むことは痛むのだが、それを言うと、千代がふすまを開けて入ってきそうな気がした。そうなると、その後の展開の保証が自分にもできない。

すると、話の接《つ》ぎ穂《ほ》を失ったように会話がとぎれた。代わりに、和久井の頭の中でまたしても妄想がはじまった。千代がふすまを開けてこちらの部屋にやってきた場合のシミュレーションである。

（和久井さん、私、さびしいの。ひとりぼっちで寝るなんてイヤ）

（あ、いけません、千代さん。こっちにこないでください）

（なぜ？）

（間違いが起きるといけません）

（なにが間違いなの？　これは不倫？　違いますよね。和久井さんは独身だし、私もいまは独身です。いけないことはひとつもないでしょう）

（それはそうですけど）

（今夜だけでもいいんです。一晩だけ抱いてもらえば、私はうれしい）

（そんな）

（たとえ一生日陰の身でもかまわない。あなたの赤ちゃんを産みたいの）

想像なんだから、もっと気の利いたセリフを言わせてもよいのに、どうも会話の中身が陳腐である。

おまけに、またしても千代が浴衣の前をはだけながら馬乗りになってきた。昼間、嵐山温泉の一室で、食事をしながら空想にふけっていたときと同じ展開だった。

（なにをするんですか、千代さん。ぼくたちは結婚前ですよ！）

（おねがい、和久井さん。産ませて。私、ほしいんです、あなたの子供が）

と、そこまで妄想をガーッとふくらませたとき――

「和久井さん、あの子供が」

ふすま越しに千代の声がそう言ってきたので、和久井はおもわず「えっ？」と大声で叫んだ。空想の会話とまったく同じセリフを、千代が口にしたと思ったからである。

「千代さん」

和久井は急いできいた。

「いま、なんておっしゃいました？」

「『あの子供が』って……そう言いましたけど」

「あの子供が、でしたか。そうでしたか」

和久井は、ホッと息を吐き出した。

「ちょっと聞き違えちゃったもんで、びっくりして大きな声を出して失礼しました」

「どんなふうに？」

「いえいえ、それは言えませんが。……ンで、あの子供って、誰のことです」

「きょうの日帰り入浴客の中に、小さな子供がいたでしょう」

ふすま越しのせいで、柔らかな千代の声がもっと柔らかに感じられた。

「ああ、八十歳のおじいさんが連れてきた三歳の男の子ですね」

和久井は、志垣の手帳に書かれてあったプロフィールを思い出した。

戸倉夏樹――

なんとなく印象に残る名前だったので、メモをしなくても記憶に刻まれていた。年齢は三歳だが、その年ごろにありがちな聞き分けのなさもなく、おとなしくひいおじいちゃんの手に引かれていた光景がよみがえる。

「その子がどうかしましたか」

「事件が起きて、渡月橋のほうから太秦署の捜査員がやってきてバタバタしていたときに、私、その男の子が右の膝小僧をすりむいていることに気がついたんです。ああいうさなかでしたから、おじいちゃんも——あ、ひいおじいちゃんですか——気づかずにいたみたいなので、私がバンドエイドを貼ってあげたんですね」

薄明かりの中に千代の声だけが聞こえてくるのも妙なものだったが、話の切り出し方も唐突だったので、和久井は戸惑いながら耳を傾けていた。

「なんだかズボンも泥んこで、雑草の汁なんかで汚れていたんで、可哀相で濡れティッシュで拭いてあげたんです」

（バンドエイドに濡れティッシュか。用意がいい人なんだなあ）

そんなことが和久井の頭をチラッとかすめたが、まだ千代が何を言いたいのか、その見当はつかない。

「そして、その子にどうして転んだの、ってきいたんです。そうしたら、スリッパを履いていて転んだ、というような答えが返ってきました。それで気がついたんですけれど、あそこのお宿、小さな子供用のスリッパが用意されていないんですね」

「ああ、そうでしたっけ」

「大人用しかないんです。だから男の子は、ブカブカのスリッパを突っかけて歩いていた。そして、何かに引っかかって転んだんでしょうね」

「それがどうかしましたか」

「私、さっきからおふとんの中で、きょうの出来事をずっとふり返っていたんです。そして、こんなふうに考えてみたんです。もしかすると、あの男の子が口にしたさりげない一言が、事件の真相を示しているかもしれない、って」

「なにげない一言とは」

「スリッパ……」

ふすまの向こうで、千代の声が短く答えた。

6

それから一分後――

千代は和久井に断ってからふすまを開け、同じ部屋に入ってきた。浴衣のままである。

ふとんは敷いてあるわ、照明は枕元の豆明かりひとつだわ、ふたりとも浴衣だわ、という状況はいかにも危険なので、和久井は天井の照明を急いで点け、ふとんを二つ折りにして部屋の端に寄せた。そして逆に、部屋の隅に移動してあった座卓を中央に持ち出して、千代との間の境界線のようにして置いた。

これならば少しは場の状況が「事務的」になったはずである。

そして、弾んだ息を整えながら改めて問い質した。

「それで、スリッパがどうしたんですって？」

「温泉宿といえばスリッパです」

「はあ？」

千代はゆったりとした口調でしゃべっているのだが、和久井にとっては、依然として先を急いだような、脈絡のない展開だった。

「ですから、どんな温泉宿に行っても必ずスリッパがあるでしょう」

「たいていはそうですね。館内の通路がぜんぶ畳敷きになっていて、足袋を履いてそこを歩く趣向の宿は聞いたことがありますけど、まあ九十九パーセント、日本旅館にスリッパはつきものでしょう」

「玄関の前、客室の前、トイレの前、そしてお風呂場の前——いたるところに、これから履かれるためのスリッパや、いま脱ぎ捨てられたばかりのスリッパが置いてありますよね」

「ええ」

「そういう状況が当然だから、誰もスリッパの問題に目がいかなかったんです」

「それ、どういう意味ですか」

「和久井さん、食事を終えてお部屋からお風呂に行かれるとき、素足で行かれました？」

「いや、スリッパを履いていましたよ」

「ですよね。私もそうですし、ほかのお客さんもそうです。あの宿では仲居さんは足袋のまま歩いていましたけれど、お客は、それこそ小さな子供でもないかぎり、スリッパを履いて館内を歩くのが旅館では常識です。ですから、誰も——警察でさえも、スリッパの移動には注目さえしなかったのではないでしょうか」

「もう少し具体的に説明していただけますか」

「じゃあ、こういう質問をしてみますね。和久井さんは、どうして足の裏をケガされたんですか」

千代の話がまた違う方向に飛んだ気もしたが、和久井は素直に答えた。

「どうしてって……まあ、警部に言わせればあわてていたことになるんでしょうけど、連絡のために急いで男湯の外に飛び出したとき、裸足だったからですよ。あのまま渡り廊下に沿って走っていけばよかったんですが、千代さんといっしょに旅館の人が見えたので、つい直線距離で駆け寄ろうとして、裸足のまま地面を走っちゃったんですね。そのときに、とがった石でグサッと」

「裸足で走ったということは、スリッパを履いていなかったということですよね」

「そりゃそうなりますけど」

「では、なぜ履かなかったんですか」

「うーん……なぜって言われても……そこを突っ込まれるなら、志垣警部が主張したがっているように、ぼくがあわてていたことを認めざるをえないかもしれません。実際、スリッパどころか、パンツも身につけないで飛び出したわけだから」

「ほんとにそうでしょうか」

千代がじっと和久井を見つめた。

「そうじゃなくて、男湯の入口にスリッパが一足も見当たらなかったから、裸足で飛び出すよりなかったと思いませんか」

「………」

千代に指摘され和久井はそのときの状況を必死に思い浮かべた。

浴室で嵐山剣之助が溺死しているのを発見する。

短時間、蘇生を試みるが手に負えないと判断して、フロントに連絡しようと脱衣場に出る。そこに必ず電話があると思ったからだ。

実際、電話はあったが、コードが鋭利な刃物で切断されており、一気に犯罪の様相を呈してきたため、和久井は急いで男湯の外に飛び出した。

さて、そのときである。スリッパはあったか、なかったか。

たしかに千代が言うように、一足もスリッパが見当たらなかったから裸足で飛び出したのかもしれない。もしも視野に入っていれば、それを突っかけて外に出るのが自然な行動である。少なくとも「スリッパはあったけど、履いているヒマがなかった」という意識が残っていてもいいはずである。

だが、そんなことを思った覚えがない。

「犯人の分を除いたとしても」

千代が言った。

「その時点で、和久井さんと嵐山さんの二人分のスリッパが上がり口にないといけないですよね」

「たしかにそうです。スリッパ入れのような棚はなかったから、その場に二足のスリッパが脱ぎ捨てられていないといけない計算になります」

「和久井さん、では二足のスリッパが目に入った記憶があります？」

「………」

じっと考えてから、和久井は答えた。

「言われれば言われるほど、スリッパは見かけなかったような気がしてきました」

「私、和久井さんが外に出ようとしたとき、脱衣場の上がり口にスリッパは一足もなかったんだと思うんです」

「二足あるべきところが、ゼロですか」

「ええ。そうでないと理屈に合わないんです」

「なぜですか。風呂場にふたりいれば、二足のスリッパがあるべきでしょう」

「二足もスリッパが脱ぎ捨てられてあったら、犯人が嵐山さんを殺しに入ってくると思いますか」

「あ」

和久井は、なぜそんなことに気づかなかったのか、という顔で自分の後頭部を叩いた。いつも志垣警部にやられる代わりである。

「そうか……風呂にふたりいると思えば、嵐山氏以外にまだあとひとりいるはずだ、と警戒しますよね」

「でしょう？」

「なるほど……それじゃ犯人が風呂場にやってきたとき、スリッパはぼくが履いてきた一足しかなかった」

「はい」

「そういえば」

和久井は部分的に記憶をよみがえらせた。

「最初に男湯に行ったとき、ああ、誰もいないんだなと思ったんですよ。ぼくひとりきりだな、と。ところが扉を開けてみたら、おじいさんがひとり頭を洗っていたもんで、意外だった覚えがあります」

事件発生後の現場検証に立ち会った和久井は、自分が浴衣を脱いだ場所は目につきやすい一角だったが、嵐山剣之助が着物を脱いでいたのは奥まった場所で、だから脱衣場の段階でも、ほかに誰もいないと思い込んだ理由が納得できていた。しかし、スリッパのことまでは頭が回らなかった。

第一、嵐峡茶寮にとって陰のオーナーとも広告塔とも言われる嵐山剣之助が急死したとあって、警察が到着する前から、経営者や従業員など、いろいろな人間がびっくりして男湯に駆けつけてきた。そして、それぞれがスリッパを突っかけてきたから、犯行時点でのスリッパの配置状況など、誰も気が回るはずもない状態だった。

「たぶん嵐山さんは……」

浴衣の襟元をかき合わせながら、千代が言った。

「内部の人ですから、スリッパなどを使わずに着物に足袋という格好でそのままお風呂にきたのではないでしょうか」

「そう考えれば、ぼくが男湯に行ったとき、スリッパがひとつもないのに中に嵐山氏がいた状況も納得できますね。そして、ぼくが中に入ったあとは、スリッパは一組だけ脱いであったから、犯人は、嵐山氏の姿を浴場内に見たとき、ほかに人がいるはずもないと思った」

「ええ」

「でも、待ってくださいよ」

和久井が眉をひそめて考え込んだ。

「スリッパが一組しか置かれていない男湯へ、犯人が嵐山氏を殺しにやってきたとしますね。でも、その犯人が逃げていったあと、スリッパが現場にまったく残っていなかったとしたら、それはどこへ行ったんです。犯人が履いていったんですか」

「いいえ」

千代は自信に満ちた顔で首を横に振った。

「犯人は、和久井さんが履いてきたスリッパを持ち帰ったんです」

「どうして」

「事件が発覚するのを少しでも遅らせるためでしょう」

千代が「発覚」という言葉を使うのを聞くと、和久井はこれまでとは別の意味で、彼女が志垣警部と二重写しになるのを感じた。つまり、事件を追いかける猟犬のような嗅覚が、千代にも備わっているように思えたのだ。

「嵐山さんがいつまでも自分の部屋に帰ってこなかった場合、高齢ですから、誰かがお風呂に様子を見に行くかもしれません」

千代はつづけた。

「そのとき入口にスリッパが一組残っていれば、絶対にお風呂場の中をのぞくでしょう。でも、スリッパがなければ、探しにきた人が中をチェックする可能性は、ゼロとは言わないまでも、かなり低くなります」

「そうかあ」

「そして……ここが、私はいちばんのポイントだと思うんですけれど」

千代は座卓の上に載せた両手を、たがいにギュッと組み合わせた。

「あまりにもありふれているために、私たちがまったく関心を持とうとしない旅館のスリッパという備品——その存在にも注意を払う犯人だとすれば、たぶん……」

「たぶん？」

「あの嵐峡茶寮の関係者ではないでしょうか」

和久井はうなった。

純朴な田舎の女性だとばかり思っていた志垣千代が、子供の履いていたスリッパからここまでの推理を組み立てたことに、すっかり感心してしまったのだ。

そのため、ふだんの「和久井刑事」なら気がつく疑問点を、すんなりと見過ごしてしまった。第一に、事件発覚を遅らせるため、スリッパを回収するほどの神経を配る犯人ならば、脱衣場に残された嵐山剣之助の着物も持ち去らなければ意味がない。

第二に、嵐山剣之助はたしかに足袋を履いて大浴場へきていたが、別館から本館を通って内湯をつなぐ渡り廊下は、屋根はあるものの直接外に出る部分である。まめに掃除はなされているが、廊下は目に見えない埃で汚れがちだ。そういったところを足袋のまま歩くというのは、感覚的には考えにくい。やはり剣之助は、ほかの客と同じようにスリッパを履いて大浴場へきていたと解釈するほうが論理的なのである。

そうなると、和久井が男湯にやってきたとき、そこにスリッパが一組脱ぎ捨ててなければおかしいし、犯人が現場にきたときには、スリッパは剣之助のものと和久井の履いてきたものの二組が置かれていることになる。

しかし和久井は、男湯に行った時点でスリッパというものを見た記憶がない。ということは、殺人発生以前の段階で嵐山剣之助の履いてきたスリッパが持ち去られ、ついで殺人発生後に和久井の履いてきたスリッパも同様に持ち去られたと考えないと理屈に合わなくなる。

はたして犯人は、そうまでしてスリッパを隠しておきたかったのだろうか？　千代が推測したように、スリッパを隠すことで犯行の露見を遅らせることができると、ほんとうに考えていたのだろうか。それゆえに犯人は旅館の関係者だと絞り込んでよいものか。

このように冷静に検討すれば、千代の仮説にはいろいろ疑問も出てくるのだ。だが、和久井にはいつもの慎重さがなかった。やはり真夜中の離れに千代とふたりきりという状況が大きく影響しているとしか考えられなかった。

「とにかくぼくは明日、千代さんの考えを警察に話します」

和久井は、きっぱりと言った。

「そして、宿の関係者でないかもしれないけれど、とにかくあの男をしっかり取り調べてもらうことにします」

「あの男って?」

「顔面蒼白で、手の先まで震わせながら大浴場のほうからやってきた若い男です。志垣警部のメモによれば、野村竜生という二十代なかばの男です」

和久井は、その男との遭遇場面を改めて詳しく千代に話した。四人の中年女性グループが、その若い男と連れの女性の状況に聞き耳を立てていたらしいエピソードもまじえて。

「いまから考えると、あれは不慣れな人殺しという計画を実行する前の極度に緊張した表情だった気がしてならないんです」

「でも、その男の人がお風呂場から出てきた段階では、まだ嵐山さんには何事も起きていなかったんでしょう?」

「たしかにそうです。けれども、あれは犯行の準備として電話線を切りに行ったところだと解釈をすれば納得がいきます。死体発見の連絡を遅らせるためというよりは、襲われた嵐山氏が急いで助けを求める手段を事前に封じるためにやったのではないでしょうか。そして、電話線切断を実行した段階で、男としては、もう後には引けないという強い緊張感に襲われたんだと思います。そうでなければ、あんな青ざめた顔にはなりませんよ。しかも、風呂を浴びた様子もまったくなかったわけですし」

　この時点で和久井の頭にある最有力容疑者は、疑いなく野村竜生だった。

「そうだとしても……」

　千代が片方の頬に手を当てて首をかしげた。

「犯人が男湯から出てくるところを、私や宿の人が見ていないという謎は解決されていませんよね」

「ああ、それはそうですけれど」

　そこを指摘されると、和久井はなにも言えなくなってしまう。和久井に見られずに嵐山剣之助を溺死させた犯人が、男湯の外で立ち話をしていた千代に顔を見られずに逃げ出すのは不可能なのだ。

「もしかして」

「もしかして？」

　と、問い返す和久井に、千代は悪戯《いたずら》っぽい笑みを浮かべて言った。

「誰も男湯から出てきませんでした、と証言している私が犯人だったりして」

「はあ？」

「叔父や和久井さんのお友だちでいらっしゃる朝比奈耕作さんの推理小説なら、きっとそういう展開になると思いますけど」

「まさか」

和久井は真顔で首を左右に振った。

「千代さんが犯人だなんて、これっぽっちも疑ったことがありません」

「そんなふうにかんたんに信じてよろしいの」

「よろしいもよろしくないも、千代さんは絶対そんな人じゃありませんから」

「どうしてそんなふうに言い切れるんですか」

「第一印象です」

「第一印象？」

「はい。ひとめ会ったそのときから、千代さんの人柄はぼくにちゃんと伝わってきました」

「どういう人柄？」

「ウソは絶対に言えない人だな、って」

「そういう印象って、たしかなものなんですか」

「自分の人を見る目には自信があります」

和久井は毅然とした口調で言った。

「刑事稼業で鍛えられてますし」

「そうかしら」

「そうかしら……って？　ぼくの言葉を信用してもらえないんですか」

「いいえ、そういう意味ではなくて、人の第一印象って、案外あてにならないものかもしれないと思う出来事があったものですから」

「第一印象のよかった人に裏切られた経験でもお持ちなんですか」

そう問いかけた瞬間、和久井はもしかして、と思った。もしかしてその思いは、千代のスピード離婚と関係したものではないのか、と。

案の定、千代は笑いをスッと消し、一転して哀しみの色合いを顔に浮かべた。しまったな、と和久井は唇を噛んだ。よけいな突っ込みをしたかもしれない。

「あの……ちょっとお茶をいれましょうね」

千代は話に一呼吸置くようにして立ち上がると、隅のほうに片づけられてあったお茶のセットを、盆に載せて運んできた。

ポットから湯気をあげる熱湯が急須に注がれる。そして、その急須からふたつの湯呑みへと千代が日本茶を注ぎ分ける。その様子を眺めながら、和久井は、夫婦ってこういうものなのかもしれないな、とぼんやり思った。

蛍光灯の明かりが、浴衣姿の千代を青白く照らしていた。

「はい、どうぞ」

と和久井にひとつ差し出してから、千代は両手で湯呑みをくるむようにして持ち上げると、そっと一口飲んだ。それからポツンとつぶやいた。

「私ね、男の人とこうやって真夜中すぎに、ひとつの部屋でお茶を飲むのって、初めてなんです」

「え？」

「ハネムーンは豪華なヨーロッパ旅行なんかじゃなくてもよかった。日本のどこかの温泉宿で、こうやってひっそりと静かな時間をふたりきりで迎えられたら、きっと死ぬまでその夜の幸せを覚えていると思うんですね」

「……」

「和久井さん、聞いていただけますか」

コトリと音を立てて湯呑みを置くと、千代は真剣な眼差しで和久井を見つめた。

「第一印象を信じて、この人と結婚しようと安易に決めてしまった私の失敗を」

千代は、昨年の電撃離婚のいきさつを、自分のほうから静かに話しはじめた——

第四章　志垣千代の日本縦断「真相究明の旅」

1

「おい、おまえ、だいじょうぶか」

目の前で、志垣警部の毛むくじゃらの手が振られても、和久井は焦点の合わない視線を宙に泳がせたまま反応がない。

「和久井ってばよ。生きてるんなら返事をせんかい」

「あ」

ようやく夢から目覚めたといった顔で、和久井は志垣の顔に焦点を合わせた。

「そうか、ぼく、いま東京に戻ってきているんですね」

「ほんとにアタマのほうは平気かよ」

「ええ、まあ」

と答えながら、和久井は自分がいつもの警視庁捜査一課の大部屋にいて、志垣のデスクの脇に引き寄せた椅子に座っていることを確認した。少しだけ開けたブラインドからは、皇居を望む見慣れた都心の夜がのぞいていた。

秋の日はつるべ落とし、という表現を使うにはまだ少し時期が早かったが、それでも夜の訪れは確実に早くなっている。しかし嵯峨野や嵐山の夜に較べれば、都心の夜は、同じ夜でも闇の密度が薄い感じだった。

わずか一日前——というよりも、きょうの未明まで、和久井はその「密度の濃い」闇に包まれた嵯峨野の宿で、志垣千代から彼女の人生を変えた一瞬の出来事について語り聞かされていたのだ。いまでも宿のあの部屋の様子が、ありありと思い出される。まぶたなど閉じなくても、現実に見えている捜査一課の大部屋の光景がかき消され、嵯峨野の宿の場面がよみがえってくる。

「とにかく、昨日一日でいろんなことがありすぎちゃって」

和久井がつぶやいた。

「頭の整理ができていないんですよ」

「そりゃそうだろう。なにしろ被害者はただの年寄りじゃない。とっくの昔に隠居しているとはいえ、時代劇の大スターだからな。その人間が温泉で殺されれば、大きなニュースにはなるわな」

実際、昨夜のニュースあたりから嵐山剣之助の死はトップ扱いになっていた。

「京都府警のほうでも気をつかって、いまのところはおまえをたんなる第一発見者として扱ってくれているが、マスコミ各社が詳しい状況を嗅ぎ回っているようだから、冗談ではなく、警視庁捜査一課の刑事がいちばん怪しいという記事がいつ出ないともかぎらない」

机の上を指で叩きながら、志垣はつづけた。

「そういえばさっき千代から電話があったよ」

「え、千代さんが？」

千代の名前を耳にすると、和久井は急に活を入れられたようにハッキリした眼差しになった。

「なんておっしゃってました」

「おまえがきょうの午前中、事情聴取のために太秦署に出かけたあと、あの子は行動を開始したそうだ」

「行動を開始？」

千代とは、けさ旅館をチェックアウトした段階で、とりあえず別れた。和久井は太秦署に呼ばれていたからである。そのあと千代がどうするのかは、きいていなかった。

「あの子はな」

頭の後ろで両手を組み合わせると、志垣は椅子の背もたれに身体をあずけた。

「和久井の嫌疑を晴らすために、探偵ごっこをはじめたようだ。いや、『ごっこ』と言っては千代に申し訳ないな。真剣な調査活動だ」

「どういうことですか、それ」

「彼女は、いま三島にいるんだよ」

「三島？　三島って、富士山のふもとの三島ですか」

「ああ。千代は京都でおまえと別れたあと、まず大阪へ行って一仕事をしてから、そのあと折り返し東京行きのこだま号に乗って三島で降りた。きょうは遅くなったので駅前のビジネスホテルに一泊して、明日の朝から現地での聞き込みに入るそうだ」

「聞き込みですって」

　和久井は、その言葉に驚いた。

「まるで刑事じゃないですか」

「どうやら、その『まるで刑事』みたいなことをやろうとしているんだよ。いや、すでにもう大阪での聞き込みは終わったそうだが」

「それ、もっと詳しく説明してくださいよ。ぼくが太秦署でこってり調べ上げられているときに、千代さんはいったい何をはじめたんですか」

「ゆうべ嵯峨野のあの宿で、おれが関係者のリストを見せようとしたら、千代は自分は一般の民間人だからといって、律儀にも目をそらしただろう」

「ええ。ほんと、きまじめですよね」

「しかし、あの子はおまえを助けるためには、やはり情報が必要だと考えた。つまり、嵐峡茶寮にきていた客のプロフィールがほしいと思ったんだ。しかし、おれから聞き出したのでは、捜査情報の漏洩という罰則がおれにかかってしまうことになるから、そこのところをちゃんと配慮して、あの子は独自にデータを仕入れた」

「独自に、って？」

「また行ったんだよ、嵐峡茶寮にな」

「ほんとですか？」

「あの宿は、きょうは臨時休業になっていたが、千代はそういうところは人柄というか、うまくやるんだな。捜査関係者の送迎のためにスタンバイしていた船の船長にちょこちょこっと話をつけて、大堰川を遡って嵐峡茶寮まで行き、こんどは顔見知りの従業員からあれこれ聞き出したらしい」

「顔見知りといったって、昨日、ぼくといっしょに行ったのが初めてでしょう」

「しかし、オヤジの顔があるからな。ウチの兄貴はあそこでも上得意だから、志垣さんのお嬢さんともなれば、いろいろサービスもしてくれるのさ」

「それで宿泊者の連絡先まで教えちゃうんですか」

「そこはまあ……あの子もちゃっかり、おまえの立場を利用したかもしれないよ。なにしろ警視庁捜査一課の刑事とお見合いしていたんだからな」

「はあ〜」

和久井は千代の行動力に舌を巻いた。

「志垣家の遺伝は眉毛だけじゃなかったんですね」

「眉毛がなんだって？」

「いえいえ、こっちの話ですけど。そうしますと、大阪というのは、たしか建設事務所の団体さんの……」

「そうだ」

「そこへ千代さんひとりで話を聞きに行っちゃったんですか」

「話を聞くだけでなく、人間観察も目的のうちだそうだよ」

「ひゃあ、本格的じゃないですか。それで、そのつぎが三島というと、例のおばちゃん軍団ですか」

「うん。千代も考えていてな、そういう四、五人で宿にきていたグループのメンバーのほうが、気軽に話を引き出しやすいと計算しているんだよ」

「なんだか捜査一課にスカウトしたいですねえ」

「刑事の中途採用制度でもあれば即座に推薦したいところだが、しかし、この部署にきてもらっても、夫婦で同じ職場というのは、ちょっとまずいかもしれないなあ」

「……」

志垣の言葉に、和久井の顔色が変わった。

「ねえ、和久井君、そう思わんかね」

「あのですね、警部。そうやってさりげなく既成事実を作ろうとしないでくださいよ」

「既成事実って？」

「ほらそういうふうに、わかっていてしらばくれる」

「最近ボケが進んどるせいか、主語、述語、目的語をちゃんと言ってくれないと、日本語を理解できんのだよなあ」

「ですからね、警部の姪御さんとぼくとが、めおととなるような前提を勝手に決めないでくださいね、ということですよ」

「めおと……か。なかなかいい響きだなあ」

志垣はニヤッと笑った。

「たしかに千代の雰囲気からすると、おまえらふたりは『ふうふ』というよりも『めおと』というニュアンスがぴったりだ」

「だから、まだ結婚させないでって」

「まだ？」

志垣がすかさず言葉尻をとらえた。

「まだってことは、時間をかけたらいいってことかね」

「あのねえ、警部」

和久井は深呼吸をひとつしてから、椅子に座ったまま、両膝の上にきちんと手を載せて言った。

「ちょっとまじめな話をさせていただいてよろしいでしょうか。今回の事件のことではなく、千代さんの件なんですが」

「おお、いいとも」

「じつはですね」

周囲の捜査官たちの耳を意識しながら、和久井はぐんと声のボリュームを落として言った。

「じつはゆうべ、千代さんと……」

「なに！　おまえも手が早いやつだな」

「ちがうって。あのね、ゆうべ遅くまで千代さんと嵐山剣之助の変死事件について語りあったんですが、ひょんなことから人の第一印象の話になりまして、それで千代さんが第一印象というものがいかに不確かなものであるかの実例として、自分の離婚の真相を話してくれたんですよ」

「なに」

こんどの『なに』は、声が低いぶん、本気で驚いていることを表わしていた。

「おれさえ遠慮してふれずにきたタブーを、あの子が自分からおまえに話したというのかよ」

2

姪の離婚の真相が語られるとあって、志垣はそこが捜査一課の大部屋であることも忘れて、前のめりになった。

「で、どういう問題があったんだ。千代の側に問題があったのか、それとも男のほうか」

「千代さんは、けっきょく私のせいなんですと控えめに言ってましたが、ぼくに言わせりゃ男のせいですよ」

「おまえの分析はいいから、客観的に話を聞かせなさい」

「はいはい。千代さんの結婚相手は、四十三歳でバツイチの男だったそうですね」

「そうなんだ。千葉で親の代からつづく商業印刷の会社を経営していて、なかなかのやり手だという話だった。兄貴も、相手がバツイチというところが引っかからないでもなかったそうだが、なんせ千代の年も年だし、それと釣り合いがとれるとなると常識的にいうと四十以上だろう。しかし、そこまで行くとね、かえってその年まで独身でいたというほうが、不安になるもんなんだわな。ま、相手からみりゃ千代にも同じことがいえるのかもしれんが、男と女ではまたニュアンスも変わってくる。

それで兄貴も、四十過ぎてのバツイチは最近じゃちっとも珍しくないし、かえって初婚よりもいいんじゃないかと思った。つまり、結婚生活というものに関して学習経験を積んでおるはずだ、と。そういや世の中、離婚を経験した男のほうが奥さんを大切にするとの説もあるぐらいだしな。まあ、おれなんかも、もし結婚し直すチャンスがあったら、小枝みたいな可憐なスタイルだった花嫁を、たったの五年で厚かましいビヤ樽カアちゃんに変身させてしまう失敗は繰り返さんだろうが。……ン？　なんだよ、じーっとおれの顔を見て」

「いや、よくしゃべるなあと思って」

「つまらんことに感心するんじゃない」

志垣は手を伸ばして、和久井の額をぺちんと叩いた。

「おまえがさっさと話を進めないからこうなっちゃうんだよ」

「わかりましたよ。……で、千代さんもですね、父親の意見と同じく、失敗を積んで人間はやさしくなれると考えていたから、バツイチという経歴にはぜんぜん抵抗がありませんでした。そして、くだんの男とお見合いをしてみたら、とにかく第一印象がよかった。ああ、この人とならきっと幸せになれると直感的に思ったそうなんです」

「おれも披露宴で相手に会ったけど、柔和な感じで、印象はえらくよかったぞ」

「ところがですね、結婚式のわずか十日前にちょっとした事件が起きていたんです。あまりにもショッキングな出来事だったため、千代さんは周囲の誰にもその話を打ち明けられずに結婚式を迎えてしまったんです……」

＊　＊　＊

挙式を十日後に控えたその日、千代は夫となる男が運転する車の助手席に乗っていた。男の大学の先輩で、仲人を引き受けてくれた県議会議員のところへ、最終打ち合わせに向かっているところだった。

仲人の家は千葉と成田の中間に位置する四街道市にあったが、途中でふたりの車は道路工事による渋滞に巻き込まれた。すると男は、県会議員先生を待たせるような無礼をしたら、怒って仲人をキャンセルされるかもしれないと気をつかい、近道をすると言って幹線道路から左にはずれた。

千葉に生まれ、千葉に育った男は、その界隈はどこも自分の庭のように熟知していたので、一般ドライバーは知っていそうもない抜け道から抜け道へと車を走らせて、目的地へと近づいた。

あとになって千代は、幹線道路から左折した運命の分岐点を何度も思い返した。渋滞を我慢してそのまままっすぐ進んでいれば、仲人宅の到着がかなり遅れ、失礼になったかもしれない。しかし、挙式の翌日に離婚などという凄まじい展開にはならなかったはずなのだ。

その一方で、どうせいっしょに暮らすことが耐えられなくなるならば、一日でも早く相手の本性がわかって、一日でも早く別れることになったほうが、結果としては幸いだったかもしれない、とも思ったりする。とにかく、あの道路の渋滞が千代の運命を大きく変えたことだけは間違いなかった。抜け道などを通ろうと考えなければ、ふたりは「あの場面」に出くわすことはなかったからだ。

それは狭い一方通行の道を直進しているときだった。助手席の千代は、突然、わけもなく猛烈な寒気に襲われた。このあと遭遇する出来事を察知したような寒気だった。

(何かが起きる)

と、思った瞬間、横手の狭い路地から茶色いものが飛び出してきた。子犬だった。

男はとっさにブレーキをかけた。が、間に合わなかった。

轢《ひ》いた……というよりも、跳ね飛ばした。ドン、という鈍い音が千代の耳に届いた。まるで、音だけが車内にもぐり込んでくるような、いやな響きだった。

よせばいいのに、千代は助手席側のドアミラーに目をやった。鏡の中で、子犬が跳ねるように悶え苦しんでいるのが見えた。

止めて、と言おうとしたが、あまりのむごたらしさに声が出なかった。完全に轢き殺してしまっているよりも、半殺しは数十倍残酷な光景だった。そのときの千代は、運転している男の反応を、頬の横で気配として感じるのがやっとだった。

チッ、と短い舌打ちが聞こえた。

しかし、男の反応はそれだけだった。

別の寒気が、千代を襲った。

（それだけ？　犬を轢いて、それだけなの？）

信じられなかった。飛び出してきた犬を轢いてしまえば、誰だって驚くし、ショックを受けるのが当然ではないか。ところが彼は、軽い舌打ちひとつしただけなのだ。

（この人、バックミラーで後ろの状況を見ていないのだろうか）

苦痛で飛び跳ねる子犬を確認しながら平然としているのも恐ろしいが、轢いた結果を一顧だにせず、舌打ちひとつで運転をつづけているのも、それはそれで恐ろしい。

千代としては、男が顔面蒼白になって震えていてくれたほうがずっとよかった。ショックで後ろを見る余裕もなく、現場から一目散に離れたがっているというなら、それはそれで人間らしいではないか。そのほうが、まだ救われる。

なんとか身体が動くようになった千代は、男の反応を見るため、ゆっくりと運転席のほうに顔を向けた。

すると男は、千代を見返すでもなく、またバックミラーに目をやるでもなく、不愉快そうに眉間にタテじわを刻んでつぶやいた。

「これ、新車なんだよな」

そしてまた舌打ちを繰り返した。


仲人の家には約束の時間ギリギリに着いた。子犬一匹の命を犠牲にしたオンタイムだった。

「いやあ、途中で道が混んでいて往生しました。先生との約束のお時間に遅れてしまうのではないかとヒヤヒヤしましたよ」

明るく笑いながら仲人夫妻に挨拶する男を見て、千代は吐き気を催した。

これから夫婦としてこの男を信頼して暮らすことができるのだろうか。また、ひとりの女として、この男に抱かれることができるだろうか。すばらしくよかった第一印象が、こんなにもあっさりと裏切られるとは、予想もしていなかった。

仲人の家にいたのは一時間たらずだったが、千代は何をきかれても上の空で、会話にまともに加わることができなかった。仲人も千代の様子がおかしいのに気づいて、ぐあいでも悪いのかと問いかけてきたが、彼女が口を開くより先に、男が答えた。

「くる途中にちょっと車に酔ってしまったんです。やはり千代も、先生ご夫妻にお会いするとなると、相当緊張してしまったようです。柄にもなくね」

そして男は、豪快な声を発して笑った。

そこまでが千代の限界だった。仲人宅を辞して、玄関前に停めてあった車のところへ戻ったとき、千代はタイヤに事故の痕跡を見つけた。その瞬間、スーッと頭から血が引いていくのを覚え、気がついたらふたたび仲人の家の中にいて、ふとんに寝かされていた。

なぜ気を失ったのかという理由を、千代は仲人夫妻にも男にも言えなかった。そのあと、親にも親しい知人にも打ち明けることができなかった。しゃべれば、ドアミラーに見たあの光景が思い起こされる。そして、犬を轢いたことより新車が汚れたことをひどく気にした男の舌打ちが思い起こされる。

千代は、すべてはなかったことなのだと必死に自分に思い込ませた。あの出来事に関して誰にも口外しないことで、記憶のファイルからそこの部分だけを削除しようとした。

だが、できなかった。自分を偽ろうとすることが、彼女に猛烈なストレスをかけた。そして、ストレスのピークは結婚披露宴のさなかにきた。

数々の祝辞、拍手、笑顔——それらすべてが、千代の未来に向けられていた。

(どうぞ末永くお幸せにね)

(早く可愛い赤ちゃんをつくってください。千代さんならば、きっといいお母さんになれるでしょう)

(こんな男前のダンナさまを迎えられるなんて、千代ちゃんも長い間待った甲斐があったよね)

……等々。

けれども、いくら美辞麗句で祝福されても、千代には黒い未来しか見えてこなかった。

十日前の出来事以来、千代は街角で散歩に連れ出される犬の姿を見かけるたび、涙が噴き出し、身体の震えが止まらなくなってしまうようになっていた。そのトラウマの原因が、轢かれて苦しむ犬の姿にあるならば、時が忘れさせてくれるかもしれない。しかし、原因は犬ではなく、夫となる人物の人格にあった。

千代の心を深く傷つけたのは、彼の人間性だった。その人物と、披露宴に先立つ挙式において、神前で永遠の契りを交わしてしまったのである。取り返しのつかないことをしてしまった、と千代は華やかな披露宴の最中に、ずっと悔やみつづけていた。

仲人の家で失神から目覚めたとき、なぜそこで結婚の取りやめを決断しなかったのか。あと十日しかない、ということばかりに気を取られて、人生の最も大切な舵取りを誤ったまま、それを正そうとしなかった自分の決断力のなさを、千代は猛烈に悔いていた。来賓のスピーチを聴きながら……。

二時間半のはずが、倍以上の長さにも感じられた披露宴がようやく終わり、招待客を金屛風の前に立って送りだしたあと、千代の精神状態はほとんど限界にきていた。それでも両親や志垣警部など親戚の人間には悟られまいと、必死に気持ちを支えた。

だが、いったん引き下がった控え室で男とふたりきりになると、ついにこう告げざるを得なかった。私、やっぱり無理です、と。

男は、最初何が無理なのか、何の話題を切り出されたのか、まったく理解できない様子だった。子犬を轢いたことなど、きれいさっぱり忘れていたのだ。彼にとっては、その程度の出来事だったのである。まして、そのときの自分の態度が千代に大きなショックを与えていたなど、想像もしていなかったというふうだった。

男は、最初はポカンとし、つぎに千代の心境を聞かされて驚き、そして最後には怒りだした。

「おまえはこんなめでたい日に、花婿のおれを糾弾するつもりか。なに考えてんだ！」

廊下にまで聞こえるのではないかという大声で、男は千代を怒鳴りあげた。

いつもやさしい笑顔で「きみ」とか「千代さん」とか、少し慣れてからは「千代ちゃん」などと呼んでくれていたのに、いきなり「おまえ」だった。正式に夫になったとたん、暴力的な言動を隠さなくなった。

千代は震え上がった。ショックで口が利けなくなった。三十八年目にしてつかんだと思った幸せは、挙式当日に底なしの不幸へと反転した。まるでオセロだった。幸せの白い石が、たった一手指しただけで、一気に不幸の黒い石へとひっくり返ってしまったのだ。

お色直しのドレスのまま、千代は控え室のソファに倒れ込んだ。

＊　＊　＊

「そうか……ふたりの間にはそんな出来事があったのか」

さっきまでの冗談口調を完全に収めた志垣は、姪の身の上への同情で沈痛な面持ちを浮かべていた。

「わからんもんだなあ、あの彼がそういう男だったとは。しかしアレだな、千代もつらかっただろうが、親にも打ち明けられなかった真相を和久井に話すとはねえ」

「ですから、なんだかぼくも聞いてはいけない話を聞いてしまった気になって……」

「よほどおまえに惚れてるんじゃないのかね」

「そうじゃなくて、ですね」

和久井は真剣な表情で訴えた。

「警部、ぼくとの間では、千代さんとの結婚について冗談をおっしゃっても結構ですけど、本人の前ではやめたほうがいいです」

「なんでよ」

「ぼくはいままで千代さんの立場を誤解していたみたいで」

「というと？」

「千代さんがバツイチで三十九歳というところから、彼女は結婚のやり直しをあせっているんじゃないかと、失礼ながらぼくはそう思っていたんです」

「失礼ながら、おれもそう思っていたが」

「でも、それは違うんだって、わかりました。千代さんは、ホンネではもう見合いはこりごりなんですよ」

「うそー」

「またすぐそういう軽いリアクションをする」

和久井は、たのみますよ、という顔で訴えた。

「千葉県の男との結婚に関しては、お見合いでの第一印象だけを頼りに決めたために、相手の残酷な本性を見抜けなかった。そのことを千代さんはものすごく後悔しているんです」

「だからこそ、うちの兄貴は千代に早く立ち直ってもらおうと、新たな婿探しに奔走しているんじゃないか」

「それが大きなお世話なんですよ」

和久井は、誰よりも千代のことを理解したような口ぶりになっている自分自身に驚きながらつづけた。

「結婚という形が女のいちばんの幸せであるという父親の意見に、千代さんがあえて逆らうつもりがないのは、親不孝をしたくないからなんですよ。とくに今回のお見合いは、叔父さんである警部の顔も立てなきゃならないわけだし」

「おれの顔も」

「そうですよ。親戚の中でいちばん感情的な人なんでしょ。だから千代さんも気をつかうわけですよ」

「千代がそう言ったのか」

「いや、ぼくが言ってるんですけど」

「勝手に言うなって」

「ともかく、警部もお兄さんも、ほんとよけいなおせっかいをやいていたわけです。にもかかわらず、千代さんは父親と叔父の顔を立てて、一度だけは和久井という人間と会おうと決めたんですよ。そして……こんなふうに言われちゃうとぼくもつらいんですけどね、『どうせ先方から断ってくるだろうから、一度だけで済むと思っていましたの』ですって」

「マジかい」

「マジです」

間髪入れずに答えることで、和久井は非難の気持ちを表わした。

「千代さんは千代さんで身内に気をつかい、ぼくはぼくでやはり上司に気をつかい、おたがい気乗りしないお見合いのために、わざわざ京都嵐山まで行ったんですよ。ぼくの場合は、だいじにとっておいた二日間の有給休暇まで無理やり消化させられちゃってね。そして、事件が起きたんです。さあ、ぼくが窮地に追い込まれたのは、誰の責任でしょうねえ」

「……」

「千代さんはああいう性格の人だから、ゆうべは自分がお見合いをせがんだためにぼくを事件に巻き込んだような言い方をされていましたけど、実際は違ってたんです。志垣ブラザーズの大きなお世話のおかげなんです」

「そら知らんかった……まったく知らんかった」

志垣は吐息まじりにつぶやいた。

「これは千代に謝らないといかんな」

「ぼくには」

「おまえはいい」

「なんで」

「部下だから」

「そんな理屈は通らないでしょう」

「通るんだよ。上司のミスは部下の責任だろうが」

「逆でしょ、逆」

「逆もまた真なりだ」

決して言い合いでは負けない志垣は、屁理屈をこねるだけこねてから立ち上がり、窓際に歩み寄ってブラインドの隙間を指で広げた。そこから外を覗けば、まるで三島にいる千代の姿が見えるかのように……。

3

朝起きると、三島は秋晴れだった。

金持ちのお嬢さんである志垣千代にとって、狭くて殺風景なビジネスホテルの部屋に泊まるのは、めったにない体験である。ベッドで目覚めて最初に目に入った壁の近さが、ちょっと気になった。

ベッドから下り、パジャマ姿でクリーム色をしたスリッパを突っかけると、まるで自分が病院に入院しているような錯覚を覚えた。着ているパジャマは、昨日大阪のデパートで買ったまにあわせのものだったから、なおさらそんな気分だった。

数知れぬ喫煙者が吐き出した煙を吸い込んで煮しめた色合いになっているカーテンを引き開けると、朝日が部屋の中に飛び込んできて、コントラストの利いた影を床に落とした。

ちょっとまぶしげに目を細め、額のところに片手をかざしながら、千代は汚れで霞んだ窓ガラス越しに外の様子を眺めた。通りの向こうに、衣料品店、文房具店、それにうなぎ屋が見えた。千代がいるのは五階建てのビジネスホテルの三階だが、それでも自分のいる高さより高い建物を見つけるのがむずかしい。こぢんまりした商店街の中である。

まだ朝の七時半なのでどの店もシャッターを下ろし、まばゆい日射しのわりには町は静かに眠っていた。

それは三十九年生きてきて初めて見る街並みだった。この先どれぐらい生きるかわからないが、自分はいったいいくつの町を見ることができるのだろう、と千代はふと思った。日本に住むほとんどの人が、自分が生まれたり育ったりした町や村以外には、数えるほどしか他人の環境を見ずに一生を終えるに違いない。

ゆきずりの観光客として訪れる場所を別にすれば、生活に密着した視点での町や村は、両手の指で数えるほど体験していれば多いほうだろう。狭い日本と言いながら、その狭い日本の中でもさらにわずかな一角しか知らずに、人は自分の人生をまっとうするのだ。

（こんどの調査の旅で、私はどんな人生を見つけるんだろう）

千代がそんな思いを胸に抱いたのも、これから彼女は、殺人発生当時あの宿にいた関係者すべてに話を聞くため、東奔西走、北へ南へと日本を飛び回る予定だったからだ。観光客としてではなく、ひとりの男性の嫌疑を晴らすために。その仕事が終わるまで、千代は実家に帰るつもりはなかった。

それは千代の強い責任感から出たものである。

（電話したときの印象からいえば、たぶん叔父さんは私のこの行動を誤解しているわ）

叔父である志垣警部は、おそらく千代が和久井を結婚相手として気に入ったから、こういう行動に出ているのだと思っているだろう。しかし、千代はダテに三十九年生きてきたわけではない。和久井が上司の顔を立てて、やむをえず京都まで出てきたことは、会った瞬間からわかっていた。

美しい嵐峡の流れを眺める宿に着いたとき、和久井がはためにもわかる緊張ぶりを示したのは、決して千代に惚れたからではなく、いったいこのあとの展開はどうなるのだろうという困惑からきた硬さによるものだと理解していた。だから千代は可哀相になって、少しでもリラックスさせてあげなければ、と努力したのだ。

父も叔父も、悪気があって見合いをすすめているのではないのは千代もじゅうぶん承知していた。だから、そうした善意の身内を傷つけたくなくて、京都嵐山お見合い旅行に出かけてきたのだが、和久井の様子をみていたら、やっぱり自分は罪なことをしたと思った。そして、あのときと同じ失敗をしている、と思った。挙式十日前に、この人ではダメだと確信しながら、ずるずると挙式当日を迎えたように、形ばかりのお見合いは相手にも失礼になるとわかっていながら、千代は父と叔父の決めた段取りに乗ってしまった。

その結果、何の罪もない和久井を有力な容疑者という形で殺人事件に巻き込んでしまったのである。和久井が警視庁捜査一課の刑事であるという立場は、プラスよりも、もしかすると最悪の方向に働くおそれさえもあった。現職刑事が殺人、などという興味本位の騒がれ方をしたら、あとで無実が証明されても和久井の経歴は大きく傷つくことになる。

(そんなことは絶対にさせられない。すべては私の責任なのだから)

千代は、自分の行動が和久井を救う結果を招くよう堅く心に祈りながら、初日となった昨日の調査結果を思い起こした。

まず嵐峡茶寮では、スリッパに関する千代の仮説がもろくも崩れ去ったことを知らされた。

複数の従業員がこう証言したのだ。嵐山先生は、足袋や素足で館内をお歩きになることはなく、必ずスリッパをお使いになります。昨日もお風呂へ向かわれるとき、スリッパをきちんと履いていらっしゃいました、と。

そうなると、和久井が男湯に行ったとき、そして男湯から飛び出したとき、スリッパを一足も見なかったのは、たんなる見落としなのだろうか。

だが、嵐山剣之助もスリッパを履いて男湯に向かい、和久井もそうであれば、殺人者が男湯を訪れたとき、必ずそこに二足のスリッパを見ていなければならない。とすれば、ターゲット以外にもうひとりの人物が入浴中であると、必ず気づいたはずなのだが……。

一方、大阪で西淀川建業という建設事務所の人間に面会したが、相手は千代の訪問意図と、千代の風体とのアンバランスに驚いた様子ではあったものの、嵐山剣之助の異変を発見した警視庁捜査一課の人間の連れであったと聞いて、積極的に質問に応じてくれた。

興味深かったのは、メンバーのうち遅れて風呂にきたひとりが、ちょうど入浴にやってきた嵐山剣之助と顔を合わせていた事実を知らされたことだった。

4

「これはもちろん、警察にも話してあることなんやけど」

建設事務所を訪れた千代の応対に出たのは藤岡という、あごひげを生やした四十がらみの設計士だった。なんとなく信頼がおけそうな人だな、と千代は思った。

そして藤岡は、そのひげ面にまさにぴったりの、深みのある低音で話しはじめた。

「うちの社の牧野ゆう人間が、男湯にきた嵐山剣之助氏に会うてるんですわ。あいにくきょうは仕事で出とりますけど、昨日からおまえもラッキーなやつやな、とみんなでからかっとるんです」

「ラッキーとおっしゃいますと」

「だってそうやないですか、もしもおたくさんの連れが風呂にきてなかったら、うちの牧野が生きている嵐山剣之助を見た最後の人間になるわけですから」

「ああ、それはそうですね」

と答えながら、だから和久井さんが大変なのよ、と千代は心の中でつぶやいた。

「ほんま第一発見者が警察の人でよかったですわ」

千代の気持ちも知らずに、藤岡が言った。

「牧野にかぎらず発見者が一般人だったら、えらいこってすわ。即、容疑者扱いされてましたやろな」

「……それで」

千代は、すぐに話題を切り替えた。

「男湯で嵐山さんと会ったのは、お仲間の中で牧野さんだけなんですか」

「そうです。昼ご飯を終わって、ほな風呂行こかという段になって、牧野のケータイに得意先から電話がかかってきましてね、それもクレームですわ。嵐山まで追いかけてくるなんて無粋なやっちゃ、などとボヤきながら、彼だけしばらく部屋に居残って、相手と電話しとったんです」

「では、四人で先にお風呂へ」

「はい」

「そのとき誰かほかにお客さんは風呂場にいましたか」

「ああ、いてました。年寄りとその孫ぐらいの小さい男の子が」

戸倉寛之とひ孫の戸倉夏樹のことだなと、千代は嵐峡茶寮の宿帳から仕入れたデータを思い起こしながら先を聞いた。

「それにしても嵐峡茶寮のお風呂は種類が多いですからねえ、ぼくらも楽しみにして大阪からきたんですわ」

藤岡は、まったくのんきな方向に話を持っていった。

「志垣さんとおっしゃいましたっけ、あなたも入られたんでしょう、女湯のほうに」

「いえ、私はお食事だけで」

「なんだ、そうですか。そらもったいない。ええお湯でっせ。なんせ、帝王水を使うとるそうですからな。べっぴんさんが入ったら、もっとべっぴんになるんとちゃいますか」

千代の顔を見ながら、藤岡はニヤッと歯ぐきを出して笑った。

ふつうにしゃべっているときは、あごひげが重厚さを彼に与えていたが、笑い方が下品なのでいっぺんに印象が変わった。また私は第一印象にだまされかかっていた、と千代は自分を戒めた。

「いま帝王水とおっしゃいましたけれど……」

千代は、土産物コーナーや部屋に備え付けのパンフレットでしきりに帝王水の宣伝がなされていたことを思い出しながらきいた。

「嵐峡茶寮にこられたのは、帝王水を使った温泉の効き目を期待されたからですか」

「ま、それも半分ありますわな」

あごひげを撫でながら、藤岡はうなずいた。

「宿としては、そら隣の嵐峡館のほうが上でっしゃろ。世間にもよう知られとりますしねえ。けど、嵐峡茶寮の温泉に使われとる水は特別な波動を持つ、言われとりますからな」

「波動、ですか」

「そうです。清純な水には、それそのものに病気を治癒する波動が込められておるんやと、こういう能書きですわ」

「藤岡さんはそれを信じていらっしゃいますか」

「ですから半々ですわな。半信半疑っちゅうやつです。ときどき週刊誌の広告に、嵐山剣之助が宣伝しとりましたから、頭の片隅には『帝王水』という名前は引っかかっておりましたよ。ガンが消えたとか、なんとかいう話をね。まあ、そういう効果はないより、あると言われたほうがありがたいですわな。気は心っちゅうてね。仮にだまされても、まあシャレということでよろしやないですか」

正確にいえば、帝王水の広告を出すときには「ガンが消えた」というフレーズは使っていない。根拠のない薬効を謳う文句を入れては、広告の審査機構などにはねられるからである。しかし、広告という形でないパブ記事などでは、巧みにそのエピソードが使われていた。もちろん、嵐山剣之助の体験談である。

「それで、みなさんがお風呂に入ってらっしゃるときは、なにか変わったことはありませんでしたか」

「いや、べつに」

唇をとがらすようにして、男は首を左右に振った。

「なにもありませんでした」

「お風呂にいたのは、みなさんのほかにお年寄りと子供、それだけだったんですね」

「そうですよ。で、おじいちゃんと子供が先に上がって、ぼくらも遅れてる牧野をしばらく待っとったんですが、なかなかこないもんで、それじゃあ、そろそろあがるかということになったんです。一時半ぐらいには宿を出発するつもりでしたからね。それでちょうど脱衣場に出たときに、牧野がバタバタと駆け込んできて、チャッチャヤッチャッと入るさかい、フロントで先に精算済ませて待っとってや、と言うんですわ」

「それは何時ごろになりますか」

「さあ、何時ですやろか。警察の事情聴取でも、細かな時間きかれましたが、いちいち時計見ながら風呂入っとるわけやありませんしね」

そうなのだ、と千代は思う。それがふつうである。ところが和久井は、サウナ時計とにらめっこしていたがために、分単位で時間経過を記憶していた。そのことが、かえって犯人の行動時間を限定することになり、和久井自身の首を絞める結果にもなっているのだ。おまけに、そこまで正確に時間を覚えているのは不自然であると、所轄の太秦署からにらまれている。

「おたくさんは知らんでしょうが――そらアカの他人やから知らんのはあたりまえですか、あはは――ウチの牧野のチャッチャヤッチャッチャッゆうたら、ほんまにチャッチャヤッチャッなんでっせ」

ひげ面の男がつづけた。

「なんせ気ぜわしない男でね。あいつのことやから、ものの三分もあれば七つの風呂ぜんぶ回りよるで、と冗談言いながら、ぼくら四人は先にあがって勘定済ませて、外の風に当たりながら船着き場で待っとったんです。ほしたら、三分は大げさですが、十分も待たんうちに、牧野が汗だくで川のほとりまで走ってきよりました。まるで泥棒みたいなあせり方でしたな、あれは」

牧野という当人を知らない千代にとっては少しも面白い光景ではないのだが、内輪ではウケた場面だったのだろう。藤岡はおかしそうにククと思い出し笑いをした。

「で、そのときに牧野さんは、嵐山剣之助さんと風呂場で会ったという話をなさったんですか」

「いえいえ。それは事件の連絡が警察からあった段階で、そういや顔立ちや着物などから、あれが嵐山剣之助やったんやな、という話になったわけでしてね」

「あとになってわかった、と」

「そうです。風呂場で顔を合わせた段階では、牧野も客のひとりにすぎないと思っていたようですよ。ですから、そのときは話題にはなりませんでした。第一、往年の時代劇スターゆうたかて、ぼくらの世代はもう知りませんわな。まして八十いくつのおじいちゃんになっとったらねえ」

「牧野さんは、お風呂場のどこで嵐山さんと会ったんですか。浴室の中ですか」

「いや、脱衣場です。四つばかり風呂をはしごして、大急ぎで出てきて服を着はじめたときに、嵐山剣之助が入ってきたんやそうです。和服の着こなしが妙に堂に入っていたのが印象に残ったと牧野は言ってましたがね」

「それで、牧野さんが船着き場まで走ってこられて、すぐに船は出たんですか」

「そうです。その時間だけは、よう覚えてます。一時半ドンピシャでした」

「一時半……ですか」

千代は少し考えてから、質問を追加した。

「牧野さんは、お風呂場で洋服に着替えて、それで直接外に出てこられたんですか」

「そうです。彼の荷物は、先にチェックアウトしたぼくが、代わりに持って外に出ていましたから」

千代は暗算で逆算をはじめた。

和久井が嵐山剣之助の異変を知らせるために男湯を飛び出してきたのが、午後二時少し前である。これは警察への通報時刻などからみて、ほぼ間違いないところである。そして和久井の「分単位の記憶」をもとにして遡れば、剣之助を湯の底から引きずり上げ、しろうとの心臓マッサージなどでは手に負えないと悟って外に飛び出すまでが約二分。その前、水風呂に入っていたのが約三分。さらにその前、サウナの中に入っていた時間は、これは正確に十分三十秒。

そうすると、和久井が浴室の扉をガラリと開けて中に入り、嵐山剣之助が頭を洗っているのを見た時刻は、午後二時少し前から逆算して十五、六分前。おおよそ一時四十分すぎということになる。

一方で、牧野という男が風呂からあがりしなに嵐山剣之助と出会ったのは、一時半の二、三分前といったところだろう。

すると、和久井が剣之助の洗髪風景を見たのは、おおざっぱにいって、剣之助が男湯にきてから約十分後ということになる。

（十分……）

どうも長すぎる気がした。風呂に入ってから頭を洗い出すまでの間隔が、である。

風呂の入り方には個人差があり、とくに男性がどのような身体の洗い方をするのか、千代にはよくわからない。しかし、女性の場合の一般的なやりかたでいえば、まず入ってすぐに髪を洗いはじめるか、さもなければ湯船で軽く温まってから、頭を洗うのではないだろうか。それから身体の順。そして、すべてをきれいにしてから、ゆっくりと時間をかけて浴槽で温まるというのが千代のやり方だった。

仮にそれ以外の順序を取ったにしても、服を脱ぎはじめてから洗髪までに十分かそれ以上の時間が空いているというのは、なにか不自然な気がした。ひょっとすると和久井のように、まず最初にサウナに入ったのかもしれないが、八十一歳という高齢で、サウナに長時間いたとも考えにくい。

そこで千代が思いだしたのが、和久井が「あの男こそいちばん怪しい」と疑っていた野村竜生である。野村が顔面蒼白で大浴場から戻ってきたのは、たんに電話線を切断しただけでなく、その直前に、嵐山剣之助となにか激しい口論をしたのではないだろうか。

そう考えれば、野村の異様な興奮も、嵐山剣之助が男湯にきてからすぐに頭を洗わなかったのも説明がつきそうな気がする。

牧野が仲間の待つ船着き場へと去ってから、野村が男湯を訪れる。そこで嵐山剣之助と何かの理由で激しい口論になる。その口論は十分近くつづいたのだ。だが、とりあえずその段階では惨劇は起こらなかった。剣之助は不機嫌なまま浴室に入る。その後ろ姿を見送りながら、野村は激しい殺意を覚え、その準備として電話線を切断する。切るのに使った刃物は、剣之助殺害のために用意してあったものだろう。そして、なんらかの理由で、野村はいったん浴室を出る。そして本館方面へ戻るところで、和久井や四人の中年女性たちとすれ違ったのである。

では、若い野村が老齢の元時代劇スターに対して抱いた殺意の動機は何なのか。

（もしかすると——）

千代は思った。

（嵐山剣之助が広告塔になっている「帝王水」が関係しているのでは）

5

三島において目指す相手の家は、三島大社のそばにあった。

朝の八時前という早い時刻を選び、事前に電話もかけずに、ビジネスホテルを出た志垣千代は野中貞子の自宅へ直行した。嵐峡茶寮に残された宿帳から住所は確認してあった。

千代が「野中」と表札のかかった木造平屋建ての家の前まで行くと、ちょうどその本人が小脇にオートバイ用のヘルメットを抱えて玄関から出てきたところだった。それはちょっと意外な光景だった。六十近い彼女が、バイクなどに乗るとは思わなかったからである。しかし、彼女の歩いていく先には間違いなく銀色に塗装されたオートバイがある。しかも原付といった可愛らしい代物ではない。千代はバイクには詳しくないが、それこそ警視庁の白バイ隊が使っていそうなサイズのものである。

ほんとうにあのクリクリパーマのおばさんが、あんな大きなオートバイに乗るのだろうかと千代は疑ったが、彼女が抱えているヘルメットも、主婦が原付に乗って買い物に出るときにかぶるようなものではなく、本格的なフルフェイスである。

ただし、野中貞子の服装はライダースーツなどではなく、花柄のセーターと焦げ茶のスパッツである。ナナハン級のバイクにまたがる格好ではとうていない。

「あの……」

千代は遠慮がちに声をかけた。

すると貞子は、ハッとした顔で千代に向き直り、猜疑心のかたまりといった視線を投げかけてきた。

「突然おじゃまして申し訳ありません。じつは私は……」

そこまで言ったところで、向こうのほうから先回りしてきた。

「ああ、嵐峡茶寮にいた人だにぃ？　えーと、志垣さんだら」

千代はびっくりした。

「なんで私の名前までごぞんじなんですか」

「だって、事件が起きたあと、刑事が客の取り調べをしていたときに、おたくをそう呼んでいたのを聞いてたさ」

「そうなんですか」

「それにおたくは着物で目立っていたから」

「ああ、そうでしたね」

「お見合いだったらぁ」

いきなり斬り込まれて、千代はちょっと赤くなった。

「え、ええ」

「どうした？　それで」

「どうして、とおっしゃいますと」

「見合いのほうだがにぃ。気に入った？　あの人」

「あ……あの」

自分があれこれ質問をするためにきたのに、いきなり先手をとられて、千代はたじたじとなった。

「嵐山さんの事件が起きて、それどころじゃなくなってしまいましたから」

「ああ、そりゃそうだね。ところで和久井さんて言うだね、おたくのお見合い相手」

「え、彼の名前もお聞きになっていらしたんですか」

「もちろんだよぉ。警視庁捜査一課の刑事さんだって？」

「え、ええ」

「刑事の奥さんになるんじゃ大変だら。仕事が不規則で」

「いえ、まだ結婚すると決めたわけじゃありませんから」

「そーお？」

言葉を額面どおり受け取っていないという表情で、貞子は千代をじーっと見つめた。

「でも、向こうがおたくのこと、だいぶ気に入ってたみたいだよ」

「そうですか」

「ただ、おたくのほうでまだ決めてないんだったら、少し慎重になったほうがいいかもしれないにぃ」

「え、どうしてですか」

「どうしてっちゅう根拠はないけどね」

貞子はリズムをとるように小刻みに首を揺すって言った。

「美女のお尻を追いかけたりしそうなタイプにも思えたからさ」

その言葉に、渡り廊下での事情を知らない千代は、冗談だと思ってクスッと笑った。

「そうですか。ところで、野中さんはいまからお出かけですか」

「そうだよ」

「お勤めですか」

「じゃなくて、箱根のほうまでバーッとバイクを飛ばしに行こうと思ってね」

「やっぱり、野中さんが乗られるんですか、これに」

「そうだよ。だれが乗ると思った？」

「ご主人か、息子さんかと」

「亭主は死んじゃってるだよ。息子はいるけどね、大《だい》ちゃんっていうの」

「大さん、ですか」

「そう、野中大。いい名前だら。ことしで三十二なんだけどね、親の私に似ないで、おとなしい子でねえ。お母さん、バイクなんか恐くて、ぼくにはとても乗れないって言うだよ。まーったく男の子のくせに意気地なしさぁ」

「すると、これは野中さん専用の」

「そうだよ。だれが乗ると思った？」

貞子はまた同じセリフを繰り返した。

「でも、そういう格好をしてらっしゃいますし」

「セーターにスパッツで、バイクに乗ったら悪い？　いいら、これでも」

貞子はぴちっとしたスパッツの腿のあたりをゆびでつまんで、ちょっと広げてみせた。

「若者が着てるような革のツナギっていうだかいね、ああいうのは蒸れていかんがにぃ」

「それにしても、ずいぶん立派なオートバイですね」

「だら？」

貞子は得意そうに笑った。

「空冷４ストローク並列四気筒で、排気量は七三八ＣＣあるさ。最大トルクは七五〇〇ｒｐｍでね、うんと速いだよ」

五十七歳のおばちゃんの風体にまったくそぐわない言葉がポンポン飛び出してきたので、

千代はあっけにとられた。そして、またしても痛感した。人の第一印象はあてにならないものだ、と。

「で、その愛車でこれから優雅にドライブというところだったんですか」

「ちっとも優雅じゃないら、ストレス解消だよぉ」

「ストレス解消？」

「また朝っぱらから山倉さんとケンカしただよ、電話でだけど」

「山倉さん？」

「そう。ほんとにあの人も、同じことを何度もしつこく言うからさ」

貞子は、千代が「山倉」という人物を知ってようといまいと関係ないといった口調で話をつづけた。

「野中さんのおかげで私は恥かいた、恥かいた、言うてね。うんとしつこいだよ。そういう自分だって、いっしょになって隣の部屋のやりとりに聞き耳立ててたくせにさ」

まさに知りたいと思っていたところへ話が向いたので、そこから脱線させまいとして、千代は急いで言った。

「あの、じつはその件でお話をうかがいたくて、それで失礼とは存じましたけれど、連絡もなしに突然まいったのです」

「そのことって？　山倉さんのこと？」

「そうではなくて、隣の部屋の話です。聞き耳うんぬんとおっしゃったのは、嵐峡茶寮で隣り合わせになったお客さんのことですよね」

「そうだよ。野村さんと黒沢さんちゅうカップルね」

貞子は、彼らの名前もちゃんとチェックしていた。

「ただ、カップルっちゅうても、あれは恋人じゃないら。そういうのとは違う、なんか怪しい関係だねえ」

「私も、その人たちのことが気になっていたんです」

「それで、私に話を聞きにきた？」

「はい」

「どっから」

「大阪……」

と言いかけて、千代は訂正した。

「京都からです」

「じゃ、朝いちばんの新幹線できた？」

「いえ、ゆうべのうちに三島にきて、ビジネスホテルに泊まっていました。すぐそこの商店街の中にある」

「もしかして、あんたも刑事なの」

「そうじゃないんですけど」

野中貞子の顔に警戒の色が浮かんだのを見て、千代はあわてて否定した。

「でも、叔父が警察関係者なんです」

「やっだっょぉ〜」

貞子は、友人の長谷部鶴子と同じ口癖を発した。

「あんた、警察の人だったわけ」

「いいえ、ですから私自身はそうではないんです」

「とにかく上がんな」

貞子は家のほうに向かってアゴをしゃくった。

「立ち話じゃナンだからさ」

身体をひねった拍子に、貞子が抱えていたフルフェイス型のヘルメットが、秋の日射しを浴びてキラリと光った。

「よろしいんですか」

自分の目に飛び込んできたまばゆい光を避けるように、ちょっと顔の向きを変えながら、千代がきいた。

「お約束もなしにおうかがいしたのに」

「いいだよ。ただ、家の中はちらかってるからね。……あ、ところであんた、朝ご飯は食べた?」

「え」

　唐突にたずねられて戸惑う千代に、貞子は言った。

「あんたが泊まったビジネスホテル、レストランがついてないから、もしかして朝はまだかと思ってさ」

「あ、それはどうぞお気づかいなく」

「やっぱり、まだだったんだら、朝ご飯」

「ええ」

「じゃ、卵と鶏肉、バーッとイビってやるから、食べてきな」

「イビる?」

「炒めるってことだよ、標準語だと」

「でも……」

「おいしい白菜のお漬物もあるし。うちはね、死んだお父さんが白菜漬けるの、うんとうまかっただよ。大ちゃんがお嫁さんもらったら、その味、教えてやらなくちゃと思ってね」

　野中貞子は、急にやさしい笑顔を浮かべて言った。

「とにかく、あんた何か食べて元気出さないと、相当悩んでる顔してるら」

6

三島は晴れていたが、小樽の朝は灰色に曇っていた。

十月のうちに初雪を迎えることも決して珍しくない土地だが、まだその時期には少し早かった。けれどもけさの曇り空は、いつそこから雪が舞い降りてきてもおかしくない濃密さをたたえて、彼の頭上でとぐろを巻いていた。

（ミュージシャンのビデオクリップに使えそうな風景だな）

野村竜生は、ふとそんな連想を思い浮かべた。

急坂を登った小高い丘からは、風にあおられて白波を立てる石狩湾が見下ろせる。左手に広がる断崖は積丹半島だ。巨大な宇宙船から吐き出される小型スペースポートのように、渦を巻く灰色の雲の中から、ポッと白い海鳥が飛び出してきた。

もちろん、実際には雲の中から出てきたわけではないが、そのように錯覚させるほど、雲は低かった。

周囲の景色にはさまざまな色彩が存在するにもかかわらず、竜生の目にはすべてがモノクロームに映っていた。

（たぶん、あの映像を思い出しているからだろう）

あの映像とは、由歌里《ゆかり》が大好きだったイギリスのロックグループのビデオクリップ。竜生自身はまったくロックに興味がなかったため、やたらと長い彼らのヒット曲名はとうとう覚えられなかったけれど、由歌里につきあって飽きるほどそのビデオを見せられたから、映像はハッキリと覚えていた。

海に面したスコットランドの高台でメンバーが歌い出すシーンは、いまこの小樽の丘から見渡す風景そっくりだった。海の色も、雲の色も、そして耳元で聞こえる風の唸りまでも。その映像がモノクロームだったから、いま目の前の風景も無彩色に見えるのだろうと、竜生は思った。そして、それが錯覚でなくてもいいと——

由歌里を失った自分には、もう華やかな色合いの人生は必要なかった。白と黒と灰色のグラデーションの中に身を浸して、いつか自分も彼女と同じ天国へ行ける日を静かに待つよりほかにない。

だが、その日を自分で早める勇気のないことが、竜生は情けなかった。すなわち、自殺をする勇気が出ないのである。

先だった愛する人を追って、自らも死に赴く恋人や配偶者の話を聞くたびに、竜生は確信していた。自分だってきっとそうするだろうと。最愛の由歌里がなにかのことで命を失ったら、きっと自分もあとを追いかけると彼女の前で自信たっぷりに何度も語ったことがある。

ただし、笑いながら。

なぜなら、そのとき由歌里が二十代の若さで白血病に倒れる運命にあろうとは知るよしもなかったから。近いうちに結婚して、その先何十年もふたりで愛の暮らしをつづけられることを一パーセントも疑っていなかったからである。

ところが——

由歌里は不治の病に冒された。いや、その表現はまったく正確ではない。ガンや白血病のたぐいを不治の病と称するのは二十世紀の感覚だった。しかし、白血病の診断を医師から下されたとき、ショックのあまり由歌里の正常な理性はフリーズした。

自分の命がたった二十数年で消えてしまう。最愛の竜生とも永遠に会えなくなってしまう。その悲劇の結末ばかりが頭をよぎり、由歌里は医学という土俵で病と闘う意志をまったく失ってしまった。両親や恋人の竜生が口を酸《す》っぱくして入院治療を勧めても、病院のベッドで死ぬぐらいなら、いますぐここで死ぬと包丁をのど元に突きつけたこともある。治療すれば治るんだからと、いくら周囲が説得にかかっても、もう私はダメなのよ、と泣き叫んで聞く耳を持たなかった。

だが、竜生があきらめずに懸命に説きつづけた結果、最初の診断から十日後に、ようやく由歌里は折れた。彼女の両親は、竜生に感謝した。やっぱり最後は愛が勝つのよね、と泣き笑いをしながら竜生に何度も頭を下げた由歌里の母親の顔を、彼は決して忘れない。

抗ガン剤を投与されるのか、放射線治療になるのか、それとも別の方法か、しろうとの竜生には知るよしもないが、ともかく札幌市内の有名な病院への入院も決まった。そして、いよいよ明日がその日というときに、由歌里にとっても竜生にとっても、由歌里の家族にとっても悪夢というべき運命の分岐点が訪れた。

入院したらしばらく退屈になっちゃうからと、由歌里は竜生といっしょに小樽市内の大型書店へ本を買いに行った。ベッドで読むための本である。その書店で、彼女は出会ってはならない本と出会ってしまったのだ。

その題名は『帝王水でみるみるガンが消えた！』。

著者は嵐山剣之助。

彼女が書店の本棚からそれを抜き取る瞬間をもし見ていたら、竜生はきっとその手をつかんで止めさせただろう。だが、竜生がミステリーの新刊書などに気をとられている間に、由歌里は、神秘的な水滴のイラストに飾られた本を持って、レジへ向かっていた。

読みたい本があったらぜんぶぼくが買ってあげるから、と竜生に言われていたが、彼に見せれば絶対によせと言われることがわかっていたから、由歌里は自分でそれをレジへ持っていった。そして代金を払うと、持っていたバッグの中にそっとしまった。竜生は翌日になるまで、由歌里がそんな本を買った事実をまったく知らなかった。

医学の力を借りて白血病と闘う決心をようやく固めた由歌里の前に突如現れたのが「帝王水」だった。

神秘の波動を秘めたミネラルウォーターを飲むだけでガンが消える。そのキャッチフレーズに由歌里は飛びついた。しぶしぶ医学の「実験台」になるよりも、精神的支柱のすべてを帝王水に託すほうが絶対すばらしいと、一夜で由歌里は考えを変えてしまったのだ。というよりも、病気と正面から闘うことから逃げた。

しかし、彼女はそんな自分の本心を自分で認めようとしなかった。帝王水こそが唯一、自分を死の淵から助け出してくれる奇跡の救世主だと信じた。時代劇スターの嵐山剣之助が、全盛時代の剣豪姿で帝王水の広告やパブ記事に出ていることも、彼女を勇気づけた。

考えてみればおかしなことなのだ。二十代の由歌里は、それまで嵐山剣之助という名前は見たことも聞いたこともなかったからだ。元気なときだったら、時代劇を見ようかと誰かに誘われても、興味ない、のひとことで済ませただろう。実際、竜生と京都に旅行したときも、時代劇の撮影所見学をしようかという竜生の提案を、あっさり却下したほどだった。

だが、病に冒された由歌里は、有名人が――しかも過去の有名人が――太鼓判を押してくれているというだけで、その商品の効能を一も二もなく信じてしまった。有名人であることがいったいどれほどの信頼に値するのか、自分自身が有名人になったこともない由歌里には、まるでわかっていなかった。

オフィス機器の営業マンである野村竜生は、会社の宣伝部員などからコマーシャルがらみで芸能人の話を聞かされることがあったから、少しは事情に通じていた。

有名人というものは――竜生の同僚で宣伝部に所属する人間が、こんなふうに語ったことがある――自分が有名でありつづけるためには二通りのコースがあることを知っているんだよ。ひとつは自分を有名にした本来の芸や技を磨きつづけること。もうひとつは、宣伝塔となって世間との接触を必死に保ちつづけること。

さらに彼はこんなことも教えてくれた。

「いいか、野村、同じコマーシャルに出るのでも、その人物の全盛期に出るのと、落ち目に出るのとでは、決定的に違うことがある。何が違うと思う？　ギャラ？　そりゃもちろん数倍から数十倍違ってくるだろう。でもね、それよりもっと大きな違いがある。それは、自分が宣伝する商品の信頼性に対するチェック機能だ。

もちろん、どんなコマーシャルタレントだって、その商品を熟知しているわけじゃない。だが彼なり彼女なりが全盛期に宣伝する場合は、あくまでコマーシャルは副業だという意識がある。そして、副業によって本業の信頼が失墜してはならないと、当人も周りのスタッフも注意する。だからね、ぜんぶがそうだという保証はないけれど、旬のタレントが宣伝する商品は、そこそこ信頼してもいい部分はあるんだ。

けれども、いくら昔は飛ぶ鳥を落とす勢いがあったとしても、賞味期限切れの有名人が宣伝するものは注意したほうがいい。本人も所属事務所も、コマーシャル契約料さえ入れば、商品がどんな代物であるか知ったこっちゃない、という姿勢だから」

そしてその同僚は、宣伝部長から習ったというふたつの英語のフレーズを竜生に示した。

In His Prime / Past His Prime

書名のように、単語の最初を大文字で書いてから、彼は説明した。

「最初は『全盛期に』という意味だよ。つぎのは『盛りを過ぎて』という意味だ。ウチの部長はね、タレントを宣伝広告塔として使うとき、いつもこのフレーズを頭に思い浮かべて、起用するかしないかの判断材料にしている。旬のタレントか、それとも盛りを過ぎたタレントか、と。

もちろん例外もあるけれど、盛りを過ぎたタレントをヘタに使うと、商品そのものの信頼性までいっしょに下がるんだ。ウチの部長は厳しいからさ、消費者は過去の有名人でもありがたがるけれど、企業の宣伝広告塔は、そんな甘い基準を持つな、と厳命している。大手企業のように予算がないならば、B級、C級でもいいから、いまが旬の人間を使え、過去のA級は要《い》らん、とね」

入院当日の朝になって、由歌里が「やっぱり入院しない」とゴネはじめ、その原因が嵐山剣之助の推奨する帝王水にあったと知ったとき、野村竜生はすぐにこのエピソードを思い出した。

嵐山剣之助は完全に盛りを過ぎた人間だった。その彼が、八十を過ぎたいまもなお、有名でありつづけることを願うなら、その手段は決して問わないだろうと、竜生は直感した。消費者側がどんな迷惑をこうむろうと、嵐山剣之助は全盛期のようなカリスマ性を自分に持たせたいのだ。

八十を過ぎた剣之助にとって、手に入れたいのは金ではなく、カリスマ性だ。それに違いないと、由歌里が買ってきた著書を一瞥して、竜生は理解した。そして、なんとかしてインチキ商売に洗脳された彼女を救い出さねばならないと必死になった。

だが——

結論から言えば、由歌里が病院の門をくぐることは二度となかった。生命の維持に関するすべてを帝王水にすがり、嵐山剣之助が本に著したように、米を炊くのも、顔を洗うのも、風呂に入るのも、すべて帝王水を使わねば気がすまず、その固執の度合いは日に日にひどくなるばかりだった。それと並行して、永遠の愛を誓いあっていたはずの野村竜生との間にも亀裂が走った。

「もうこないで！　私の前から消えて！」

竜生にとって信じられない叫びを由歌里が発するようになったころには、彼女の身体からは柔らかみが一切失われていた。

そして由歌里は、肉体のエネルギーが尽きる前に自らの命を絶った。ことしの二月、猛烈な吹雪が小樽市一帯を襲った日だった。

7

悲劇的な結末からしばらく経ってから、野村竜生は由歌里の両親から、帝王水の販売元である宇宙波動学研究所に対して損害賠償を求めるために結成された『帝王水被害者の会』の存在を知らされた。

調べてみると、中曽根輝政という弁護士が中心になって被害者遺族のための補償交渉と、同じ被害を拡大させないために帝王水販売停止を求める訴訟を展開する組織であることが判明した。ホームページも開設されていた。

そのホームページの掲示板がきっかけで、竜生は黒沢藍子という鹿児島に住む同年代の女性と知り合った。彼女の場合は、由歌里と同じ状況で自分の父親を失っていた。彼女はそれよりも前に交通事故で母親を失っており、帝王水によって父を奪われたことで、天涯孤独の身になっていた。

はじめはおたがい同い年ということから共感するところがあって、掲示板を介さない直接のメール交換をはじめたが、やがて竜生は、ふたりの間に、より強い共通の心理が存在することを知った。それは、嵐山剣之助に対する殺意である。

野村竜生は最愛の恋人を奪われ、黒沢藍子は最愛の父を奪われて、もはや生きる糧《かて》というものを見つけることができずに、虚ろな毎日を過ごしていた。そんなふたりにとって、憎き嵐山剣之助を殺すことが、ただひとつの人生の目標となるのに、さほど時間はかからなかった。

剣之助の動向は、中曽根弁護士が主宰する被害者の会ホームページによって、かなり正確に把握できていた。そして、当の中曽根弁護士が、芦田美代という年輩の被害者遺族を連れて、直接嵐山温泉滞在中の剣之助に会いに行く情報もつかんだ。

それが実行の日だ、とふたりは決めた。

具体的な殺害手段を思いついたわけではない。まして、推理小説のような完全犯罪のトリックなど考えてもみなかった。自分の身を守ることなど、ふたりの眼中にはなかったからだ。最愛の人に悲劇的な結末を与えた男――嵐山剣之助を殺しさえすれば、それでじゅうぶんだという思いで盛り上がっていたのだ。

そして一昨日――

竜生は小樽から、藍子は鹿児島から、日本列島の北と南からやってきたふたりの男女が、京都で初めて顔を合わせた。ネット時代ならではの対面とも言えた。人生を左右する重大な行動に出る日に初めて、ふたりはメール以外で生身の相手を見て、相手の肉声を聞いたのである。

そのとき野村竜生は、黒沢藍子の瞳を見て激しくたじろいだ。自分のそれとは比較にならないほど藍子の殺意が強烈だとわかったからである。心の中に満ちあふれ、なおも激しい勢いで膨張しつづける殺意によって身体を爆発させそうになっている藍子をまのあたりにして、竜生は、自分が嵐山剣之助に対して抱いている感情など、殺意ではなく激しい憎悪というレベルにすぎないと悟った。復讐心の密度がぜんぜん違っていたのだ。

しかし、もう後には引けない状況になっていた。

(由歌里が死んだら、ぼくだってすぐに後を追いかけて死ぬよ。おまえのいない人生なんて、意味がないじゃないか)

彼女を抱きながら、愛情の証明として何度そのセリフを吐いたかわからない。だが、あくまでそれは平時の仮説にすぎなかった。由歌里が死んでから七ヵ月も経つというのに、竜生はちゃんと生きていた。さすがにほかの女性に気を惹かれるようなことはなかったが、由歌里の後を追って死ぬという気持ちは完全に失われていた。

(自分は由歌里を裏切っている)

この八ヵ月間、その引け目がずっと竜生の心を占めていた。だから土壇場になって——嵐峡茶寮の部屋に着いたその土壇場になって、竜生は殺人の実行役を藍子から奪い取った。決して藍子の前でいい格好をしたかったからではない。愛する由歌里への信義を貫くために、ここは自分の手で嵐山剣之助を殺すしかないと思ったのだ。

そして彼は、藍子が用意していたナイフを持って剣之助が滞在する別館へ向かおうとした。ちょうどそのとき、逆に別館から本館を通って別棟の内湯へ向かう剣之助の姿を目撃したのである。

そのあとの展開は、情けなくて思い出すのもイヤだった。

石狩湾から吹き上げてくる風に前髪を吹き上げられながら、野村竜生は歯を食いしばりながら涙を流した。自分のあまりのふがいなさに、である。

嵐山剣之助の後を追って男湯に向かったとき、渡り廊下を反対方向からこちらへ走ってくるひとりの男とすれ違った。帰りの船に間に合わせようと急いでいるのか、湯上がりの身体に汗を流しながらフロントのほうへ駆けていった。

その男はチラッと竜生に目を向けたが、ほとんど関心を示さなかった。しかし竜生は、犯罪がすでに露見してしまった気分になった。ここで嵐山剣之助を殺したら、きっとあとであの男は自分とすれ違ったことを思い出すはずだ、と感じた。そして警察に証言するだろう、と。

嵐山剣之助を殺しさえすれば、あとはどうなってもいいと腹をくくっていたはずなのに、そうではない自分に気づいたのが、その瞬間だった。

しかし、ともかく竜生は男湯のドアを開けた。裸になった嵐山剣之助が、脱衣所から浴室のほうへ入ろうとしているところだった。

「嵐山剣之助さんですね」

ズボンのポケットにひそませているナイフを片手で握りしめながら、竜生は問いかけた。が、自分の声がみっともないほどうわずっているのが聞こえた。

そう、表現はまったくおかしいが、「自分の声が聞こえた」という感じだった。緊張のあまり鼓膜の周辺が充血してしまったのか、聴覚がおかしくなっていた。

タオル一枚を下腹部に当てた嵐山剣之助は、その声にゆっくりふり向いた。

若い野村竜生からすれば老醜というよりない肉体だったが、その眼差しには鋭いものがあった。視線で相手を射竦《すく》めておきながら、しかし言葉は発してこない。その反応で、竜生はよけいにたじろいだ。相手が何かを言ってくれれば、帝王水によって恋人を失った怒りの言葉が怒濤のごとく口から吐き出せたかもしれない。しかし、嵐山剣之助は、ただ黙って竜生を見つめるだけだった。

竜生は、自分が一度も見たことのない嵐山剣之助主演の時代劇の中に取り込まれた気分になった。ヒーローの剣之助に射竦められ、やがてバッサリと斬り捨てられる悪人の役だ。

これが場慣れとでもいうのだろうか、嵐山剣之助は全裸にタオル一枚というまったく無防備で不格好な状況でありながら、警戒心や怯えといったものをみじんも表わさず、逆に、堂々たる眼力によって野村竜生をクギづけにした。

どれくらいにらみ合いがつづいたかわからない。ようやく竜生が言葉をついだ。

「あなたのインチキ商売のおかげで……ぼくの恋人がどんな目に……あったか……知っているのか」

単語のすべてがうわずって震えていた。言葉と言葉の間の呼吸までが震えていた。

すると嵐山剣之助は、まったく表情を動かさぬまま、こうつぶやいた。

「あんたもそれか。ご苦労だな」

「いいか、ぼくの話を聞け」

「聞く必要はない。人生の残り時間が限られている年寄りに、ムダをさせんでくれ」

ピシャリと言い放つと、剣之助は、ズボンのポケットに突っ込んだ竜生の右手を見ながら言い添えた。

「あんたはまだ若い。将来を大切にしろ」

ナイフを忍ばせているのを見抜いたような、そして竜生の目的もすべて見抜いたような言い方だった。

もしも剣之助が薄ら笑いのひとつでも浮かべていれば、竜生はカッとなって突っ込んでいったかもしれない。しかし、石のような表情で説教されてしまうと、もうなにもできなかった。そして竜生は、きびすを返した八十一歳の老人が、悠然と浴室の中に姿を消すのを黙って見送るよりなかった。

それでもなんとか竜生は自分を奮い立たせようとして、目についた内線電話のコードをナイフで切った。それは和久井や千代が想像したような、外部との連絡を断つためではなく、やると決めたことを実行せよと、自分を叱咤激励するための無意識の行動だった。

だが――

スッパリと切断された電話コードの断面を見てしまうと、それが人間の身体に置き換わったときの恐ろしさに圧倒され、ただただ全身の震えが止まらなくなった。

そして竜生は、真っ青な顔のまま男湯をあとにした。

渡り廊下で中年女性の一団や警視庁捜査一課の刑事に不審な印象を与えたことなど、気づくゆとりもなかった。部屋で覚悟を決めて待っている黒沢藍子になんと弁解してよいか、そのことで頭がいっぱいだった。いや、それ以上に、由歌里を裏切ったという罪悪感にさいなまれて神経がどうにかなりそうだった。

竜生はわかっていた。たんに人を殺すのが恐ろしくてためらったのではない。もう死んでしまった由歌里のために復讐をして、それで一生を棒に振ることが間尺《ましやく》に合わないと、頭の片隅で計算が働きはじめてしまったのだ。

電話コードを切った瞬間の、刃先からふっとエネルギーが抜けていく感触を手に感じたとき、こんな馬鹿げた真似をしてよいのか、と問い質す自分の声があった。嵐山剣之助を殺したら由歌里がこの世に戻ってきてくれるというなら、まだ殺人を実行する意味はあるかもしれない。けれども、何をしても由歌里との愛の暮らしは戻ってこないのだ。おまけに、相手はほうっておいてもやがて寿命が尽きて死ぬ運命にある年寄りだ。まさに剣之助自身が言い放ったとおり、若い自分の将来を無にしてまで復讐を行なう意味などないではないか。

ついさきほど、大堰川を望む客室において、黒沢藍子の前で悲壮な決意を述べたのは誰だったのか。藍子に対して、きみには幸せな未来がある、と体裁のいい口を利きながら、自分自身が同様のセリフをもって、当の剣之助から説教を食らうていたらく。そして、それに対してできたことといえば、電話コード一本を切っただけである。

父親の仇を討とうとしている藍子に較べれば、恋人の復讐に燃える自分のほうが、はるかに怨念は強いと思っていたのは自己陶酔だったのか。

警察の事情聴取が終わり、京都を去ることになったとき、黒沢藍子はなんとも複雑な表情で竜生を見つめて、そしてこう言ってきた。

「もう、二度と会うことはないよね。そのほうがいいよね、おたがいに」

竜生は黙ってうなずいた。

その言葉の裏には、口先だけだった男に対する軽蔑が込められている、と竜生は受け止めた。それで滅入った。自己嫌悪に陥った。

「由歌里」

恋人の名前をつぶやくと、野村竜生は地面にひざまずいた。

石狩湾から吹き上げてくる風はますます強くなり、身体を低くしたことでかえって地面から舞い上がる空気のエネルギーを強く顔に浴びた。

その彼の前には墓石がある。

二十五歳という若さでこの世を去った、最愛の由歌里の墓石が。

「ぼくはきみに……顔向けが……できない」

竜生はその墓石に両手をかけて、嗚咽を洩らしはじめた。

嵐山剣之助に対しての復讐を完遂できなかったことを詫びているのではない。

由歌里との思い出を忘却の過去に押し込め、新しい未来を生きようとする自己中心的な欲望が抑えきれない自分を、彼女の前で詫びているのだった。

「由歌里」

もういちどつぶやくと、まだ真新しさを保った墓石に頰を擦りつけながら、野村竜生は声を上げて泣きじゃくった。


それからいったいどれぐらいの時間が流れたのかわからない。覚醒と失神のはざまを漂うような奇妙な浮遊感に浸っていた竜生を、突然現実世界に引き戻したのは携帯電話の着信音だった。

片手を墓石にかけたまま、もう一方の手でジャケットの胸ポケットをまさぐり、ケータイを取り出す。画面を見る。相手はちゃんと番号を通知してきていた。しかし、記憶にない数字の並び。

浸りきっていた由歌里との世界から無理やり引っこ抜かれたような不快感を覚えながら、ともかく竜生は通話ボタンを押して電話に出た。

「もしもし」

と、呼びかける自分の声が涙のせいでこもっているのを、竜生は自分で確認する。

「もしもし」

対照的に相手の声は柔らかくて感じのよいものだった。

女性の声。

「野村竜生さんでいらっしゃいますか？」

いまさらごまかしても仕方ないので、はい、と答える。

「わたくし、志垣千代と申します」

「志垣……さん？」

「はい。おととい嵐峡茶寮にいた客のひとりなんですけれども」

野村竜生の顔面から血の気が引いた。

瞬間的に、自分が疑われているのではないかと思った。と同時に、一昨日以来、ずっと頭から離れないひとつの疑問がよみがえってきた。

自分が果たし得なかった嵐山剣之助殺害を、いったい誰が実行したのか?

8

同じころ、くっきりと晴れ上がった鹿児島市郊外の霊園では、黒沢藍子が父親の墓前に報告していた。

「お父さん、嵐山剣之助が死んだよ」

「お母さんも聞いて」

墓石の側面には、事故死した母親の名前のほうが先に刻まれている。

「お父さんの仇を討てたんだよ。嵐山剣之助を殺したよ」

そして藍子は持参した花を墓前に供え、墓石に静かに水をかけて手を合わせた。

「お父さん、野村くんにお礼を言って」

目を閉じて祈りながら、藍子はつぶやいた。

「お母さんも、いっしょにお礼を言ってあげて。同じ立場の野村くんが、私をかばってくれたの。きみは殺人者になっちゃいけない、って、私の代わりに嵐山剣之助を殺してくれたんだよ」

藍子は、照りつけてくる秋の日射しを片方の頬に感じながら独り言をつづけた。

「部屋に戻ってきた野村くんは、ぼくは殺せなかったといって私に謝ってきたけど、でも私にはわかるの。あの青ざめた顔、ものすごい手の震え――やっぱり殺したんだよ。ナイフは使わなかったけれど、嵐山剣之助を溺れ死なせたんだよ。

人を殺したショックがあまりにもすごくて、それできっと記憶を失ったんだと思う。自分で殺して、その記憶がぽっかりなくなったんだと思う。でもね、お父さん、それが野村くんにとって、いちばん幸せなことだよね。だから私は何も言わなかったの。そう、ってつぶやいただけで、何も。もちろん警察にもよけいな話はしなかった。だけど心の中で感謝している。野村くん、ほんとにありがとう、って。

だって、そうだよね、お父さん。もしも私が自分の手で殺していたら、絶対に隠しきれないし、警察につかまっちゃうし、きっとお父さん、悲しむよね。よく考えたら、いくらお父さんの復讐のためにやっても、逮捕されたらお父さんの名誉まで傷つくんだよね。藍子、そこまで考えていなかった。だから、そうならないでよかった……。

こんどのことで知り合った野村くんに、藍子、ほんとうに救われたと思う。彼、とってもいい人なんだよ。年も同じだし。こんな状況で知り合ったんじゃなければ、好きになっていたかもしれない。恋人でいたいと思ったかもしれない。でも、もう二度と会うことはないね、って言ったの。それがふたりにとって、いちばんいいことだと私、信じているから。

……お父さん」

ゆっくりと目を開けながら、藍子は言った。

「やすらかに眠ってね。藍子、これからひとりで強く生きていく。私が幸せになることが、お父さんにとっても、お母さんにとっても、そして野村くんにとっても、最高の恩返しになると思うから」

墓碑を見つめて語る黒沢藍子の身体を包むように、線香の煙が立ちのぼっている。

藍子は、しばらくひとりで旅に出ようと思った。

9

駒台の角をそっとつまみ上げた白髪の老人が、アマチュアばなれした手さばきでピシリと駒を盤上中央、5五の地点に打ちつけた。将棋でいうところの「指がしなる」という一手である。

「あちゃちゃちゃちゃちゃ！　そこに角を打つ手があったのか」

老人の向かいに座る中華料理店主・石田《いしだ》三男《みつお》は、みごとに禿げ上がった頭のてっぺんを両方の手のひらでペチペチと叩いて見落としを嘆いた。

「いやあ、まいった、まいった。……まいったタヌキは目でわかる。転んだダルマは起きあがる、っちゅうてねえ。うーん、ありゃりゃりゃりゃりゃ、いやいやいや」

ひとりで大きな声を出しながら、石田は盤上を見つめ、顔を真っ赤にした。鬼より恐い、と将棋の格言にもある王手飛車がかけられ、局面が一気に必敗の状況に陥っていた。

「カーッ、うむむむむ」

石田はやたらと大きなうめき声を上げながら、対戦相手の老人の様子を上目づかいに窺った。あまりにも単純な見落としだから、どうか待ったをさせてもらえないだろうか、という懇願の視線である。

だが、白髪の老人は両手をきちんと正座した膝の上に載せ、やや前屈みになって盤上を見つめるようにうつむいたまま、相手と視線を合わそうとする気配がない。仕方なく、石田はまた苦悶のうめき声を発しながら、磨きのかかった頭頂部をペチペチと叩きはじめた。

その騒がしいパフォーマンスに、周囲から迷惑げな視線が飛んでくる。ここは新宿歌舞伎町の雑居ビルにある将棋道場。金曜日の昼間からこういう場所へきて将棋を指しているのは、石田のように夕方から開店する店の経営者や、隠居暮らしに入った年寄りが多い。そのほかには将棋好きの学生の姿がちらほら混じっている。石田も相手の老人もこの道場の常連で、将棋以外でのつきあいはないが、盤を挟んでは昔なじみのように親しくしていた。実力のほども、ちょうど同じぐらいである。

畳敷きの大広間にはもうもうとタバコの煙が立ちこめ、決して身体によい環境ではないが、盤上に没頭する対局者たちは、彼らの日ごろの喫煙量を上回るペースでタバコを消費していく。ときおりラーメン屋の出前が岡持をさげて出入りし、どんぶり片手に将棋を指す者もいる。棋力《きりよく》のバランスから対局相手がまだつかない者は、他人の将棋を観戦したり、新聞や週刊誌、将棋雑誌に目を通していた。

誰かが順番待ちのあいだ読んでいた昨日付けの朝刊が、社会面を表に出したまま二つ折りにしてマガジンラックにさっていた。そこには、往年の時代劇俳優・嵐山剣之助の変死を伝える写真入りの記事が出ていた。

「ダンナ、これはあきまへんわ」

石田は急に関西弁になって両手を合わせると、周囲に聞こえないようにそっと声をひそめて言った。

「待ったが厳禁なのは承知でお願いするんやけど、二手戻してちょうだい。たのんますわ。……な、まだ指しはじめて三十手かそこらでこんなポカで決着ついたら、たがいにおもしろないやろ」

しかし、相手の老人は黙って盤に視線を落としたまま何の反応もない。それが石田にとっては無言の拒絶に思えて、彼は気分を害した。

「なんだい、オヤっさん」

いきなり石田は態度を変えて、べらんめえ調になった。

「こっちが拝み倒して頼んでるんだから、ウンとかスンとか返事をしたらどうでえ。え、おい、なんでまたきょうはそんなに石の地蔵さんみてえに無愛想なんだい。いつぞやはおれが待ったを許してやったこともあるじゃねえか、そうだろ。だからきょうは借りを返してもらうよ。おいってば、聞こえねえのか。耳が遠くなったのかよ、ジイさん。……ったく、年はとりたくないもんだねえ」

あきれた顔で相手をにらむと、石田は顔なじみの気易さで、5五の位置に置かれた角をつまみ上げ、勝手に相手の駒台に戻した。そして、その直前に指した自分の手も戻そうとしたとき――

ぐらりと老人の身体が傾いて、将棋盤に倒れかかった。

顔面ごと盤上に突っ込み、駒が四方に飛び散った。

「おい！」

石田はびっくりして立ち上がると、脇から老人の身体を抱え起こした。

そして大声で叫んだ。

「大変だ、救急車を呼んでくれ。戸倉のじいさんが息をしてねえぞ！」

10

（あれからいったい何日が経ったのかしら）

東京から札幌へ向かう飛行機の中で、志垣千代は指を折って数えた。

(嵐山にいたのが水曜日、その夜、嵯峨野に和久井さんと泊まって、つぎの日から動きはじめて、木曜日が大阪。その日のうちに移動して、金曜日は朝から三島。そして小樽の野村さんに電話をしたけれど、会いたくないと断られて、ひとまず東京にきたのが金曜日の夜)

紅茶がよろしいですか、温かいスープがよろしいですか、とたずねながら、フライト・アテンダントが千代の前に笑顔で屈み込む。そのトレイから紅茶の入った紙コップを取って、片手に持つ。

(和久井さんのすぐそばまできたけれど、あまり個人的に連絡を差し上げてもご迷惑になるから黙って行動することにした。そして、土曜日には横浜に住む弁護士の中曽根先生に話をうかがって、芦田さんにも紹介していただいたのが日曜日。もともと品のよさそうな奥さまだけれど、ご主人を不本意な亡くされ方をして、その苦労がお顔に出ていたわ)

この週末の訪問によって、千代は嵐山剣之助の「殺される理由」をはっきりとつかんだ。
ただの土産物と軽く見過ごしていた帝王水は、ガンを宣告されて人生の窮地に立たされた人々に、虚しい期待を持たせるだけ持たせて、けっきょくまっとうな医学的治療を受ける機会を奪い、命をさらに縮めてしまう代物であったのだ。

嵐峡茶寮のフロント脇で売られていた帝王水は、それじたいは大した金額ではなかったので、まさかそういうあざとい商売をしているとは千代は想像もしなかった。だが、被害者の会を率いる中曽根弁護士によれば、嵐山剣之助を広告塔として擁する宇宙波動学研究所は、帝王水の神秘性をきっかけにして、将来的には「波動」をコンセプトとした宗教団体を設立しようとしていることがわかった。

ともすればオカルト現象や精神世界にはまり込みやすい人々を手っ取り早くだます、その入口として「波動」というコンセプトに目をつけたのは賢い選択だった、と中曽根弁護士自身も認めていた。だが、困難な病に倒れた人々の弱みにつけ込む商売は絶対に許されないとして、事件当日、中曽根弁護士と芦田美代は、嵐山剣之助に対してじかに抗議を申し入れに行った。

その日、事件発生後の警察の事情聴取中に、中曽根弁護士は自分たち以外にも被害者の会のメンバーが嵐峡茶寮に客としてきていたことを知った。野村竜生と黒沢藍子——奇《く》しくも、野中貞子たち一行が、隣室から意味深な会話に聞き耳を立てていた、その相手であった。

中曽根弁護士は直接彼らとの面識はなかったが、一時期、被害者の会のホームページにふたりがしきりに書き込みをしていたことで、その名前を覚えていた。宇宙波動学研究所のメンバーの中でも、最も許し難いのは広告塔となっている嵐山剣之助——本名・鈴木正夫という老人なのだと厳しく糾弾し、中でも黒沢藍子は「鈴木正夫」のプライベートな住所や電話番号をインターネット上に公開してしまった。

ホームページの管理人となっている中曽根弁護士のスタッフがそれを見つけてすぐに削除し、被害者の会の抗議行動にも一定のモラルが求められるという旨の注意をメールで送ったところ、黒沢藍子と野村竜生のふたりは、それからぷっつりと書き込みをしなくなったという。

この話を聞いて、千代は和久井の直感が当たっていると感じた。種々の情報が、この若いカップルを嵐山剣之助殺人犯と指し示していた。千代が会いたいと連絡を取ったときも、野村竜生が電話の向こうで息を呑む様子がありありとわかった。そして、彼は面会を拒絶したのである。

こうなったらどんなに断られてもこのふたりに絶対会わねば、と千代は思った。まず、鹿児島にいる黒沢藍子に連絡を取ろうとしたが、電話の応答はなかった。念のために、中曽根弁護士からきいた藍子のメールアドレスにメッセージを送ったが、やはり返事はない。一方、野村竜生のほうは小樽に戻っていることが確認できているので、千代は事前のアポなしで彼を直撃することに決めた。

ただ、その前に東京で会うべき人物がもうひとりいた。ひ孫といっしょにきていた八十歳の老人、戸倉寛之である。

嵐峡茶寮での事情聴取の間、足止めされていた客はグループごとにかたまっていたため、相互にしゃべりあうことはほとんどなかったが、千代はこの戸倉老人とだけは短い会話を交わしていた。というのも、転んで膝をすりむいていたひ孫の夏樹の面倒をみてあげていたからである。

会話といってもたいした内容ではない。とんだことになりましたね、といった、現場に居合わせた者どうしの自然な挨拶である。それから、俳優としての嵐山剣之助の話題も出た。現場にいた客の中で最年長だけあって、戸倉寛之は嵐山剣之助の全盛期をよく知っている様子で、あの人の映画はなんべんも観に行きました、と過去を思い出す眼差しで語った。

その語り口は、八十年生きてきた年輪の深みとでもいおうか、柔らかな人柄がにじみ出ているように千代には感じられた。

千代はその戸倉老人から、全盛期の嵐山剣之助に関してもう少し何か話を聞けないかと思っていた。たとえ一ファンの立場にすぎなくても、同時代に生きていた人間ならではの観察眼があるかもしれないと考えたのだ。

ところが――

日曜日の夜、宿帳で調べた戸倉老人の連絡先に電話したところ、家族とみられる女性が沈痛な声で応対し、千代が驚くような事実を告げた。一昨日の金曜日に、行きつけの将棋道場で急死し、きょう葬儀を執り行ったばかりだというのだ。

びっくりした千代は、まさかその電話で詳しい事情もきけないので、叔父の志垣警部に電話を入れて事情を話した。志垣も驚いて、すぐに変死の事実の有無を調べてくれたが、検死にあたった医師によれば、戸倉老人は純然たる病死で、犯罪性はまったくないという話だった。そして自殺の可能性もゼロ。八十年間動きつづけてきた心臓が、激しい発作など一切伴わず、電池の切れた時計がふっと止まるように力尽きた結果の死だという。

(水曜、木曜、金曜、土曜、日曜……そしてきょうが月曜)

翼の下に広がる雲海を見つめながら、千代は数えた。

(嵐山剣之助の殺害から五日しか経っていないのに、なんだか五十日ぐらい過ぎてしまったみたい)

気持ちが張りつめていると時間の流れが凝縮して感じられるとよく言うが、千代の感覚は逆だった。むしろ、長い長い時が経過したような気がしてならない。それは精神的な疲労感からきているのかもしれなかった。

生まれてはじめて殺人事件に巻き込まれた経験からくる疲労も、もちろん大いにある。それが職業である叔父や和久井といっしょにいるときは、つい彼らのペースにつられて、あたかも殺人事件が日常茶飯事のような感覚になっていたが、いったん彼らから離れてひとりになると、やはり事件の渦中にはまり込んだストレスは否定しえなかった。あくまで千代は一般人なのである。しかも、自分の見合い話から和久井を窮地に陥れてしまったという負い目も精神の疲労を募らせた。

そうした精神的な疲労は目にもきていて、北海道に向けて水平飛行をつづけるジェット機の窓の外は、雲海の反射がまぶしすぎて長時間見つめていられなかった。

それで千代は視線を機内の通路のほうに戻した。

ちょうど斜め前方の席に座っている小さな女の子が、ジュースを膝にこぼして母親に叱られていた。

「ミユキちゃん、しっかりコップを持ってなさいって、あれだけママ言ったでしょ。もー、せっかくきれいなお洋服着せてあげたのに、ジュースこぼすから、こんなに汚れちゃったじゃないの。なにやってんのよ！」

機内であることもはばからず大声で怒鳴り散らす母親に、女の子は甲高い声で泣き出した。

そのときである。目の前の光景をきっかけにして、いままで何の疑問も持たずに見過ごしてきた場面が、ひとつの疑問とともに突然、千代の脳裏によみがえってきた。

それは戸倉寛之のひ孫・夏樹の膝小僧にバンドエイドを貼ってやったときのことだ。

なぜ転んだの、と千代がきくと、三歳の男の子はたどたどしいしゃべり方で、ブカブカのスリッパを履いていたので転んだ、という趣旨のことを答えた。で、その夏樹のすりむいた膝小僧にバンドエイドを貼ったほかに、千代は何をしたか？　持ち合わせていた濡れティッシュで、男の子のどろんこになったズボンや足などを拭いてやったはずだ。雑草の汁などもついていたところを。

(どろんこ? 雑草の汁?)

千代は、はじめておかしなことに気がついた。

場所は温泉宿である。しかも、少年はすでに曾祖父である戸倉老人とともに風呂に入ったあとなのだ。それなのに、なぜどろんこになって汚れているのか。

スリッパを履いていて転んだとすれば、それは室内であるはずだ。それなのに、なぜあんなに汚れてしまうのか。和久井のように、内湯と本館を結ぶ渡り廊下のあたりで、スリッパを履いたまま地面を歩いて転んだのか? いや、そうだとしても、膝はすりむくかもしれないが、あんなに泥んこにはならない。雑草の汁もつくはずがない。もっと草がぼうぼうに生えた中を歩かなければ。

千代は考えた。論理的な説明を求めて考えた。

そして、ひとつの驚くべき結論に行き当たった。子供がどろんこになった理由ではない。思いもよらぬ副産物が導き出された。

殺人の真相である。

嵐山剣之助を殺した犯人がわかったのだ。その人間が、なぜ千代や従業員の目にふれずに男湯から出られたのかもわかったのだ。

（まさか）

自分の推理結果を、千代はにわかには認められなかった。けれども、その仮説によって、消えたスリッパの謎も合理的に説明できるのだ。

（そんなことって……そんなことって）

愕然となる千代の頭上で、ポーンと軽やかにチャイムが鳴り、シートベルト着用のライトが点灯した。

飛行機は、新千歳空港に向けて下降態勢に入るところだった。

第五章　運命の川を遡って

1

2＋4－2＋1－4＋1－1＋1－1＝1……式A
1＋1＝2……式B

志垣警部と和久井刑事は、しばらくの間、紙に書かれたその数式を見つめたまま黙っていた。

数字は千代の手書き。達筆の千代は文字もきれいだが、彼女が書いた数字もまた美しい。

「で？」

最初に口を開いたのは、志垣警部のほうだった。

「おれたちに、いまさら算数の授業をはじめようというんじゃあるまいな、千代ちゃん」

和久井のほうは、ただ無言で計算式に目を落としたままだった。

火曜日の午後——

警視庁捜査一課の大部屋に隣接した小会議室に招き入れられた志垣千代が、ふたりの捜査官の前に差し出した紙には、小学生でもできる計算式がふたつ書かれていた。とくにふたつめの式は、志垣が「おれをからかっているのかい」という目つきになるのも無理はない、この世でいちばんやさしいたし算——1たす1は2——である。

すると千代が静かに答えた。

「もしかすると、最初からこういう数式を書いてみれば、わかりやすかったのかもしれません。そうすれば、事件の真相と、それから自分の考えすぎの両方に早く気づいたのではないでしょうか。いえ、それだけでなく、運命の皮肉にも」

「おいおい千代ちゃん」

両手で髪の毛をオールバックにかき上げてから、志垣が苦笑した。

「あんた、いつからそういう思わせぶりな名探偵の常套句を覚えたんだね。まるで朝比奈耕作ミステリーのラストシーンに出てきそうなセリフじゃないか」

「私、ずっと考えていたんです」

志垣警部の冗談口調にも笑顔を見せず、千代は、ふたりのほうに向けた計算式の下段のほうを指さした。

「ここの答えが0になるようにするには、どうしたらいいか、って」

千代の人差指が指しているのは数字の「2」。1+1の答えとなる2だ。

「そこの答えが0になるって……」

いまだ釈然としない顔で、志垣がきいた。

「つまり1たす1は0という式を成立させようというのかよ」

「1たす1は0ではなくて、最終的に、いちばん最後の数字が0になればいいんです」

「なあ、千代ちゃんや、おれにはあんたが言わんとするところがさっぱりわからないよ。どうだ、和久井は」

「ぼくもです」

和久井がようやく顔を上げて言った。

「それより千代さんはこの一週間、いったい何をされていたんですか」

「昨日、月曜日までは、基本的なデータを集めていました」

グレーのビジネススーツ姿の千代は、有能な秘書というよりも、もはや女性検事といってもいいようなシャープさを醸し出していた。眼差しも、声のトーンも、話の運び方もである。和服でお見合いに臨んだ嵐山温泉での千代は、和久井にとって、思い起こそうにもできない遠い過去のイメージだった。

「そして、本来ならきょうも北海道でデータ集めのつづきをしているはずだったんです」

「北海道？」

「ええ、私、ご連絡は差し上げていませんでしたけれど、昨日の午前中までこの東京にいて、午後は小樽にいましたの」

「はあ？」

「そして、一泊だけしてとんぼ返りでまた東京」

「東京、小樽、また東京？」

さすがに志垣も、千代のハードスケジュールに驚きの色を隠さなかった。

「先週の木曜日から毎日何をしていたのかという詳しいことは、あとで申し上げますけれど、予定では、北海道での取材にもっと時間を費やすと覚悟していたんです。けれども、飛行機の中で突然……」

「突然？　どうしたね」

「すべてが見えたんです。こんどの事件の真相のすべてが」

「わかったのか！」

と、志垣は声に出して叫び、和久井は無言で警部の姪を見つめた。自分の窮地をほんとうに彼女が救ってくれるのか、思いつめた表情で……。

「嵐峡茶寮の浴室で嵐山剣之助を殺したのは誰なのか。その人物が、なぜ私や宿の人の目にふれずに男湯から抜け出せたのか。もっと言えば、なぜよりによって和久井さんが目をつぶっているときに、犯人は都合よく犯行に及ぶことができたのか、それもわかりました」

「ちょっと、ちょっと、ちょっと」

志垣が前のめりになった。

「ほんとうかよ、千代ちゃん。まさにそこの部分が、和久井の弁明のもっとも説得力に欠ける部分だったんだ。ご都合主義のドラマみたいに、犯人が嵐山剣之助を殺しているときにかぎって、たまたま和久井はサウナで目を閉じていたなんて……そりゃ信じろというほうが無理な状況なんだが、その疑問も解消できたのかね」

「はい。それからスリッパの謎も解けました」

「スリッパ？」

こんどは和久井がきき返した。

「二足残っていなければならないスリッパがゼロだったという謎が解けたんですか」

「はい。それがこの数式なんです。連立方程式――もちろん、数学的にはそう呼べるものではありませんけれど――これは事件の真相を導き出す連立方程式なんです。つまり、ここに書かれている数字は……」

一呼吸置いてから、千代は言った。

「男湯の上がり口に脱ぎ捨てられてあったスリッパの数です」

2

「事件のあった日、嵐峡茶寮にきていた客は、和久井さんと私を含めて五組十五人。それに帝王水に関する抗議のために嵐山剣之助氏のもとを訪れていた中曽根弁護士一行のふたり。合わせて十七人の外部の客がいました」

「そういや、嵐山剣之助が広告塔になっていた帝王水というのは、とんでもない代物らしいな」

千代が帝王水のことにふれたので、志垣がすでに京都府警から聞かされている情報を打ち明けた。

「ただのミネラルウォーターを万能薬のように宣伝して、そのために健全な医療機会を奪われて、いたずらに死期を早めた人がずいぶんいるそうじゃないか」

「そうなんです。中曽根弁護士はその被害者の会の代表世話人で、野村竜生さんと黒沢藍子さんという若いふたりづれは、同じ被害者の会のメンバーでした」

千代は、中曽根弁護士から聞き出した被害の実態を手短に述べた。

「ということは、だよ」

志垣が言った。

「嵐山剣之助は怨まれる動機がじゅうぶんすぎるほどあったわけだ。そして、彼を殺したいほど憎んでいる人間は山ほどいた」

「そうです」

「この手の詐欺事件を耳にするといつも思うんだよな。警察とか法律なんて、真の意味で弱者の味方にはなっていないな、と。けっきょく『被害者の会』という組織ががんばらないと、世の中、泣き寝入りする人であふれ返る。……ま、そのことはさておいてだ」

志垣は話題を元に戻した。

「当日の客がぜんぶで十七人。そのつづきを進めてくれや、千代ちゃん」

「十七人のうち、男性は十人いました。この中で中曽根弁護士は食事やお風呂に入るためにきていたわけではないので除外して九人。つまり男湯には九人の男性客がきたことになります。お湯には入らずに、そのままUターンした野村さんも含めて」

千代は、メモなどを見なくてもすべてのデータを記憶していた。

「さらに殺された嵐山剣之助を含めると十人の男性が、昼のあいだにつぎつぎと男湯に入ったことになります。つまり、十足のスリッパが男湯を出入りした……はず……なんです」

千代は微妙に言葉を区切った。ある含みを持たせるために。

「では、もういちど式Aを見てもらえますか。これがスリッパの数だと理解していただければ、式の意味するところがもうおわかりだと思います」

志垣と和久井の視線が、一ケタの数字とプラス・マイナスの記号が並ぶ列にふたたび注がれた。

2＋4－2＋1－4＋1－1＋1－1＝1……式A

「最初に戸倉老人とひ孫の夏樹君が男湯にきました。ですから、上がり口には二足のスリッパが脱ぎ捨てられています。つぎに大阪からきた建設事務所の五人グループのうち四人がやってきます。これで男湯の上がり口には2たす4で六足のスリッパがちらばっていたことになります。そして、戸倉老人とひ孫が出てマイナス2。つぎに大阪グループでひとり出遅れていた牧野さんという男性がやってきます。それでプラス1。この時点で、スリッパは五足あります」

「よくもまあ、そこまで詳しく当事者の動きを調べたなあ」

感心する志垣に軽くうなずいてから、千代はつづけた。

「このあと先に入っていた四人が出て、牧野さんだけが残ります。スリッパの数は一足。そして、牧野さんがお風呂から出ようとしたときに、嵐山剣之助氏が入ってくるのです」

「それが、この『＋1』ですね」

和久井が『－4』のあとの『＋1』を指さした。

「その段階で、スリッパはまた二足になります。そして牧野氏が出て、こんどは野村竜生さんが入ってきます。彼の目的は入浴ではありませんでした。嵐山剣之助氏を殺すためです」

その言葉に、和久井はやはり自分の推測が当たっていたのか、と身体を緊張させた。

そこで千代は、最初は会うのを拒絶していた野村竜生と小樽で面会することに成功し、長時間語りあった結果、彼が嵐山温泉でとった行動のすべてを告白したと、一部始終を志垣たちに詳しく話した。

恋人を裏切ったことで激しい自己嫌悪に陥っていた竜生は、苦しい胸のうちを誰かに打ち明けたい心境になっていたのだ。

「ちょっと待ってくださいよ、千代さん」

野村竜生から犯行の自白を引き出したのかと思ったら、そうではなかったので、和久井は拍子抜けするのと同時に、ワケがわからなくなった。

「嵐山剣之助を殺そうとナイフまでたずさえて男湯に行きながら、彼がやったことといえば、うわずった声で剣之助を糾弾したのと、電話コードを切断しただけですって？」

「はい。もちろん、このあと警察の方にちゃんと事情聴取をしていただかなくてはならないでしょうけれど、私にはそう話してくれました」

「だけど、それが作り話じゃないという保証はないでしょう。電話線だけ切って、嵐山剣之助は殺さなかったなんて」

「それはありませんけれど、話にものすごく真実味があると思いませんか？　野村さんは、恋人のお墓の前で泣いて詫びたそうです。自分のだらしなさ、自分の裏切りを」

「……………」

「和久井よ、早く犯人を特定したい気持ちはわかるが、少なくとも千代の話から判断するかぎり、野村竜生が明確なウソをついていると強く疑う要素はなさそうだぞ」

　志垣が割り込んだ。

「電話コードだけ切って、あとは怖じ気づいてしまったというのも、ありがちな心理じゃないか。第一、せっかくナイフを持って男湯に行ったのだから、殺すならばそのナイフを使って殺すと思わないかね」

「……………」

「千代ちゃん、先を進めてくれ」

　黙りこくった和久井に代わって、志垣がうながした。

「ともかく野村さんは、具体的に嵐山剣之助氏に危害を加えることなく、興奮と緊張と、それから自分に対する嫌悪の感情が入り混じった心境で、男湯から引き返しました」

「その野村と和久井がすれ違ったわけだな」

「はい。これで男湯にあるスリッパの合計数は、たった一足となったはずです」

「なるほど、そういったスリッパの増減を表わしたのが式Aというわけか」

「そうです。そして、つぎに」

千代は式Bを指さした。1＋1＝2の数式である。

「和久井さんが男湯に入ってきて、スリッパは二足になりました」

「するとやっぱり……」

黙っていた和久井がまた口を開いた。

「ぼくの見落としだったんですかね。ぼくが男湯に行ったとき、ちゃんと嵐山剣之助の脱いだスリッパがそこに一足あった。そして、嵐山氏の異変を告げに外へ飛び出したとき、ぼくのスリッパも含めて二足あった。それが目に入っていなかっただけですかね」

「いいえ」

千代はゆっくりと首を横に振った。

「やっぱり和久井さんが飛び出してきたとき、そこにスリッパは一足もなかったんです」

「でも、すべての客の出入りが明確になって、こうやって流れを数式で表わしても、ゼロにならないじゃないですか。たとえ仮に、ぼくがサウナに入ったあと犯人がやってきたのが事実だとしてもですよ。こうなるわけですよ」

和久井は式Bの隣に、ペンでもうひとつ数式を書き加えた。

2＋1－1＝2

「つまり、二足のスリッパがあったところへ、犯人がきて三足になる。そのあと犯人がそのスリッパをまた履いて帰ってしまえば、やはり元どおりぼくと嵐山氏のスリッパが残ることになります」

「だからさ」

志垣が割り込んだ。

「嵯峨野の宿で、千代が真夜中にこういう結論を導いて和久井に提示したわけだろう。つまり、この式を最終的にゼロとするには、犯人がふたり分のスリッパも回収したわけだ。こういうふうに」

志垣は、和久井が書いた式の隣に、さらに新しい式を書き加えた。

$2+1-1=2$　$2-2=0$

「な、どうだい、千代ちゃん。要は、最初に和久井が男湯に行ったとき、一足脱いであったスリッパを見落としただけなんだ」

「その考え方だと、式Bの答えのところで疑問が出るわけです」

千代が言った。

「和久井さんが入ったあと、スリッパが二足残っていたら、犯人は嵐山剣之助以外に人がいると知るわけですから」

「あ、そうか」

志垣は腕組みをして眉間にシワを寄せた。

「なかなかパズルが解けんなあ。嵐山剣之助と和久井の脱いだスリッパが、いったいどこでどういうぐあいに消えたんだ？」

「それはね叔父さま、私自身も陥っていた錯覚なんですけれど、まさにいま叔父さまがおっしゃった部分に落とし穴があったんです」

「ん？　おれが言った部分というと？」

「嵐山剣之助と和久井さんの脱いだスリッパがどうやって消えたのか、という部分です。そういう視点から考えるかぎり、真相は見えてこないんです」

「言っとる意味がわからんが」

「さっきから和久井さんもおっしゃっていますよね。『嵐山剣之助の脱いだスリッパが』とか『ぼくのスリッパも含めて』とか」

和久井のほうにも視線を向けながら、千代はつづけた。

「どうしてスリッパを特定の人間の所有物だと決めつけられるんですか」

「え？」

「だって、いま『ぼくのスリッパ』とおっしゃったでしょう」

「言いましたよ」

「じゃ、それは和久井さんが家から自分で持ってきたものですか？　ほかのスリッパと明確に区別がつくものですか」

「区別なんてつきませんよ。どれもこれも旅館の備え付けのものなんだから」

「ですよね。たとえば雨の日に透明の安いビニール傘を差してコンビニへ行って、似たような傘がいっぱい入れてある傘立てに突っ込み、買い物を終えて帰るとき、いちおう自分の差してきた傘を取ろうと意識するけれど、ほかの人が持っていったとしても、同じ種類のビニール傘があれば、それを代わりに差して帰りませんか」

「それは……そうするでしょうね」

　和久井はうなずいた。

「ちゃんとした傘だったら、誰かが自分のを間違えて持っていったからといって、それじゃ自分も誰かのを差していっちゃえと割り切るには、ちょっと抵抗がありますけど、使い捨て感覚の安いビニール傘なら、どれを差して帰ってもいっしょじゃないかと思うでしょう」

「旅館のスリッパの場合は、そうしたビニール傘以上に、他人の使っていたものと入れ替わっていても気にならないはずですよね。いえ、気にするどころか、大浴場で脱いだときと同じスリッパを、帰りも履いて帰れると考える人は、まずいないんじゃないでしょうか」

「ああ、そりゃそうだ」

志垣が同意した。

「おれなんぞは水虫だからさ、温泉宿の大浴場ではしょっちゅう考えるぞ。おれの履いてたスリッパを突っかけて帰るやつは、水虫うつっちゃうぞー、けけけ、なあんてな……あ、いや、脱線すまん」

和久井に冷たい目で見られて、志垣は口をつぐんだ。

「ですから」

千代が話を本筋に引き戻した。

「まずここで重要なのは、嵐山さんが履いていたスリッパと和久井さんの履いていたスリッパが残っていたとか、そういうふうに、スリッパに所有者を割り当てる考えを取り払うことなんです。たとえば最初にお風呂から上がった戸倉さんの場合でも、また同じスリッパを履いて帰るよりは、あとからやってきた四人グループの誰かのスリッパを履いて帰った確率のほうが高いわけです。単純に確率的には。

そしてこのようなスリッパに無関心な状況でもうひとつ大切なのは、ふり返ってみると、戸倉老人と夏樹君がお風呂に入ってから和久井さんが入るまでの間、男湯が空になった瞬間はいちどもない、という点です」

「ああ、そうですね」

千代が書いた式Aを見ながら、和久井が言った。

「戸倉さん、建設事務所のグループ、嵐山氏、そしてぼくと、必ず誰かが風呂に入っていますよね。最低でもひとりは入っている。男湯に誰もいない状況というのは、たしかにありません。……でも、それがなにか重要なんですか」

「ええ」

アゴを引くようにしてうなずくと、千代は言った。

「つまり、スリッパが足りない事実には誰も気がつかなかった、ということです」

3

「スリッパが足りない？」

和久井がきいた。

「それはどういうことです」

「和久井さんが男湯にやってきたとき、ああ、いまは誰もいないんだな、と思ったとおっしゃいましたよね。そして、それはおそらく上がり口にひとつもスリッパがないのを見て、そう判断されたのだろうと」

「ええ。それなのに中に人がひとりいたんで——つまり、嵐山剣之助のことですが——ちょっとびっくりしたわけです」

「でも、和久井さんはほとんど気になさらずに、そのままサウナに入られました。それは、自分が履いてきたスリッパは、自分がまた履いて帰るものだと無意識に考えていたからなんです。ところがよく考えてみると、もしも嵐山さんが殺されずに何事もなくお風呂を出てしまっていたら、和久井さんは履いて帰るスリッパがなくなっていたんですよ。和久井さんがきたときに、スリッパの数がゼロだったならば」

「………」

和久井は黙って、式Aに目をやった。

式Aの等号の右側が1になっているのは、嵐山剣之助が履いて帰るべきスリッパが一足ちゃんと残っている前提に立っているものだ。

しかし、和久井が一足もスリッパを見なかった——すなわち等号の右側の数値が0であったのが現実ならば、等号の左側において、さらにマイナス1の過程がなければいけない。そのことは和久井も理解できた。

では、どこでそのマイナス1が生じたのか？

和久井は頭をひねった。ひねったが、答えが出てこない。殺人発生の直前直後ならともかく、それ以前に、一般客が出入りする男湯から、あらかじめ犯人が一足分のスリッパをかすめ取っておいたなんて展開はとうてい考えられない。そんな細工をしたって、犯行に少しも役立つはずがないからだ。

　では、誰かがスリッパを二重に重ねて履いて帰ったのか。それも「そんなバカな」である。ありうる話ではない。

「警部……」

　とうとう和久井は志垣に助けを求めた。

「警部、わかります？」

「んにゃ」

　志垣はあっさり白旗を揚げた。

「答えはね、ここなんです」

　千代が指さしたのは、冒頭の「2」だった。

　そして、持っていた二色ボールペンの赤いほうの芯を出して、式Aに訂正を書き込んだ。最初の「2」を「1」に、そして式の答えである等号の右側の数字を「1」から「0」に。

1＋4－2＋1－4＋1－1＋1－1＝0

「こうすれば、和久井さんが男湯にきたとき、上がり口のところに残っていたスリッパの数はゼロになります」

もういちど紙を和久井たちのほうに向け直してから、千代はボールペンをノックして芯を引っ込めた。

「これならおわかりになります？　和久井さん、叔父さま」

「ようするに、こういうことだろ」

志垣が先に口を開いた。

「戸倉老人とひ孫のぶんのスリッパをひとりぶんに変更した」

「そうです」

「実際には、子供は風呂に行かず、部屋で待っていたわけか」

「いいえ、そうではありません。ちゃんと、ひいおじいちゃんに連れられてお風呂場に行きました。でも、行きはスリッパを履いていなかったんです」

「子供はスリッパを履いていなかった……？」

「関係者をたずねる旅では、あちこちで参考になる話を聞いてきましたけれど、決定的なヒントをくださったのは、三島に住む野中貞子さんという五十七歳の女性なんです」

千代は穏やかな口調で語りつづけた。

「この人は、仲間うちからも『野中さんは、人の見ないところをよく見ているねえ』と言われるほど観察力が鋭くて、事件発生後、太秦署の捜査員が客に事情聴取をしている最中も、いろいろなところに目配りしていたんです。たとえば、野村さんと黒沢さんの様子をずっと観察していましたし、じつは私と和久井さんのこともチェックしていたんですって」

「ぼくのことも？」

と、和久井がびっくりしてきき返す。

だが、野中貞子が千代に語った「将来の伴侶としての和久井の印象」にはふれず、千代は戸倉老人のひ孫のことに焦点を移した。

「さらに野中さんは、三歳の夏樹君のこともよく観察していました。おとなたちが事情聴取されている間も、スリッパをぺたぺた鳴らしながら廊下を走り回っていて、ときおり転んでも、また起きあがってすぐ走り出す。そんな様子を見ながら思っていたそうなんです。『あの子、よっぽどスリッパが気に入っただね。あれはきっと大人用のスリッパを履くのが初めてだで』って。

東京から千歳に向かう飛行機の中で、その言葉をふと思い出して、そのとたんに、私、とても単純なことに気がついたんです。嵐峡茶寮には子供用のスリッパがなかった。だから、宿に着いた最初のうちは、夏樹君は素足で廊下や部屋の中を歩いていた。お風呂へもスリッパを履かずに行ったのだ、と」

「たしかに、おれが親ならそうするな」

と、志垣が言った。

「大きなスリッパを履かせたら歩きにくいし、危ない」

「私もそう思います。だから戸倉さんは、ひ孫の手を引いて大浴場へ向かうとき、スリッパは履かせなかった。けれどもお風呂から出る段になって、建設事務所の四人とひいおじいちゃんのぶん、合わせて五足のスリッパが散乱しているのを見て、夏樹君はそれを履いてみたくなったんです。戸倉さんも、たくさんのスリッパがあったから、夏樹君が履いてしまったらひとりぶん足りなくなって、あとの人が困るということまでは気が回らなかったでしょう。そして、大きなスリッパを突っかけてうれしそうに歩く夏樹君の手を引いて、部屋に戻っていったのです」

「少しわかってきましたよ、千代さん」

和久井が数式のメモを指して言った。

「つまり、三歳の男の子がおとなのスリッパを履いて出ていったあとは、つねにスリッパは風呂場にいる人数分より一足少なかった」

「そうです」

「だから、嵐山氏がひとりで入浴しているときには、男湯の上がり口にはスリッパはなかった。ゼロだったんですね」

「ええ、和久井さんが、お風呂には誰もいないと思ったのは、やっぱり脱ぎ捨てられたスリッパがひとつもないのを視野に捉えていたからだったんです」

「そこまでは理解しました。でも、そのままだと、事件発生の段階で、少なくともぼくが履いてきたぶんのスリッパが一足なきゃいけないですよね」

　そう言いながら、和久井は「1＋1＝2」と書かれた式Bのところをこう訂正した。

0＋1＝1

「ところが、ぼくが外に飛び出したときには、絶対スリッパはそこになかった。つまり、こういうことです」

　和久井は、いま書いたばかりの式を二本線で消して、また新しい式を書いた。

0＋1−1＝0

「問題は、ここのマイナス1ですよ。ぼくがサウナに入っているあいだに、一足のスリッパが消えたのはどうしてですか」

「消えたのではなく、嵐山さんを殺した犯人が風呂場を出るときに履いていったのです」

「でも、誰が犯人であろうと、男湯までは自分もスリッパを履いてくるでしょう。そして、殺害実行後にそのスリッパを履いて逃げ出せば、けっきょくぼくが履いてきたぶんが最後まで残っていなきゃ計算が合わない」

「ですから私は、犯人は男湯にはスリッパを履いてこなかった、と考えたんです」

「え？」

「そして、嵐山さんを殺害後、大急ぎでその場を離れるとき、和久井さんが脱ぎ捨てたスリッパを突っかけて出ていった。そう考えればマイナス1が成り立つでしょう？」

「犯人はスリッパを履いてこなかった、って……まさか」

和久井の頭に、絶対にありえない人物の顔が浮上した。

たった三歳の男の子。おとなのスリッパを履いて走ったらすぐに転んでしまう、無邪気な
戸倉夏樹——

「千代さん、まさか……三歳の男の子が」

「それはないと思います」

千代は和久井の推測をやんわりと退け、そして彼女の見解を告げた。

「犯人がスリッパを履かずに男湯にやってきたのは、犯人が靴を履いていたからです」

「靴を？　なぜ」

「かんたんな理由です。外にいたからです」

「……」

「犯人は、本館から渡り廊下を通ってやってきたのではなく、外から回り込んで男湯に入ってきたのです。そして、脱衣場の上がり口にスリッパが一組しかないことを確認すると、靴

を脱いで中に入りました。嵐山剣之助氏を殺すために。そのとき靴に付着した外部の泥で上がり口は汚れたかもしれませんが、嵐山さんの死体発見の大騒ぎで、いろんな人間が出入りしてしまったために、その汚れが誰の靴によって、どういう事情で付けられたのか、捜査陣の注意を惹くまでには至らなかったかもしれません」

「ちょっと待った」

志垣が姪の言葉をさえぎった。

「さっき千代ちゃんは、スリッパには特定の所有者はないという意味のことを言ったが、それと同じで、一足だけ残っているスリッパを見ただけでは、犯人も浴室の中にいるのが嵐山剣之助だとは決めつけられなかったんじゃないのかね」

「その人物は、窓の外から風呂場を覗いて確認をしていたんです。ちょうどそのタイミングが、和久井さんがまだ脱衣場のほうにいて、浴室には嵐山さんひとりしかいない段階でした」

「窓の外から覗いていた、だと？」

「そうです。嵐峡茶寮のお風呂は大堰川に面した側に大きな窓をとってあります。トロッコ列車ほど距離が離れてしまえば、お風呂の中はよく見えないし、保津川下りの船からだと、角度の関係でやはり中は見えません。けれども、窓のすぐ外からちょっと背伸びすれば、お風呂の中は見えてしまいます」

千代は事件翌日、ひとりでもういちど嵐峡茶寮を訪れたとき、宿の人間に頼み込んで、男湯と同じ造りになっている女湯の内外を見せてもらったことを話した。

「もちろん、そういう場所にかんたんに人が出入りできたのでは、とくに女湯の場合、覗きの危険がありますから、容易には立ち入れないようにしてあるんです。でも、男湯の外側は女湯ほど厳重な囲い方にはなっていないため、その気になれば窓のすぐ下までは行けるのです。ただ、夏の間に伸び放題だった雑草が、まだ枯れずに生い茂っていて、よほどの目的がないかぎり、そこには足を踏み入れようとは考えないでしょうね」

「雑草……」

和久井がポツンとつぶやいた。

その言葉が、和久井に千代から聞いたある場面を思い起こさせた。雑草の汁で半ズボンを汚して、泥だらけになっていた男の子。千代に傷の手当をしてもらっていた三歳の戸倉夏樹の姿である。

そして、頭の中を整理していけばいくほど、さっきとは別の意味で信じがたい人物の顔が浮上した。

「千代さん」

こんどこそ千代の言わんとするところが理解できたという顔で、和久井は言った。

「夏樹君のことですが、膝小僧をすりむいていたのは、たしか大きなスリッパを履いて館内を走っていたからでしょう。でも、お風呂に入ったはずなのに、服や足がすごく汚れていたのは、もしかして男湯の窓の外……雑草が生い茂っている場所に踏み込んだからじゃないんですか」

「おい、和久井」

　志垣が割り込んだ。

「三歳の男の子が嵐山剣之助を殺したなんてありえないと、千代がいま言ったばかりじゃないか」

「いえ、そうではなくて、ぼくが言いたいのは……」

　和久井には千代の推理の骨格が徐々にくっきりと見えてきていた。

「どこかへ行ってしまったひいおじいちゃんを、夏樹君は必死に探していたから、あんなに汚れてしまったんじゃないでしょうか」

「私も……」

　千代は静かに言った。

「私も、そう思います」

「ちょうどぼくが大浴場へ向かおうとしたとき、夏樹君は、戸倉老人に手を引かれて表に出ようとしていたところでした」

　和久井は、およそ一週間前のその場面を、いまも鮮やかにまぶたに思い浮かべることができた。戸倉老人は革靴のひもを結んでから、ひ孫の手を引いて外に出るところだった。フロント係の女性が、たしかこんなことを言っていた。送迎船は渡月橋のほうへ行っているから、あと二十分ほど待たねばならないと。そして戸倉老人に、帝王水でいれたお茶をすすめたが、老人はそれを断って夏樹とともに外に出たのだ。

「二十分――」

和久井は言った。

「そう、二十分あればじゅうぶんですよね、千代さん」

「するとおまえは……」

志垣警部は、部下と姪の顔を交互に見ながら、最後に和久井のほうに視線を落ち着けてたずねた。

「こう言いたいのか。嵐山剣之助を殺したのは、戸倉老人だと」

「そうです」

「八十歳の老人が、八十一歳の嵐山剣之助を殺したというのかよ」

「できない話じゃありませんよね」

「そりゃそうだけど、でも……」

まだ納得できない顔で、志垣は言った。

「犯人の脱出問題はどうなるんだ。嵐山剣之助を殺した人物は、男湯の出入口に立っていた千代と従業員の目を盗んで逃げ出さないといけないんだぞ」

「それは、たぶん解決できます」

「どうやってよ。いままで苦労して考えてもわからなかったのに、急にわかるなよ」

「わかったら困るんですか」

「そうじゃないけどさ、放送時間内にうまく収まるドラマみたいに、いきなりなんでもわかっちゃうなんて、都合よすぎないか」

「犯人が戸倉さんだと仮定したら、とたんに見えてきた部分があるんです。……ちょっとだけ待ってください」

片手をあげてさえぎると、和久井はしばし机の一点を見つめた。

十秒、二十秒が経過した。

志垣と千代が見つめる中、推理の組み立てに全神経を集中させた和久井は、ようやくわかったという表情で顔を上げ、千代に言った。

「そうか……けっきょくはスリッパと同じことだったんですね」

その言葉に、千代はゆっくりうなずいた。

そして和久井は、ひとりだけ取り残された感じで憮然としている志垣警部に向き直って言った。

「警部、ぼくが目撃した光景もスリッパと同じだったんです。頭を洗っていた老人、ジェットバスの中で前のめりの格好をしていた老人、そしてジェットバスに沈んでいた老人——最後の場面は別として、最初のふたつの場面は、ぼくにとってどうでもいいことだったわけでしょう。お年寄りが頭を洗っていようが、ジェットバスに入っていようが、そんなことは本来なら、意識の片隅に一瞬刻まれてすぐ消えるものだったんです。旅館のスリッパが何足脱ぎ捨てられてあるかをぜんぜん気にしなかったように。

そして、自分が履いてきたスリッパを他人が履いて帰ろうが、他人の履いたスリッパを自分が履こうが、そういう入れ替わりにまったく無頓着であったように、最初の場面とふたつ目の場面とで、じつは別々の老人を見ていても、それを同一人物だと思い込んで不思議はなかった。白髪頭の年老いた肉体をいちいち区別しようという神経が働かなくても無理はなかったんです」

「なんだって」

「そうなんですよ、警部。ぼくが被害者だと思って見ていた老人は加害者だったんです」

4

「これはあくまでぼくの想像なんですが」

和久井は、千代に示唆された結論を自分流にまとめ上げられたことを確認して、それを志垣に話しはじめた。

「嵐山剣之助に対してなんらかの事情で殺意を抱いていた戸倉老人は、嵐山氏が滞在しているとの情報をつかんで、あの日、日帰り入浴客を装って嵐峡茶寮に向かいました。そのさいにひ孫の夏樹君を連れていったのは、たんなるカムフラージュ以上の意味があったと思います。つまり、燃え上がる殺意を抑えるための消火剤というか鎮静剤というか、そういう役割です」

和久井の意見に、千代はまた賛成のうなずきを静かに繰り返した。

「目に入れても痛くないほど可愛いひ孫のいる前で残虐な殺人などできない。自分の燃え上がる復讐心をなんとか鎮めるために、戸倉氏はひ孫をつれて、嵐山温泉へと向かいました。あるいは、最初からあの日はたんなる偵察行動にとどめておくつもりだったのかもしれません。そして、嵐山氏が嵐峡茶寮に長期滞在するようであれば、また日を改めて、こんどはひとりでやってくる作戦を練っていたのかもしれない。

ともかく、最初から百パーセント嵐山剣之助を殺すつもりでいたならば、あんなふうにあっさりチェックアウトはしないでしょうし、ひ孫も連れてこなかったに違いありません。けれども、運命のいたずらがありました。これは、ちょうどぼくも耳にはさんでしまった会話なんですが、フロント係の女性が、いましがた嵐山氏が大浴場に向かったところだと戸倉氏に教えたんです。

きょうのところは殺害の実行を先送りするつもりになっていた戸倉老人は、その情報を聞いて、ふたたび考えを変えました。おそらく、天のめぐり合わせのようなものを感じたのでしょう。やるならいまだぞ、と神にささやかれた気分になった。さらにもうひとつ、送迎船がすぐには戻ってこず、二十分もの余裕が生じてしまったことも、彼に実行のタイミングを与えたことになりました。あと数分早くフロントで精算を済ませていれば、老人はひ孫を連れて船に乗り込み、渡月橋へ戻っていたはずなのです」

運命の分岐点を明確に描き出してから、さらに和久井はつづけた。

「ふたりで宿の表に出た戸倉氏は、そっと外側から男湯の様子を見に行ったのです。たぶん、ひ孫の夏樹君もある程度近くまではいっしょに連れていったでしょう。三歳の子なら、ひいおじいちゃんが不審な行動をとっても理解はできない。船着き場のそばに残しておいたのでは、川に落ちる危険がありますからね。そして、戸倉老人が男湯の外から内部の様子を窺っているとき、夏樹君もそばにいて遊んでいた。だから雑草の汁や泥で、せっかくお風呂に入ってきれいになっていた身体を汚してしまったんです」

「そうなんです。私も最初は、あの子の身体の汚れが意味するものに気づきませんでした」

千代が言い添えた。

「お部屋の中で転んだだけでは、あんなふうに汚れたりしないのに。……そしてたぶん、保護者である戸倉さんも、ひ孫の汚れた半ズボンが自分のとった行動を暴露していることに気づかなかったと思います」

「ちょうどそのころ風呂場では」

和久井がまた話を引き取る。

「明確な殺意を抱いてやってきた野村竜生氏を貫禄で追い返した嵐山剣之助が、裸になって浴室の中に入っていきました。そして、そうしたいきさつを何も知らないぼくは、渡り廊下で野村氏とすれ違って内湯に入り、脱衣場で浴衣を脱ぎはじめたところだったと思うのです。そういう流れを考えると、このぼくも、あの殺人事件に間接的に影響を及ぼしているのは間違いありません」

和久井は複雑な表情を浮かべた。

「ぼくがあとほんのわずか早くか遅くきていれば、戸倉老人は嵐山剣之助以外の人間が男湯にいることを知って、犯行をためらったはずだからです。あるいは、ぼくが浴衣を脱ぐ場所を、もっと目立ちやすいところに変えていても、ふたりの人物が中にいることがわかったでしょうから、戸倉氏は計画の実行をためらったはずです。さらには、ぼくがすぐサウナに入らず、まず身体から洗いはじめていても、やっぱり……」

「でも、いちばんの運命の皮肉は、スリッパなんですよね」

そこで千代が口をはさんだ。

「脱衣場の上がり口に、嵐山さんと和久井さんの二足のスリッパが脱ぎ捨ててあるのを見れば、その段階で戸倉老人の実行意欲は萎えたことでしょう。でも、そこには一足しかなかった。なぜかといえば」

「ああ、そうか」

志垣がうめくような声を発した。

「自分のひ孫がおとなのスリッパを履いたことが、ずっと後々まで影響したんだな」

「そうなんです」

千代が言った。

「夏樹君が勝手にスリッパを履いて部屋に戻ったため、風呂場にいる人数よりスリッパの数が、つねにひとつ足りない状況が生じてしまいました。そして、誰かがひとりきりで男湯にいる時間帯はあっても、必ずそこにつぎの人物がやってきましたから、上がり口にスリッパがゼロとなる瞬間はあっても、これから部屋に戻ろうという人が、スリッパがなくて困るという事態には至りませんでした。和久井さんが飛び出すときまでは」

「つまりアレか」

千代と瓜二つの太い眉を親指で掻きながら、志垣が言った。

「理性をコントロールするために連れてきた可愛いひ孫が、皮肉なことに、ひいおじいちゃんの殺人計画にゴーサインを出してしまったことになるわけだ」

「そういうことですね。そして、戸倉老人が犯人であると仮定すれば、いちばん難解だった犯人脱出の謎も説明がついてきます」

「痩せた老人だから、窓の隙間から外に出られたというわけじゃあるまいな」

「ちがいます」

こんどは和久井が志垣に答えた。

「立ち話をしていた千代さんたちが、誰も男湯から出てきたところを見ていないというならば、犯人が男湯から逃げたのは、千代さんが渡り廊下のあたりにくるよりも、もっと前だという解釈しか成立しません。つまり、犯行時刻はぼくたちが考えていたよりも、もう数分ほど前だったんです」

そこで和久井は立ち上がり、小部屋に備えてあったホワイトボードの前に立った。そして、男湯の概略図を描いてから、志垣と千代に向き直った。

「戸倉老人は靴のまま男湯にやってきて、外から覗き見をしたとおり、上がり口にはスリッパが一足しかないことを確認して、そこで靴を脱ぎ、そして脱衣場で服を脱ぎます」

「嵐山剣之助を殺すのに、自分も裸になったというのかよ」

志垣が疑問を呈すと、和久井がすぐさま言い返した。

「警部だって、最初のころ言ってたじゃないですか。嵐山剣之助を溺れ死なすには、犯人も服を着ていたのではできない。裸になっていたはずだ。だから和久井、おまえしか犯人はありえない、って」

「まあ、そうだけどさ」

「そもそも犯人が、なぜ溺れさせるという殺害手段をとったのか、と考えてみてください。健康で体力のある男が犯人ならば、八十一歳の年寄りを殺すなんて、殴るなり首を絞めるなりの方法で、自分がずぶぬれになる必要もなく、いともかんたんにできたはずです。けれども、犯人のほうも同じ年寄りだったんです。だから、直接的な暴力で殺害する自信はなかった。ヘタをすれば、逆に自分が攻撃を受けてしまいます。

その点、風呂場で溺れ死なすという方法は、高齢の殺人者にとっては数々のメリットがあります。まずなんといっても、ターゲットが油断しているという点が挙げられるでしょう。しかも襲う側も裸ですから、接近するさいに警戒されることもない。また、襲われた側が反撃をするにも、適当な道具がありません。

こうしたメリットの数々は、犯行現場から逃げ出す前にまた服を着なければならないという時間的なロスを差し引いても余りあるものがあります」

「しかし、あとから客が入ってこないという保証はないんだぞ」

「実行途中に人が入ってきても、嵐山氏が一時的でも意識を失ってさえいれば、彼が発作を起こしたことにすればいいと考えていたんでしょう。年寄りが風呂場で倒れ、それを介抱しているのも年寄りだったら、いったい誰が殺人事件の真っ最中だと疑うでしょうか。たとえ窒息させる補助手段にタオルを使っていても、入れ歯に残ったその繊維から他殺が推測されるというところまでは、しろうとは考えなかったとしてもおかしくはないです。そして、あとからきた客に急いで救急車を呼んでもらうように依頼し、またふたりきりになったところで完全に息の根を止めればいい」

「……なるほど」

志垣は、そこまでの和久井の説明にようやく納得した。

「じゃ、先をつづけてくれ。戸倉老人も裸になって洗い場に入って、それからどうなったんだ」

「警部は、嵯峨野の宿で、千代さんが細かな時間の流れを図に起こしてくれたのを覚えているでしょう」

「ああ、よく覚えているよ」

「それをこのホワイトボードにもういちど書いてみます」

和久井は一本の横線を書いて、いちばん左に0と記し、そこから時間の区切りを適宜刻んでいった。

「最初の四分間は、ぼくはサウナの端っこにいましたから、洗い場の状況はまったく見えませんでした。そしてガラス窓のはめ込まれたサウナドアの正面に場所を移動したとき、ジェットバスの中で前屈みになっている老人の姿を見かけます。けれどもさほど気にもせず、すぐに目を閉じて、それから三十秒ほど経過してからまた目を開けてみると、もうそこには誰もいませんでした。ぼくは、ジェットバスに入っていた嵐山氏が浴槽から上がり、サウナの中から見えない場所に移動したのだとばかり思っていました。

そして、八分が経過するまで目を開けて、男湯の中をぼんやりと窓越しに眺めていましたけれど、何も変わったことは起こりませんでした。そのあとまた目をつぶり、時計が十分半を経過しているのを指したところで、熱さに耐えきれずサウナを飛び出した。だから、犯行はぼくがサウナに入ってから八分後から十分半後までの二分半の間に行なわれたものだと思い込んでいました。しかし実際には、殺人はもっと前の時間帯に行なわれていたんです。ぼくがサウナに入ってから四分後までに」

和久井は、黒に代えて赤いマジックで0から4の間のラインを赤く塗った。

「そして、ぼくが見たのは嵐山剣之助氏ではなく、嵐山氏を湯の底に押さえ込んでいた戸倉老人の姿だったんです」

5

「嵐山剣之助氏は、背中に大きな痣があります。鬼になぞらえて自慢していた青黒い痣です。最初にぼくが洗い場に入ったとき、こちらに後ろを向けて頭を洗っていた老人の背中には、その特徴的な痣がありました。それから、ジェットバスの中にうつぶせになって倒れていた老人の背中にも、その痣がありました。けれども、こちら向きに前屈みになっていたジェットバスの老人は、顔も見えなかったし、背中ももちろん見えませんでした。ただ白髪頭の年老いた身体を見ただけで、ぼくはそれも嵐山剣之助だと決めつけてしまっていたんです」

「しかし、実際には戸倉老人だった、と」

「そうです。旅館のスリッパをひとつずつ区別できないように、年寄りの裸を意識的に見分けようとする観察力が働いていなかったんです。老人が前屈みになっていたのは、湯加減に満足していたわけでもなければ、身体の具合が悪かったわけでもない。嵐山剣之助氏の身体を思いきり強く、湯の底に両手で押さえつけていたのです。でも、ジェット噴射で泡立つ湯の下で何が起きているかは、ぼくのいたサウナの中からはぜんぜん見えなかった」

ホワイトボードの前に立った和久井は、深いため息をついた。

「なんともいえない気分ですよ、警部。ぼくはまさに殺人の真っ最中を目撃していたんです。にもかかわらず、そうとは意識せず、逆にその光景を、嵐山氏がまだそのときは生きていた証拠だと思い込んでしまった」

「当初の見立てよりも、犯行時刻が四分あまり前倒しになったということか」

「おそらく戸倉老人は、ぼくがドアの前に移動したので、初めて誰かがサウナの中にいると知ったんです。警部がこの前おっしゃったように、こっちから見えるものは向こうからも見えます。サウナの中で何かが動いた気配を察して、ふと視線を上げると、サウナの細長いガラス窓越しに、座っているぼくの姿が見えた」

「ちょうどそのとき、おまえは一時的に目を閉じていた」

「はい。ですからおたがいに目が合うということはありませんでした。けれども戸倉氏はびっくりしたことでしょう。嵐山氏以外には誰もいないと思っていたんですから」

「それであわててジェットバスから出た」

「ぼくが目を閉じている三十秒のあいだに、戸倉老人はこちらの存在に気づき、急いで風呂を出ました。そして大急ぎで服を着て、男湯の外に出た。ひもを結ぶタイプの革靴をきちんと履くひまなどなかったから、ひとつだけ残っていたスリッパを突っかけ、靴は手に持って、ひ孫を待たせている雑草地へ駆け戻りました。そちらは内湯の建物じたいがジャマをして、本館側からは直接見通せない場所です」

「その段階では、まだ千代も宿の従業員も渡り廊下のところにいなかったわけだ」

「そうです。タッチの差だったと思います。そして戸倉氏は急いで靴を履き直し、濡れた身体をもういちどきちんと拭き、スリッパは荷物の中へ隠すなどして船着き場に向かいました。一方、サウナの中のぼくは、自分が重大な殺人場面を目撃していたとも知らず、ボケーッと窓越しの風呂場を眺めていたわけです。命を絶たれたばかりの嵐山剣之助氏が、泡立つ湯の底に横たわっているとも知らずに」

「そのあと、またおまえが目をつぶった時間帯があったから、完全に錯覚をしてしまったんだな」

「ぼくひとりで完全犯罪のお手伝いをしたようなものですよ」

「で、おまえがアホづらこいてサウナで汗を流し、さらにはアホづらこいて水風呂で身体を冷やしているあいだに、戸倉老人は帰り支度を整えたと」

　例によって志垣は毒舌を交えたが、和久井はそれに反応する気力もないといった顔で、まともなリアクションをつづけた。

「やがて送迎船が渡月橋から戻ってきて、そこに中曽根弁護士と芦田美代のふたりがまず先に乗りました。そして、身だしなみをなんとか整えた戸倉老人が、ひ孫の手を引いて、あとから乗り込もうとした。そこへ急報が入ったんです。まさに、あとちょっとのタイミングでした」

「そういうことだな。送迎船がそのまま出ておれば、乗っていた連中は太秦署からの呼び出しにはすぐに応じられなかっただろうし、警察の事情聴取にも、老人が自分ひとりで出かけることになったことだろう。警察も三歳の男の子までは、連れてこいとは言うまい。

　そうした展開になっていれば、泥だらけになった幼い子供の姿が千代の目につくこともなく、その子からブカブカのスリッパで転んだという話も聞けず……」

「ええ」

和久井はホワイトボードのところにマジックを置きながら、肩をすくめた。

「ぼくは無実の罪で、ほんとうに捕まることになっていたかもしれません。そういう意味では、なりふりかまわず、すっぱだかで飛び出していったのは正解だったんでしょうね。とにかくにも、宿の人間に大急ぎで異変を告げたからこそ、送迎船も発進直前の土壇場でストップできたんですから」

「そうですね」

千代が相づちを打った。

「和久井さんも足の裏を切って痛かったでしょうけれど、一分一秒を争って行動なさっただけのことはあったと思います」

「まったくだわな。千代にちんちん見られても、急いだだけのことはあったな」

誰も笑わなかった。

和久井がふたたび椅子に座っても、しばらくはみな無言だった。

捜査に当たっている太秦署ですら、まだこんなレベルの結論には到達しえていないはずである。では、はたして千代と和久井の推理が正しいと証明する方法はあるのか。志垣が渋面を作って腕組みをしたまま一言も発していないのは、そのことを考えているためだった。

唯一、真相を知っているのは戸倉寛之のみである。ところが彼は、先週末の金曜日、新宿の将棋道場で将棋を指している最中に、心不全で死亡してしまった。急死には違いないが、急死というには静かすぎる死だった。

　そうなると、三歳の子供に現場の状況をたずねるよりないが、たとえ「ひいおじいちゃんにここで待っていなさいと言われた」との証言を引きだせても、それで老人の犯行を証明したことにはならない。

「なんと言えばいいかわからんが」

　志垣がつぶやいた。

「あのじいさん、やることをやっちまったんで、人生、燃え尽きちゃったのかなあ」

「たぶん……」

　千代が控えめなトーンで語った。

「長い年月、ずっと心に抱いてきた復讐心をようやく解き放つことができて、それで緊張の糸が途切れてしまったのかもしれませんね」

「だけど相手は八十一だぞ」

　理解できないという顔で、志垣が言った。

「言葉は悪いが、棺桶に片足突っ込んだような年齢じゃないか。そして自分だって同じことだ。どっちにしたって近いうちにお迎えがくるのに、なんだって殺人という手段で相手の命を縮めなきゃいけないんだ」

「……」

千代も和久井も答えないので、仕方なく志垣は自分であとをつづけた。

「帝王水かね。あのあくどい商売を戸倉老人も怨んでいたということかね。だとしても……おれにはやっぱりわからんな。八十を超えてもなお殺意を抱きつづけ、その完遂にこだわるという心理が理解できん」

「でも、叔父さま」

千代がそっと言った。

「なんとかして客観的な証明をしないと、私たちだけで推理に満足していても、和久井さんへの疑いを晴らすには至らないでしょう」

「だよなあ」

志垣は両手を頭の後ろに組んで、椅子を少し後ろに倒しながらハーッと大きなため息をついた。

そして、和久井を横目で見て言った。

「しゃあないな。おまえ、いっぺん逮捕されてみるか」

だが――

和久井の救い主は意外な場所から、しかも意外に早くやってきた。

6

それは和久井の手元に届けられた一通の封書だった。

封書といってもポストに投函されたものではない。直接、それは警視庁捜査一課に届けられた。届けてきたのは戸倉老人の葬儀で喪主を務めていた五十五歳になる長男だった。

彼は、老父の遺品を整理していたところ、《警視庁捜査一課　和久井一郎様》と表書きをして封緘《ふうかん》をした手紙を見つけたので、そのまま持ってきましたと語った。

手紙にはクリップで一枚のメモが留めてあり、そこには「私の死後これを見つけたら、宛名に書いた刑事さんに速《すみ》やかに、じかに届けること。そのさい決して勝手に中を開けて見ないこと」と記してあった。

戸倉老人の長男は、父親が何を書き残したのか興味津々の様子であったが、和久井は丁重に礼を述べて帰ってもらい、それから志垣警部とふたりでその封書を開けた。

そこに達者な筆書きで真相がしたためられてあった。

《この手紙があなた様の目にふれておりますならば、それは私が自分の予感しておりましたとおり、ある日ぷっつりと私の命が絶えてしまったことを意味します。長い長いあいだ心に溜めてきた怨念を、鈴木正夫を殺すことによってようやく吐き出してしまいますと、あとに残るのは空虚な達成感と、そして少しでも早く家内の待つ天国へ参りたいという気持ちだけでございました。ですから、私が神に召される日もそう遠くありますまい。人を殺《あや》めた男でも、神が拾い上げてくださるならば、ですが。

それにつけましても、事件発生後の事情聴取などを通じて、和久井様の身にもっとも嫌疑がかかってしまうのではないかと、それが大変気がかりでございました。しかも、あのどたばたの騒ぎのさなかに従業員から小耳にはさんだところによれば、和久井様はお見合いのさなかだったとか。そうと知って、私はますます心を痛めました。永遠の幸せを得られるかもしれぬ席で、私の仇討ちに巻き込まれ、もしや逮捕などということになったらどうしようかと。

お相手の女性の方は、大騒動の最中にもかかわらず、私がつれていたひ孫が怪我をしているのを目聡く見つけられると、すぐに手当をしてくださいました。その心やさしさに、ああ、こういう方とご結婚なさったら、和久井様はほんとうにお幸せになられるだろうな、と心底そう思いました。ですから、私の引き起こした事件によって、あらぬ誤解が和久井様の身に降りかかってはいけないと、そう思うのですが、一方では小心者の私は、いま世話になっております息子一家の立場も考え、罪を告白するべきや否やと、日々悶々と悩んでおります。

　けれども、やはり罪は罪、どこかで自らを罰してこそ、天国で待つ家内も私を迎え入れてくれることになるでしょう。ですから私はいま気持ちの整理をつけることに懸命となっております。

　ただその一方で、突然神に召されてしまうのではないかという予感もどうしても拭いきれず、もしもそうなったときは、何かを書き残しておかねば、和久井様への誤解を解く手段がございません。そこでまず私は、自分の気持ちを整理する意味で、ここに文章として、嵐山剣之助こと鈴木正夫殺害に至る背景を記録しておくしだいでございます。

　しかしできうるならば、この手紙が私の死をきっかけとして和久井様へ届けられることになる前に、直接お目にかかってお詫びかたがた真実を告白する勇気が出せるよう、ただいま小心者のおのれを叱咤しているところでございます。

　さて、私が鈴木正夫をどのように殺したのかは、お会いしたときに詳しく申し上げることとして、ここでは彼を殺そうと決意するに至ったいきさつについてお話ししたいと存じます。すなわち殺人の動機、ということになりましょうか。

　私と嵐山剣之助とがひとつ違いなので、学校の同級生だとか、先輩後輩の関係などを想像なさるかもしれませんが、じつは私と嵐山剣之助とは、ある事件が起きるまでは一面識もありませんでした。

その「ある事件」というのは、いまからもう四十年ほど前になりますでしょうか、嵐山剣之助が四十歳、私が三十九歳のときに起こりました。

当時の日本は敗戦の痛手から立ち直り、高度経済成長の波に乗って華々しい躍進を遂げておりました。もちろん、テレビという媒体もすでにできておりましたが、まだ映画産業を本格的に脅かすまでには至っておらず、映画は庶民の娯楽の代表的存在として花形の地位を確保しておりました。そして銀幕のスターといえば、いまのアイドルなどとは比較にならぬほどのカリスマ性を持ち、実際、その生活もたいへんに豊かなものでありました。当時、時代劇俳優として全盛期にあった嵐山剣之助は、それはそれは豪勢な暮らしをしていたことで有名です。

それとは対照的に、私は平凡な会社員でした。当時、躍進いちじるしかった写真機メーカーの東京本社で、開発部門の技術者をやっておりました。私生活では結婚をして一男一女をもうけ、長男も長女も中学生になっておりました。

家内の佳枝《よしえ》は五つ下の三十四歳でしたが、私にはもったいないほどの美貌の持ち主でした。初対面の人などは、佳枝がふたりの中学生の母だといっても誰も信じませんでした。

じつは家内は結婚前、私の勤務先の広告などに登場するモデルをやっていたのです。カメラの新製品を発売するさいの広告や、付属の説明書に写し方の解説写真として掲載されるモデルとしてよく使われ、十九のときに私と結婚してからもなお、家族写真のモデルとして「若くてきれいなお母さん役」に起用されていました。

ですから当時の上役なども、技術屋である私を励ますのに「戸倉君、きれいな奥さんが、もっときれいに写るカメラを作ってくれよ」という言い方をするほどで、家内の美貌は会社の内でも外でも有名だったのです。平凡なサラリーマンである私にとって、家内の存在が唯一、他人に自慢できることであったといっても間違いはないでしょう。

そうした妻の存在が励みになって、私もカメラの開発研究に力を入れていたのですが、あるとき、飛ぶ鳥を落とす勢いの時代劇俳優・嵐山剣之助を起用して新製品のポスターを作る企画が決まり、そのロケを、紅葉の季節の京都嵐山で行なうことになりました。そのさい、会社の宣伝担当取締役からじきじきに、「戸倉君、今回も奥さんをひとつよろしく頼むよ」と言われたのです。両手まで合わせられて、です。

いつもですと家内がモデルに使われるときは、なにしろ社員の妻ですから、外部のタレントさんを使うのとは違ってナアナアと申しましょうか、宣伝部の課長クラスが私に一声かければ、こちらも二つ返事で承諾するという習慣になっていたのです。ところがこんどは、いきなり取締役から頼まれたわけですから、これは大変に重い責任を感じました。さすがに、嵐山剣之助を使うだけあって大仕事だな、と。

ところがよくよく話を聞くと、ポスターのデザインは嵐山剣之助ひとりで、家内の出番はどこにもありません。それなのに、会社は秋の装いにふさわしい着物を着てきてほしいとの注文を出すのです。それもおかしなことでした。いくら社員の妻であっても、これまでも撮影のために着物を着る場合は自前ではありません。ちゃんと宣伝部のほうで着物も着付けの人も用意してくれるのです。

妙だなと思いながらも、家内は親戚筋から見映えのする着物を借りまして、京都嵐山へ向かいました。嵐山蔵王権現に感謝して、天竜寺や大覚寺などの社寺が、平安朝の昔を偲び、趣向を凝らした船を仕立てて優雅な船遊びを再現する嵐山もみじ祭。それが行なわれている最中でございました。

結論から申し上げます。家内はモデルとして呼び寄せられたのではなく、嵐山剣之助のいわば酌婦として指名されたのです。なんでも彼が広告などを見て一目惚れしての指名だったそうです。会社としましては、天下の嵐山剣之助のご指名ですので、一も二もなく承諾して、社命で家内をよこすよう私に指示したのでした。

一泊して京都から戻ってきますと、家内は泣いてばかりおります。なにか非常によくないことが現地であったのは一目瞭然でした。そして、その「よくないこと」の種類がどういうものであったのかも、夫である私にはピンときました。血の気が引きました。

　あの当時は、いまとまったくモラルが違います。セクハラなどという言葉もございませんし、まして夫も子供もいる主婦が、強姦同然に嵐山剣之助に犯されたと訴えた日には、周囲から色眼鏡で見られ、なんの罪もない佳枝の人格までが否定されることになります。仮に法に訴えても、一介のサラリーマンとその主婦が人気絶頂のスターに対して勝てる見込みなどありません。あの時代は、「女のほうもだらしないから、そういうことになるのだ」という論法が平然とまかり通っておりましたから。

　それを承知で裁判に踏み切ろうとしたところで、周囲から猛烈な圧力をかけられるのは必至です。現に、事情をそれとなく察した取締役からは「嵐山でなにか奥さんに不愉快なことがあったらしいが、きみ、子供の将来も考えてな」と、暗に泣き寝入りをうながされました。そして、その年の暮れのボーナス袋には、ヒット商品を出したときですら貰えなかったような金額が入っておりました。

　取締役にこんな身に覚えのないお金は受け取れませんと突き返そうとしますと、「戸倉君、事を荒立てると、奥さんのためにも子供のためにも、そしてきみのためにもならないよ」と凄まれました。そして、こんなことまで言われたのです。「そのお金で奥さんをどこか温泉にでも連れていってやればいいじゃないか。まあ、京都方面はよしたほうがいいが」

そばに、私の直属の上司にあたる部長もおりまして、彼も横から小声でそっとつけ足してきました。「きみ、お金を粗末にしちゃいかんよ。そんな金額、部長の私だって、貰おうにも貰えないんだから」

こうした上司の態度で、鈍感な私もさすがに気づきました。美人の妻を娶り、結婚後も家内が自社製品の広告や説明書のモデルにずっと使われてきたことで、私は仲間や上司の嫉妬を買っていたのでした。そしておそらく——これは推測でしかありませんが——嵐山剣之助が妻を手籠めにすることを予測したうえで、京都へ行かせたのです。

私は、自分が社内で完全に孤立したことを悟りました。自分は会社にとって技術者として欠くことのできない戦力なのだという自負は、無惨にも崩れ去りました。

佳枝が自殺をしたのはそんな時期でした。保津川に架かる山陰本線の鉄橋から、真下の川に飛び込んだのです。妻の遺体は渡月橋のゴミよけの柵に引っかかるまで、嵐峡を下流へと流れていきました。

絶望のどん底に突き落とされた私は会社を辞め、ふたりの子供とともに生まれ故郷の山形へ戻りました。そして、しばらくの間は実家の農業を手伝いながら、過去のすべてを忘れようと懸命になりました。ときおり町に出て映画館の前を通りかかると、嵐山剣之助の顔が大きく描かれた看板がのしかかってきます。その前を、顔を伏せながら小走りに通り過ぎると、こんどは本屋の店先に、彼が満面の笑みを浮かべて写った雑誌が並べられている。さらに最悪だったのは、写真屋の店先にも嵐山剣之助の堂々たるポスターが貼られていることでした。かつての勤務先は、あれ以来ずっと嵐山剣之助を専属で広告に使うようになったのです。

私は、剣豪姿の嵐山剣之助から逃れるため、町に出ることも控えるようになって、ひたすら実家の田んぼで黙々と米作りをする毎日を過ごしました。これでふたりの子供がいなければ、私もとっくに自殺をしていたでしょう。けれども、母親を失った詳しい事情を知らぬ子供たちのけなげな笑顔が、なんとか私をこの世に引きとどめてくれたのです。

やがて時代は流れ、テレビの急速な普及によって映画産業は斜陽化し、時代劇の映画も徐々にすたれていって、嵐山剣之助の人気も急落してまいりました。そして、それと歩調を合わせるように、私が勤めていた写真機メーカーもライバル各社につぎつぎと蹴落とされ、ついに倒産をしてしまったのです。

おかげで、町を歩いても嵐山剣之助の得意げな笑顔に悩まされることもほとんどなくなり、つらい思い出をなんとか薄いベールで包み込んでしまい込むことができるようになりました。数えてみますれば、佳枝の死から十年が経っておりました。

もちろん、嵐山剣之助こと鈴木正夫に対する怨みつらみ、憎しみが消えたわけではありません。けれどもすっかりおとなになったふたりの子供を見ておりますと、過去に引きずられた暗い生き方はもうすまいと決心したのでした。

やがて息子が東京に本社を持つ貿易会社に転職したのを機に、私は十五年ぶりに東京に戻ってきたのです。私は私で、小さな町工場で事務の仕事を得て、息子に経済的な負担をかけない程度の稼ぎは確保いたしました。

そのころ私はもう五十のなかばに差しかかっておりました。まさか八十まで生きようとは予想もしておりませんでしたから、当時はこんなふうに思っていたものです。このまま息子にも娘にも母親の死の真相を知らせることなく、あと十年もすれば、静かに佳枝のもとに旅立つことになるのだろう、と。

ところが、運命のいたずらという表現ではすまない、強烈な出来事が私を待ち構えておりました。

それは私が五十七のときでした。勤め先の町工場で、昼休みの電話当番にあたっていた私は、週刊誌などを読みながらぼんやりと事務所にひとりでおりました。すると、たぶん年は私よりも若いと思われますが、骸骨のように痩せこけたひとりの男が突然入ってまいりました。その青ざめた顔色といい、針金でできているのではないかと思いたくなるほど細い手足といい、健康状態がきわめて悪いことがひとめでわかりました。

私は通りがかりの人間が、体調がすぐれなくなって救急車でも呼んでくれと頼みにきたのかと思いました。それほど足どりもおぼつかない様子でした。

すると男は、ひとりで留守番をしていた私の顔を見て言いました。「ここに戸倉寛之さんという方はいらっしゃいませんか」と。それは私ですが、と答えますと、男は「ああ、とうとう探し当てることができました。ほんとうに戸倉さんなんですね。私の命があるうちにお会いできるとは思ってもみませんでした」と言うなり、薄汚れたズックの袋から、ある品物を取り出しました。円筒形をしたものです。

和久井様、いったいそれは何だったとお思いですか？　万華鏡です。ええ、中に鏡が仕組まれていて、くるくる回すごとにさまざまな模様を描き出す、あれです。

あまりに唐突な行動だったので、私は相手のおつむの具合を疑い、そして恐ろしくなりました。けれども、それを見ろとしつこくうながすので、私は紫色を主体とする千代紙が貼られた万華鏡を手にとり、事務所の蛍光灯のほうに向けて、それを眺めてみました。

くるくると回すたびに、中に入れられたさまざまな色合いの小片が不思議な模様を描き出します。広がったり縮んだり、ぜんたいが薄桃色になったり、緑色になったり、そこに黒が混じったり、白が混じったり、鏡が創り出す幻想的な世界に私はちょっとのあいだ、のめり込んでしまいました。万華鏡なんぞ、大昔に子供のころ覗いて以来ですから、懐かしさも感じました。

しかし、それが正体不明の男から手渡されたものであることを思い出し、私は万華鏡から目を離し、そして男にたずねました。

「それで?」

すると男はきき返しました。

「どう思いましたか」

「どう思うって……とてもきれいですね」

私はあたりさわりのない平凡な感想を洩らしました。と、男はこう言ったのです。

「それ、奥さんの裸ですよ」

そのとき受けた衝撃を思い返すと、いまでも全身に震えを感じるほどです。

妻を失ってから十八年、ひさしぶりに「奥さんの」という言葉を聞いても、すぐに佳枝とは結びつけることができませんでした。ですから私は、まずとっさにこう言い返したのです。私には妻はいませんが、と。

けれども男は……ああ、こうしてペンを走らせていても、震えが湧き上がってきて止まらなくなります。男はつぶやきました。

「ですから、それは佳枝さんの裸なんですよ」

その万華鏡には、十八年前、京都嵐山の小さな宿で嵐山剣之助の思うがままに蹂躙された妻の姿を撮影した写真が、二重に貼り合わせた上で、小さく刻まれて入れられていたのです。皮肉なことに、私が開発したカメラで写したものでした。

鏡の世界でみじめに踊る妻の裸身を、そうとは知らず、私は、美しい、きれいだと思って眺めていたのです。こんな残酷な話がありましょうか。

男は、かつて嵐山剣之助の付き人をしていた人物でした。時代劇スターの裏の素顔をすべて見てきた人物です。その万華鏡は、剣之助の命令で付き人の彼がつくったそうです。そしてできあがったものを、剣之助は映画仲間に見せびらかしては、なぜこの万華鏡がなまめかしい美しさを醸し出すかといえば、と得意げに解説し、その悪趣味ぶりで座を沸かしていたのです。自分が広告塔になっている写真機メーカーの社員の妻であることも、周囲に吹聴していたそうです。人妻はいいぞ、と笑いながら。

そうした万華鏡を剣之助はほかにもいくつも集めており、有名な女優や有閑マダムの裸身でつくられたものも数多くあったそうです。そして、それらの「中身」を区別するために、剣之助は万華鏡の片隅にコレクションの名前を入れていました。たしかに、手にした品を見ますと「トクラヨシエ」とカタカナで小さく片隅に記されていました。

「戸倉さん、私はあなたに不快な記憶を呼び起こさせるために、こんなものを持参したわけではないのです」

付き人だった男は、力のない声で言いました。

「私に代わって、あのひどい男に復讐をしてほしい。その復讐の炎をめらめらと燃やしていただくために、剣之助のもとを去るときに持ち出したこの万華鏡を見ていただいたのです」

男に頼まれるまでもなく、私の心の中で怒りの大噴火が起きていました。これほどの侮辱を受けて平静でいろというほうが無理です。

さらに男は、最近すっかり落ち目になっていた嵐山剣之助が、まったく別の形で復活しつつあることを私に告げました。宇宙波動学研究所という組織のもとで、ただの水を神秘の万能薬として売り出すいかがわしい商売の広告塔として、ふたたび嵐山剣之助の名を世に出そうとしているというのです。

しかも元付き人の男は、その実験台にさせられていました。初期の胃ガンと診断され、当時の医学でさえ、切除手術によって治癒可能とされるレベルのものだったのに、嵐山剣之助によって神秘の帝王水なるものの効能を確かめる実験台とされ、気がついてみれば病状は手遅れの段階に至っておりました。骸骨のような男の風体は、嵐山剣之助のあざとい商売にもてあそばれた結果だったのです。

そしてその男は、私に連絡先を告げて去ったものの、わずか二週間後に死亡しました。私の手元に、万華鏡を置いていったまま……。

和久井様、これで今回の事件の背景はおわかりになったことと思います。

万華鏡を手にしてから二十余年、私はじっと待ちました。何を待ったかおわかりですか？ ええ、天に召される日を待っていたのです。この世から消え去ることで、私の心に猛然と湧き起こった復讐の殺意を実行に移す機会を失うよう、祈っていたのです。復讐をすれば自分の気は済むかもしれませんが、これまでずっと母親の死の真相を知らずにきた子供たちに、大変な苦痛を背負わせることになるからです。

息子も娘もわりに若いうちに家庭をもち、それぞれが五十を超えたところでおじいちゃん、おばあちゃんになっておりました。つまり私には、息子方のひ孫と娘方のひ孫までできたのです。そこまで長生きをしたことを、家族はみな祝ってくれます。そんな平和な暮らしに、いまさらながら暗い影を落としたくはありませんでした。

しかし私は、誕生日を祝ってもらうたびに、「ああ、ことしも死ねなかった。ことしも佳枝のところへ行けなかった」と落胆し、さらには相手の嵐山剣之助までが長生きをしている皮肉にも悩まされました。自分が死なずとも、相手が先に病に倒れてくれれば、それはそれで復讐の炎を消すことはできるのに、です。

最終的に私が嵐山剣之助殺害の決意を固めたのは、それほど前のことではありません。また、妻の裸身を収めた万華鏡を手にしたときのような、具体的なきっかけがあったわけでもないのです。

長い年月をかけて、じわりじわりと身体の中に染み込んでいった怨念が、私にささやきつづけておりました。

「なぜおまえは長生きしているのか」「なぜあの男も長生きしているのか」

そして、同時に答えをつぶやく声も聞こえてきます。

「あの男を殺すためにおまえは長生きをしているのだ」「おまえに殺されるために、あの男は長生きしているのだ」

ことしの夏、俗に「大文字焼き」などと称される五山の送り火が京都で行なわれた夜、私は渡月橋のたもとにおりました。大勢の人でにぎわう渡月橋で、灯がともされた灯籠が流されてゆくのを見つめながら、私は静かに気持ちを固めたのです。佳枝の仇を討ってこそ、最愛の家内と天国でいっしょになれるのだ、と。

見上げると、鳥居型の送り火が黒い山肌で輝いておりました。そしてその夜遅く、私は桂川下流の河原で、紫色をした万華鏡を火にくべて燃やしました。

嵐山剣之助が滞在していることを確認したあの日、私はひ孫の夏樹をつれて嵐峡茶寮へと向かいました。ひ孫がいっしょであったことでおわかりかもしれませんが、私はその日はまだ下見のつもりでおりました。そして、可愛いひ孫と旅をするのも、これが最後かもしれないと思い、三歳になった夏樹を連れていったのです。もうひとりのひ孫は、まだ小さすぎましたから。

送迎船に乗って大堰川を遡り、嵐峡へ近づいていくにつれ、私の胸は苦しくなってきました。徐々に徐々に、妻が飛び降り自殺をした保津川の鉄橋が近づいてくるからです。嵐峡茶寮はその手前にありますから、鉄橋まで船が行くわけではありません。それはわかっているのですが、ゆっくりとした速度で川を遡るにつれ、私は時の流れを遡っていくような錯覚にとらわれ、いっそう胸が苦しくなってまいりました。

運命という名の川を遡っている――船の甲板に立って行く手を眺めながら、私は心の中でそうつぶやいておりました。

「大きいおじいちゃん、手がびっしょりだよ」

手を引いていた夏樹にそう言われ、ハッと我に返ったとき、目の前に嵐峡茶寮の建物が迫っておりました。

戸倉老人の長い手紙は、そこで終わっていた。まだこれからつづきを書くつもりであったのだろう。しかし、和久井と志垣にとって、もうそれ以上の物語は必要がなかった。

＊　＊　＊

饒舌《じょうぜつ》な志垣が、ひとことも感想を洩らさずに、その手紙をまたていねいに折りたたみ、封筒に戻した。

和久井は、それをじっと見つめていた。

エピローグ　柿

「私なんか、第一印象は恐いって、しょっちゅう言われるだよ。無愛想だとか、いつも不機嫌な顔してるとか。山倉さんなんて会うたんびに、『野中さん、ちょっとその顔なんとかならないの』なんて、まあ失礼なこと平気な顔して言うだよ。でもねえ、私は考えてるだにい、いろいろ。考え事してるときに、愛想よく笑ってられないら？」

野中貞子が言うと、志垣千代はクスッと笑って、そうですね、と同意した。

「野中さんは、私の第一印象どう思われました？」

「あんたの？」

ギロッと横目で千代を見ると、貞子はちょっと小首を振りながら言った。

「まあ洗練されてない子だね、と思っただよ。三島の衆《しゅう》のが、もっと洒落てるで」

「……そうでしたか」

「なーんてね、冗談、じょうだん」

貞子は笑って千代の腕をポンと叩いた。

「あんたは人のよさが丸出しだっただよ。でも、その第一印象はいまでも変わらないけどねえ」

「ありがとうございます」

千代は軽く頭を下げた。そして、顔を上げながら空に目を転じる。

三島の秋もだいぶ深まってきた。晩秋の晴れた空はブルーというよりもトルコ石の色に似ている。その色合いの中を真っ白な飛行機雲が一本、スーッと斜め下から斜め上に伸びてゆく。

すでに冠雪している富士山から吹き下ろしてくる風は、冷たいけれどもさわやかだった。

野中貞子の自宅縁側に並んで座ったふたりの間には、適度に熟した柿の載った皿が置かれてあった。庭になっているのを、貞子がとってむいたものだった。

「でも、人の第一印象があてにならないことは、こんどの事件でも、ほんとにそう思いました」

千代が吐息まじりに言った。

「戸倉さんのこと?」

「ええ」

「まあでも、あの人がやったことは、本人の性格がどうたらとは別の話だで。可哀相だよぉ、いろいろ話聞いたら」

「それはそうですね。誰でも自分の奥さんを、そんなふうに扱われて、それで自殺なんてされたら、やっぱり殺意は湧きますよね。……でも」

急に言葉の調子を変えて、千代は貞子に向き直った。

「ほんとにその節は野中さんにはお世話になりました」

「なんで？　なんにもしてないら、私」

「朝ご飯」

「ああ、べつにぃ」

「白菜のお漬物の味、忘れられません」

「まずかったら？」

「とってもおいしかったです」

「そーお？」

「それに野中さんの観察力のおかげで、私も自分の推理が正しいことを確認できましたし」

「なにか私が観察した？」

「戸倉さんの靴です。脱いだり履いたりするときに、しっかりと靴ひもを結ぶタイプだったって、記憶してくださっていたおかげで、私も自分の推理が正しい方向にあることを確認できたんです」

「あんた、そんなことききたっけ」

「はい、ここでごはんをいただきながら」

「そうだったかいねー。ま、ふつうの人は、人間観察するときに、まず顔を見るら」

「ええ」

「でも、私は足もとから見るだよ。だから、人がどんな靴を履いていたか、しっかり覚えてるがにぃ」

「なぜ足もとから見るんですか」

「お金が落ちてるかもしれないし」

その答えに、千代は大笑いした。

「そんなにおかしいかね」

「おかしいですぅ」

「ほんと？ そんなにおかしいこと、私、言った？ ……あ、柿食べな。せっかくむいたんだから。あんた、柿きらい？」

「いえ、好きですけど」

「じゃ、食べな、ほら」

「それじゃ、いただきます」

千代は八つ割りにした柿をひとつ、フォークに刺して口もとに運んだ。

自然ともう一方の手を添えて静かに食べる千代を、貞子がおかしそうに含み笑いをして見ていた。

「あの……なにか変ですか」

「まーったく、お姫さまみたいに上品な食べ方をするんだねえ、あんたは」

「あ、そうですか？」

「育ちがいいお嬢さんだに」

「そんなこと、ありませんけど」

千代は赤くなった。

と、いつのまにか縁側に上がってきた一匹の猫が静かに近づいてきて、柿に「手」を伸ばそうとした。

「こらっ、ひさしっ！」

貞子が怒鳴ると、猫はビクンと全身を緊張させて飛びのき、それからすさまじい勢いで逃げ出していった。

「ひさし……って、いまの猫の名前なんですか」

「そうだよ」

「猫、飼ってらっしゃるんですか」

「飼ってるっていうか、勝手に居候してるだよ、うちに。べつに飼い猫じゃないで。だから首輪もつけてないら」

「でも、名前をつけてらっしゃるから」

「名前がないと、叱るときに不便だら」

「あ、それはそうですね」

と、また千代は笑った。

なぜか彼女は、この三島のおばさんといると心和む自分を感じていた。

「ひさしはケーキとラーメンが好きでねえ」

貞子は野良猫のことを、まるで人間の子供のように言った。

「油断してると、どっからか家の中に上がってきて、すぐ食べちゃうだよ。でも、こらっ、ひさしっ、何やってる、って怒鳴ると、いまみたいに、くらがって逃げるら」

「くらがって？」

「転がるように、ってことだよ、標準語で言うと」

「ああ、なるほど」

「あんた、それでどうした？」

「どうしたって、いいますと」

「お見合い」

「あ……ああ……はい」

千代はちょっと口ごもった。

すると、貞子がすかさず言った。

「うまくいかなかったら」

「はい」

ききにくいことをズバッとたずね、言いにくいことをズバッと言う貞子の前では、なぜか千代は素直になれた。

「私もねえ、最初あんたっちを見たときからそう思ってただよ」

「どうしてですか」

「うーん、私はあんまりむずかしい言葉は知らないけど、母性っちゅうだかいね、そういうものが出すぎてる感じでね」

「私から？」

「そう。べつに女のほうが年上でも、年の差が大きくてもぜんぜんかまわないけど、結婚するときに母じゃダメだで。母と息子じゃ結婚にならないら。やっぱり男と女でないと」

「………」

「あの和久井さんて刑事ね、いい人だけど、あんたといると、ひとり息子みたいな感じで甘えすぎるだよ」

「はい」

それは千代も感じていたことだった。

「そういう形で結婚すると、あとが大変だにぃ」

「そうですか」

「母親と同じ役目を期待させると、男は奥さんにどこまでも甘えるからねえ。甘える男は進歩しないで。そのくせ、奥さんがお母さん代わりになったらなったで、すぐ飽きて物足りなくなるだよ。それでもって、よそで若い女と浮気をするだよ」

「でも和久井さんは」

なんだか急に和久井の肩を持ちたくなって、千代は急いで言った。

「和久井さんは努力家ですし、とっても前向きな方です。甘えるだけの人ではないと思います」

「それはそうかもしれないよ。あんたがそう言うんだから、きっととってもいい人なんだら。けど、人間の長所は、ちょうどピッタリの相手と出会ったときに、いちばんいい形で表に出るだよ」

「やっぱり、私じゃダメだったんでしょうか」

「どっちもいい人すぎてもねえ、それでうまくいくか、っちゅうたら、そうでないところが結婚の難しさかねえ」

「………」

「あんた、やっぱり和久井さんと結婚したかった?」

「………」

「割り切ったつもりでも、ほんとは割り切ってないら」

「……はい」

うなずいた拍子に、千代の頬に涙が伝った。それを見て、野中貞子が言った。

「あのね、いま白菜のお漬物切ってきてやるから。お父さんから習った秘伝の味の。あれ、あんがい柿に合うだよ。だまされたと思って食べてみな、柿といっしょに」

そして貞子は、白菜を切りに台所へ立った。

縁側にぽつんとひとり残された志垣千代は、秋色をした空を見つめながら、嗚咽が込み上げてくるのを懸命にこらえていた。貞子は白菜を切りに行ったのではなく、自分をひとりにするための配慮だとわかって、そのやさしさに、また涙が込み上げた。

まちがいなく自分は恋をしていた——

千代はそれを認めざるをえなかった。

父と叔父に気をつかって応じたはずのお見合いだったけれど、やっぱり自分は本気で恋をしていたのだった。たとえ相手が自分に強い母性を感じていたとしても、自分はひとりの女として、ひとりの男性を好きになって、惚れていたのだった。そうでなければ、あんなに真剣に、そして疲れも感じずに日本中を飛び回れたはずもなかった。

肩を震わせる千代の背中に、先ほど貞子に追い払われた猫のひさしがそっと忍び足で近寄ってきた。そして、頭をそっとこすりつけてきた。
まもなく秋の空が茜色に染まる時刻だった。傍らに置いてある柿の実に似た色に……。

取材旅ノート　嵐山温泉と嵯峨野めぐり

じつは、本作を脱稿して原稿を講談社にメール送信し、さあこれから取材旅ノートにとりかかろうというとき、大学時代の旧友から電話があって、奥さんが来週仲間といっしょに嵐山《あらしやま》温泉に行く。嵐峡館《らんきょうかん》に泊まるんだけど、一泊二日で観光するのにどこがいいか教えてやってくれないか、と……。たったいまの出来事である。

どうも私は、長編を書くたびにいろいろな偶然に出会うのだが、今回もまた出来すぎのようなタイミングでの電話である。で、彼の奥さんに電話を代わっていろいろ話しているとき、なにしろ脱稿直後だったもので、つい自然に「嵐峡茶寮《らんきょうさりょう》という宿はですね」と口にしてしまった。本作をすでにお読みの方はおわかりのとおり、「嵐峡茶寮」はこの作品のために設定した架空の宿で、現実にあるのは「嵐峡館本館」である。

温泉殺人事件シリーズを書くにあたって、私は旅館内で殺人が起きないときは、できるかぎり実際の宿を舞台に用い、殺人が宿の内部で起きるときは架空の宿を設定する、というのをひとつのルールにしている。いままでのシリーズで、実在の宿で殺人が起きるという筋書きにした唯一の例外は、宿のご主人に事前に許可をいただいた『金田一温泉殺人事件』だけである。

そういう区分けをしていたのだが、何週間にもわたって頭の中に架空の宿を建設しておくと、いつのまにかそれが実在の宿を駆逐して現実のものとなってしまっていることに、自分で苦笑してしまった。


ともかく、そんな偶然があったために、予定した書き出しとは異なってはじまった取材旅ノートだが、本筋に戻しながらつづきを書いていこう。

私の長編では定番となっているこの巻末コーナーだが、今回は「旅ノート」というニュアンスとはちょっと異なるかもしれない。というのも、三年前に嵯峨野にも仕事場を構えてからは、嵯峨野はもちろん、この嵐山も「旅先の土地」ではなく「うちの近所」という感覚になってしまったからである。

仕事場からふらっと散歩に出て渡月橋《とげつきょう》まで行って、ごはんを食べてまた仕事場に戻るという行動が可能になってくると、旅人として見ていた視点とはまったく異なる嵐山が見えてくる。京都のことは、拙著『京都瞑想２０００』というガイドブックをはじめ、さまざまな場所でずいぶん書いているので、今回は嵐山と嵯峨野に絞って、旅人ではない、しかし純然たる地元の人間でもない、中間の立場からご案内をしていこうと思う。

なお今回は、メイン舞台となっている嵐峡周辺の写真はすべて本文内に取り込んでいるので、旅ノートのコーナーには写真は割愛。

内輪の話をすると、じつは今回の作品は、最初は『鞍馬《くらま》温泉殺人事件』という企画だった。同じ京都の温泉だが、鞍馬温泉（「くらま温泉」とひらがな表記もある）は洛北の山あいにあり、峰麓湯《ほうろくゆ》という一軒宿がある。そこの露天風呂では、春夏は緑の、そして秋は紅葉に染まった山が、たいへんなボリュームで迫ってくるのを眺めながらお湯に浸かることができる。眺望としては非常に素晴らしい。

全編オールカラーのホラー小説『ついてくる―京都十三夜物語』では、主人公がみる夢の中に、その鞍馬温泉を舞台にした幻想的な物語が出てくる。また、氷室想介シリーズの「魔界百物語」第一作『京都魔界伝説の女』でも、鞍馬山を貴船《きぶね》方面へと下りていく途中にある「奥の院魔王殿」が重要な舞台となっていることは、熱心な読者ならごぞんじのはずである。

さて、講談社文庫書き下ろしの温泉シリーズ最新作の舞台を、予定していた鞍馬温泉から嵐山温泉へと変更したのは、べつにこれらの作品ですでに取り上げてしまったことが理由ではない。和久井刑事が志垣警部の姪の千代とお見合い――という設定を考えた瞬間に、これは舞台は嵐山のほうが似合いだと思ったのである。

鞍馬を「陰」とするならば、嵐山は「陽」である。これは両方の土地をごぞんじの方なら納得していただける対比だと思う。鞍馬温泉のほうは鞍馬山をはさんで西側にある貴船と並んで「魔界スポット」と呼ぶにふさわしい場所である。鬱蒼とした樹林に囲まれたその一帯は、神が降りたり宇宙人が降りたり（実際、鞍馬山の鞍馬寺には、六百五十万年前に金星から護法魔王尊が降り立ったという、おもいっきり飛躍したスケールの言い伝えがある。どうも天体望遠鏡ができてから作られた伝説っぽいが……）、ともかく、神秘に満ちた場所なのである。

一方、嵐山といえば、いまでこそ昔ほど派手に展開はしていないが、タレントショップがあることでおなじみの、放っておけば京都の原宿と化してしまいそうな修学旅行生の定番たむろコースである。そのイメージが強いせいか、嵐山は俗っぽいと敬遠されるおとなの観光客も少なくない。

しかし、そのイメージは渡月橋から天竜寺《てんりゅうじ》前のメインストリートにかけてだけで、一歩裏に入れば静けさに包まれた世界がある。そのひとつが嵯峨野めぐりであり、もうひとつが保《ほ》津《づ》川《がわ》下りやトロッコ列車でもおなじみの嵐峡めぐりである。

嵯峨野めぐりは、どこを拠点とするのかはいろいろ解釈があるけれど、一般観光客にとってわかりやすいのは、天竜寺の脇から入って（人力車の定番コースでもある）野宮《ののみや》神社から大河内《おおこうち》山荘、さらに静かな裏道を通って常寂光寺《じょうじゃっこうじ》、二尊院《にそんいん》、落柿舎《らくししゃ》と行くコースだろう。

この落柿舎界隈は、景観保持のため電線を地中に潜らせて、電柱を極力排除しているので注意してごらんください。

大河内山荘は著者絶対のおすすめポイントである。ここは本文に詳しく書いてあるが往年の銀幕スター大河内伝次郎が私財をなげうって完成させた広大な庭園で、高台に位置しているため、そこを訪れると京都市が一望のもとに眺められる。はっきり言って、京都タワーなどに上るより、大河内山荘から眺める景色のほうが数倍味わいがある。東の将軍塚、西の大河内山荘が、著者おすすめの京都パノラマスポットだ。それにしても、これがひとりの俳優の別荘だったというから、昔のスターの暮らしはケタはずれである。

晩秋の季節はとりわけ常寂光寺、二尊院、そして清涼寺《せいりょうじ》裏手にある宝筐院《ほうきょういん》の紅葉が美しい。そして大覚寺《だいかくじ》の、門跡寺院ならではの気品にあふれた境内は、他の寺社とは一線を画していると思う。時間があれば写経もできる。大沢池《おおさわのいけ》越しに吹いてくる風を頬に受けながら、筆を運ぶのもまた風流。

有名な直指庵《じきしあん》は、大覚寺から少し離れたところにあるが、ここは雨の日がよく似合う。ただ、混雑するシーズンに訪れてもここのよさはまったくわからないから、できるだけ空《す》いている季節の平日がよい。それで雨が降っていれば、なおよい。

化野《あだしの》念仏寺は、無縁仏の石仏が並ぶ光景が有名で、前述の『ついてくる』でも舞台として登場する。嵯峨野めぐりではもっとも北に位置する寺だが、しっとりとしたムードとはまた別のものだから、それは頭に入れておいたほうがよい。

嵯峨野に限らないが、とくに歴史研究などの目的を持たない一般観光客が京都の寺社をめぐる場合、退屈せずに過ごすには、季節とそして連れの顔ぶれの組み合わせが重要である。といっても、ワインと料理の組み合わせのような難しいルールを想像する必要はない。単純といえば単純だが、三人以上のグループでワイワイとにぎやかにやるならば、桜と紅葉の季節を選んでいくのが無難である。

もちろんその時期は一年の中で最も混むし、最も宿が取りにくい、つまり旅行の代金も高くなる。けれども桜や紅葉の美しさは、それだけで京都を訪れてよかったという気分にさせるものである。

それ以外の季節――桜の前、散った後、暑い夏、紅葉の前、そして冬。こういった季節は、できることなら恋人や夫婦、親友など、じっくり語り合える人とふたりづれがよい。もしくはひとり旅である。

たとえば二尊院から化野念仏寺方面へ行く途中に、祇王寺《ぎおうじ》と滝口寺《たきぐちでら》というふたつの小さな寺がある。いずれも、かつて往生院と呼ばれていたところの境内にあるため、いまでも入口は同じ階段を登り、そこから右と左に分かれるのだが、こういう寺は大勢できても味がない。ひとり、またはふたりである。そして、自分の中の精神時計をゆったりとしたスピードにセットできるときに回るべきである。せかせかと先を急ぐときには似合わない。なお、この祇王寺、滝口寺のすぐ手前に檀林寺《だんりんじ》という寺があるが、ちょっとここは異質である。どう異質であるかは、興味のある方は入ってみればわかる。

さて、本作の舞台となった嵐峡めぐりのほうだが、詳しくはぜひ本文第一章で写真とともに味わっていただきたい。ただ、恒例によってこの巻末取材旅ノートからお読みになった方のために少しだけふれておく。観光客でにぎわう渡月橋の下を流れる川は、一般に桂川《かつらがわ》と呼ばれるが、慣習的には渡月橋より下流が桂川であって、橋より上流が大堰川《おおいがわ》、さらに嵐峡と呼ばれる渓谷よりもっと上流が保津川と呼ばれている。

この大堰川の両側に山肌がぐんと迫ってくる嵐峡の西側に、嵐峡館本館と呼ばれる一軒宿があり、ここが嵐山温泉である。客の行き来は送迎船でのみ行なわれる。そのシチュエーションがミステリーにふさわしい。アガサ・クリスティの『ナイルに死す』の嵐山版……というと、なんだか大げさだが、日本各地から集まった人が船に乗って峡谷の宿を訪れるという状況は、なかなかそそるものがある。

ただし、おなじみ志垣―和久井の温泉シリーズは、そういった意味深な出だしにはならないのである。だが、ひょっとしたらそれ以上に、先の展開を知りたくなるオープニングかもしれない。なにしろ、和久井にふってわいたお見合い話の相手が、よりによって志垣警部の姪。しかも、志垣警部そっくりのゲジゲジ眉毛で三十九歳、離婚歴あり。このピンチを和久井クンがどうやって切り抜けるのか。それとも、ついに結婚をして志垣警部と縁戚関係を結ぶことになるのか。

そっちのほうが、殺人事件の犯人あてよりも興味があるとおっしゃれば、それはそれでまたよし。温泉殺人事件シリーズは、氷室想介や朝比奈耕作のシリーズとはちがって、ときには大笑いしながら読んでいただくタッチのものである。

でもラストは――

こういう終わり方になるとは思いませんでした、という担当の中村副部長の言葉を添えて、これから本編を読む方への、おもわせぶりなイントロダクションとしておこう。

二〇〇一年十一月　そろそろ吐く息が白くなってきた東京にて

吉村達也

72．ダイヤモンド殺人事件	光文社文庫	1994・12
89．侵入者ゲーム	講談社文庫	1996・7
104．クリスタル殺人事件	光文社文庫	1997・9

【国際謀略】

1．Kの悲劇	角川文庫 徳間文庫	1986・2

【オカルティック・サスペンス】

6．エンゼル急行《エクスプレス》を追え	C★NOVELS	1988・3

【ガイドブック】

116．京都瞑想2000	アミューズブックス	2000・1

【精神衛生本】

97．多重人格の時代	PLAY BOOKS(青春出版社)	1997・2
102．がん宣告マニュアル 感動の結論	アミューズブックス	1997・7
106．正しい会社の辞め方教えます	カッパブックス	1998・6

【語学】

109．たった3カ月でTOEIC TEST905点とった	ダイヤモンド社	1999・6

【詰将棋】

91．王様殺人事件(伊藤果七段・共著)	毎日コミュニケーションズ	1996・11

【脚本】

◎ 新宿銀行東中野独身寮殺人事件　1994・1
(劇団スーパー・エキセントリック・シアター15周年記念公演)

◎ パジャマ・ワーカーズ ON LINE　2001・10
(劇団スーパー・エキセントリック・シアター秋の本公演)

【家庭教師・軽井沢純子シリーズ】

	16.	算数・国語・理科・殺人	講談社文庫	1991・8
	18.	[英語が恐い]殺人事件	講談社文庫	1991・12
	31.	ピタゴラスの時刻表	講談社文庫	1992・8
	34.	ニュートンの密室	講談社文庫	1992・10
	43.	アインシュタインの不在証明	講談社文庫	1993・4

【志垣警部シリーズ】

	60.	富士山殺人事件	光文社文庫	1994・3
	126.	回転寿司殺人事件	ケイブンシャ・ノベルス	2001・6

【ＯＬ捜査網シリーズ】

●	12.	ＯＬ捜査網	光文社文庫	1991・4
●	23.	夜は魔術《マジック》	光文社文庫	1992・6

【ラジオディレクター・青木聡美シリーズ】

	15.	死者からの人生相談	徳間文庫	1991・7
	28.	「巨人―阪神」殺人事件	光文社文庫	1992・7

【単発ミステリー】

	3.	創刊号殺人事件	角川文庫	1987・7
	5.	キラー通り殺人事件	講談社Ｊノベルス	1987・9
	7.	幽霊作家殺人事件	角川文庫	1990・5
●	10.	ハイスクール殺人事件	角川文庫	1991・1
	25.	黒白の十字架	ケイブンシャ文庫	1992・6
●	52.	[会社を休みましょう]殺人事件	光文社文庫	1993・9
●	67.	ミステリー教室殺人事件	光文社文庫	1994・9
●	92.	定価200円の殺人	角川mini文庫	1996・11

【ミステリー短編集】

	36.	丸の内殺人物語	角川文庫	1992・11
	68.	一身上の都合により、殺人	角川文庫	1994・9
	87.	西銀座殺人物語	角川文庫	1994・11

●118.「倫敦の霧笛」殺人事件	角川文庫	2000・8
●120.「ナイルの甲虫」殺人事件	角川文庫	2001・1
●123.「シアトルの魔神」殺人事件	角川文庫	2001・4
●128.「北京の龍王」殺人事件	角川文庫	2001・8

【警視庁捜査一課・烏丸ひろみシリーズ】

2. 逆密室殺人事件	角川文庫	1987・4
4. 南太平洋殺人事件	角川文庫	1987・8
14. トリック狂殺人事件	角川文庫 光文社文庫	1991・5
73. 血液型殺人事件	角川文庫	1992・1
37. 美しき薔薇色の殺人	角川文庫	1992・11
44. 哀しき檸檬色の密室	角川文庫	1993・4
50. 妖しき瑠璃色の魔術	角川文庫	1993・8
● 99. ラベンダーの殺人	角川mini文庫	1997・5
112. 怪文書殺人事件	ケイブンシャ・ノベルス	1999・8

【里見捜査官シリーズ】

21. 時の森殺人事件 1 暗黒樹海篇	中公文庫 ハルキ文庫	1992・4
27. 時の森殺人事件 2 奇人魍魎篇	中公文庫 ハルキ文庫	1992・6
32. 時の森殺人事件 3 地底迷宮篇	中公文庫 ハルキ文庫	1992・9
35. 時の森殺人事件 4 異形獣神篇	中公文庫 ハルキ文庫	1992・10
38. 時の森殺人事件 5 秘密解明篇	中公文庫 ハルキ文庫	1992・11
40. 時の森殺人事件 6 最終審判篇	中公文庫 ハルキ文庫	1993・1
48. 読書村の殺人	中公文庫 ケイブンシャ文庫	1993・7
● 98. 日本国殺人事件	ハルキ文庫(角川春樹事務所)	1997・4

●61.	文通	角川ホラー文庫	1994・4
●78.	先生	角川ホラー文庫	1995・8
●90.	ふたご	角川ホラー文庫	1996・8
84.	踊る少女 （原題：家族の肖像）	角川ホラー文庫	1996・2
●111.	ｉ《アイ》レディ	角川ホラー文庫	1999・8
●115.	ケータイ	角川ホラー文庫	1999・12
●125.	お見合い	角川ホラー文庫	2001・6

119.	ゼームス坂から幽霊坂	双葉社	2000・9
121.	孤独	新潮文庫	2001・1
122.	ついてくる―京都十三夜物語	アミューズブックス	2001・4
124.	京都天使突抜通の恋	集英社	2001・5
127.	あじゃ＠１０９	ハルキ・ホラー文庫	2001・8

【サイコセラピスト・氷室想介シリーズ】

8.	編集長連続殺人 ―13日目の惨劇―	光文社文庫 角川文庫	1990・7
57.	旧軽井沢Ｒ邸の殺人	光文社文庫	1990・9
64.	シンデレラの五重殺	光文社文庫	1991・1
26.	六麓荘の殺人	光文社文庫	1992・6
41.	御殿山の殺人	光文社文庫	1993・2
53.	金沢Ｗ坂の殺人	光文社文庫	1993・11
69.	小樽「古代文字」の殺人	光文社文庫	1994・10
86.	能登島黄金屋敷の殺人	光文社文庫	1996・2
●101.	空中庭園殺人事件	光文社文庫	1997・7
114.	京都魔界伝説の女	カッパ・ノベルス	1999・11
130.	心霊写真 ―氷室想介のサイコ・カルテ―	カッパ・ノベルス	2001・10

【ワンナイトミステリー】

●79.	「巴里の恋人」殺人事件	角川文庫	1995・8
●80.	「カリブの海賊」殺人事件	角川文庫	1995・8
●81.	「香港の魔宮」殺人事件	角川文庫	1995・8

22．花咲村の惨劇	徳間文庫	1992・5
24．鳥啼村の惨劇	徳間文庫	1992・6
29．風吹村の惨劇	徳間文庫	1992・7
30．月影村の惨劇	徳間文庫	1992・8
33．最後の惨劇	徳間文庫	1992・9
45．金閣寺の惨劇	徳間文庫	1993・5
46．銀閣寺の惨劇	徳間文庫	1993・5
62．宝島の惨劇	徳間文庫	1994・4
63．水曜島の惨劇	徳間文庫	1994・5
74．血洗島の惨劇	徳間文庫	1995・1
77．銀河鉄道の惨劇(上)	徳間文庫	1995・7
85．銀河鉄道の惨劇(下)	徳間文庫	1996・2
95．「富士の霧」殺人事件	徳間文庫	1996・12
100．「長崎の鐘」殺人事件	徳間文庫	1997・5
108．「吉野の花」殺人事件	トクマ・ノベルズ	1999・3
117．天井桟敷の貴婦人	トクマ・ノベルズ	2000・2
129．「横濱の風」殺人事件	トクマ・ノベルズ	2001・9

42．出雲信仰殺人事件	角川文庫	1993・3
● 54．邪宗門の惨劇	角川文庫	1993・12
70．観音信仰殺人事件	角川文庫	1994・11
83．トワイライト エクスプレスの惨劇	角川文庫	1995・11
93．「あずさ２号」殺人事件	角川文庫	1996・11
103．新幹線 秋田「こまち」殺人事件	角川文庫	1997・8

82．ベストセラー殺人事件 (原題：私の標本箱)	講談社文庫	1995・9

107．鬼死骸村の殺人	ハルキ文庫	1998・7
113．地球岬の殺人	ハルキ文庫	1999・8

【ホラー】

● 49．初恋	角川ホラー文庫	1993・7

著作リスト　ダイジェスト版

※2001年11月下旬時点（行頭の番号は発表順）既刊131点

(文庫化されたもののオリジナルは原則として省略しています。ただし、行末の数字はオリジナル版の発表年月です。また●印はオリジナル版が文庫書き下ろし。作品番号に欠番があるのは、のちに別タイトルでリメイクしたものです)

吉村達也公式ホームページＰＣ版（http://www.my-asp.ne.jp/yoshimura/）

同　　ｉモード版（http://i.my-asp.ne.jp/yoshimura/）

の作品検索ページでさらに詳しい情報を見ることができます。

【温泉殺人事件シリーズ】

		オリジナル版 発表年月
39．修善寺温泉殺人事件	ケイブンシャ文庫	1992・12
	講談社文庫	
58．白骨温泉殺人事件	ケイブンシャ文庫	1994・2
	講談社文庫	
47．由布院温泉殺人事件	講談社文庫	1993・6
	ケイブンシャ文庫	
51．龍神温泉殺人事件	講談社文庫	1993・9
65．ランプの秘湯殺人事件	講談社文庫	1994・7
66．五色温泉殺人事件	講談社文庫	1994・8
	ケイブンシャ文庫	
75．知床温泉殺人事件	講談社文庫	1995・3
88．猫魔温泉殺人事件	講談社文庫	1996・5
96．金田一温泉殺人事件	講談社文庫	1997・2
105．鉄輪温泉殺人事件	講談社文庫	1997・10
76．天城大滝温泉殺人事件	講談社文庫	1995・6
94．城崎温泉殺人事件	講談社文庫	1996・12
●110．地獄谷温泉殺人事件	講談社文庫	1999・6
●131．嵐山温泉殺人事件	講談社文庫	2001・11

【推理作家・朝比奈耕作シリーズ】

55．「伊豆の瞳」殺人事件	徳間文庫	1991・4
56．「戸隠の愛」殺人事件	徳間文庫	1991・9
59．「北斗の星」殺人事件	徳間文庫	1991・12

本書は講談社文庫創刊30周年特別書き下ろし作品です。

JASRAC 出0114411-101

|著者|吉村達也　1952年東京都生まれ。一橋大学商学部卒。ニッポン放送、扶桑社勤務を経て1990年推理作家に転向。朝比奈耕作、志垣警部、氷室想介、烏丸ひろみなどキャラクター豊かなシリーズもの長編推理小説のほか『初恋』『文通』『先生』などのホラー作品も大人気。さらに《精神衛生本》と称した心の癒しに目を向けた一連の著作から、語学や詰将棋の本に至るまで、その執筆ジャンルは多彩である。
吉村達也公式ホームページPC版 http://www.my-asp.ne.jp/yoshimura/
同　　　　　　　iモード版 http://i.my-asp.ne.jp/yoshimura/

嵐山温泉殺人事件《あらしやまおんせんさつじんじけん》
吉村達也《よしむらたつや》

講談社文庫
定価はカバーに表示してあります

2001年11月15日第1刷発行

発行者——野間佐和子
発行所——株式会社 講談社
東京都文京区音羽2-12-21 〒112-8001
電話 出版部 (03) 5395-3510
　　 販売部 (03) 5395-5817
　　 業務部 (03) 5395-3615

デザイン—菊地信義
製版——凸版印刷株式会社
印刷——豊国印刷株式会社
製本——株式会社大進堂

Printed in Japan

落丁本・乱丁本は小社書籍業務部あてにお送りください。送料は小社負担にてお取替えします。なお、この本の内容についてのお問い合わせは文庫出版部あてにお願いいたします。 ☆(庫)

ISBN4-06-273314-5

講談社文庫刊行の辞

二十一世紀の到来を目睫に望みながら、われわれはいま、人類史上かつて例を見ない巨大な転換期をむかえようとしている。

世界も、日本も、激動の予兆に対する期待とおののきを内に蔵して、未知の時代に歩み入ろうとしている。このときにあたり、創業の人野間清治の「ナショナル・エデュケイター」への志を現代に甦らせようと意図して、われわれはここに古今の文芸作品はいうまでもなく、ひろく人文・社会・自然の諸科学から東西の名著を網羅する、新しい綜合文庫の発刊を決意した。

激動の転換期はまた断絶の時代である。われわれは戦後二十五年間の出版文化のありかたへの深い反省をこめて、この断絶の時代にあえて人間的な持続を求めようとする。いたずらに浮薄な商業主義のあだ花を追い求めることなく、長期にわたって良書に生命をあたえようとつとめるところにしか、今後の出版文化の真の繁栄はあり得ないと信じるからである。

同時にわれわれはこの綜合文庫の刊行を通じて、人文・社会・自然の諸科学が、結局人間の学にほかならないことを立証しようと願っている。かつて知識とは、「汝自身を知る」ことにつきていた。現代社会の瑣末な情報の氾濫のなかから、力強い知識の源泉を掘り起し、技術文明のただなかに、生きた人間の姿を復活させること。それこそわれわれの切なる希求である。

われわれは権威に盲従せず、俗流に媚びることなく、渾然一体となって日本の「草の根」をかたちづくる若く新しい世代の人々に、心をこめてこの新しい綜合文庫をおくり届けたい。それは知識の泉であるとともに感受性のふるさとであり、もっとも有機的に組織され、社会に開かれた万人のための大学をめざしている。大方の支援と協力を衷心より切望してやまない。

一九七一年七月

野間省一